A
Blunt
Instrument

Georgette Heyer

論創海外ミステリ
Ronso Kaigai MYSTERY
138

グレイストーンズ屋敷殺人事件

ジョージェット・ヘイヤー

中島なすか◎訳

論創社

A Blunt Instrument

1938

by Georgette Heyer

目次

主要登場人物

アーネスト・フレッチャー……グレイストーンズ屋敷の主人
ルーシー・フレッチャー……アーネストの妹
ネヴィル・フレッチャー……アーネストの甥
ジョセフ・シモンズ……アーネストの執事
ジョン・ノース……裕福なビジネスマン
ヘレン・ノース……ジョンの妻
サリー・ドルー……ヘレンの姉。推理小説作家
アブラハム・バッド……金融ブローカー
チャーリー・カーペンター……安食堂のウェイター
アンジェラ・エンジェル……女優
ハナサイド……スコットランドヤードの警視
ヘミングウェイ……巡査部長。ハナサイドの部下
トゥルー……所轄警察署の警部
グラス……所轄警察署の巡査

グレイストーンズ屋敷殺人事件

第一章

背の高い窓の両脇にかかるカーテンをかすかな風が揺らし、屋敷の外壁を伝う藤の花の香りを運んでくる。カーテンがさらさら音を立てると、警官は首の向きを変えた。あまり生気のない青い目を、いぶかしげに細める。彼はそれまで、部屋の中央で彫刻を施した両袖机の前に座った男の上にかがみこんでいたのだが、窓際に歩み寄って暗い庭を見た。懐中電灯で花をつけた二本の低木を照らしてみる。とりたてて特徴のない猫が一匹いるだけだ。目が懐中電灯の光を反射したかと思った瞬間、低木の奥にするりと隠れてしまった。他には庭に生き物の気配はない。警官はあたりの様子をじっと窺っていたが、室内の机に戻った。机に向かった男は警官に注意を払わなかった。警官がすでに確認したとおり、男は死んでいたからだ。男はデスクマットの上に頭を載せていた。ポマードを塗ったつややかな髪には血がこびりついている。

警官は長く息を吸い込んだ。かなり青ざめ、電話に伸ばした腕が少し震えた。アーネスト・フレッチャー氏の頭はあるべき形をしていなかった。陥没した箇所には血がこびりついている。

警官は受話器を握る前に手を止めた。手を引っ込めるとハンカチを探し、手についた血をぬぐってから受話器を取る。

そうする彼の耳に、部屋に近づく足音が聞こえてくる。受話器を持ったまま、ドアのほうに顔を向けた。

ドアが開き、中年の執事が入ってきた。トレイにサイフォンとウィスキーのデカンタとタンブラーを載せている。部屋に巡査がいるのを見て、ぎょっとした。それから主人の姿に目を留める。タンブラーががたがた揺れてデカンタにぶつかったものの、執事のシモンズはトレイを落とすことはしなかった。フレッチャーの背中を凝視したまま、機械的にトレイを摑んでいた。

グラス巡査は警察署の電話番号を告げた。その感情のない平坦な声を聞いたシモンズは、グラスの顔を見た。「おお神様、亡くなったのですか？」と押し殺したような声で訊く。

鋭い視線が返ってきた。「みだりに神の名をとなえてはならぬ（『出エジプト記』モーセの十戒の一つ）」グラスが低い声で言う。

グラスの警告の意味をよく理解したのは、悪意に解釈した電話交換手よりも、グラス巡査と同じ宗派に属するシモンズだった。誤解が解け、警察署の番号が繰り返された頃には、シモンズはトレイを置いておそるおそる主人の遺体に近寄っていた。傷ついた頭蓋骨を見た途端、ぱっと後ずさりした。青ざめた顔を上げ、震える声で訊く。「誰がやったのです？」

「それを見つけるのは他の人間の仕事です」とグラスは答えた。「シモンズさん、あのドアを閉めてもらえるとありがたいのですが」

「さしつかえなければ、退室したいと存じます」執事は言った。「これは――これは、あまりにひどい光景です。正直言って、胸がむかむかします」

「二、三質問させてもらうまでは、ここにいてもらいますよ。わたしの任務なので」がグラスの答えだった。

「ですが、お話しできることなど何もありませんよ！　自分は一切関係がないんだ！」

グラスはとりあわなかった。この瞬間、電話が警察に繋ったからだ。シモンズは息を吸い込み、ドアを閉めると、そのまま動かなかった。その位置ならアーネスト・フレッチャーの肩しか見えないからだ。

グラス巡査は名前と居場所を告げてから、電話に出た巡査部長に殺人事件が起きたと報告した。

警官だったのか！　グラスの平静さに憤りを感じていたシモンズは思った。きみ達は、頭をぺしゃんこにされた死体なんてヒナギクと同じくらいありふれたものだと思うんだろう。このグラスって男は人間じゃない。なんて冷酷なんだろう。手を伸ばせば死体に届くところにいながら、まるで証言台に立っているみたいに受話器に向かって話している。しかもその間じゅうずっと、顔色ひとつ変えずに死んだ人間を見つめている。普通の人間なら見ただけで気分が悪くなるのに。

グラスは受話器を置き、ハンカチをポケットにしまった。「神を己が力となさず、その富の豊かなるをたのみ、その悪をもて己をかたくせんとする人を見よ（『詩篇』五十二篇七節）」

この厳粛な宣告にシモンズは我に返り、いたましげに同意した。「その通りです、グラスさん。誇りの冠は災いなるかな！（『イザヤ書』二十八章一節）でも、どうしてこんなことに？　どうやってここにいらしたのですか？　おお、なんてことでしょう、こんなことに巻き込まれるなんて夢にも思わなかったのに」

「わたしはあの道から来ました」グラスはフランス窓（床面まである両開きのガラス窓）のほうに首を振ってみせた。ポケットから手帳と短い鉛筆を出し、シモンズに警官らしいまなざしを向ける。「ねえシモンズさん、落ち着いてくださいよ！」

「わたくしに質問したって無駄ですよ。何も知らないんだって言ってるでしょう！」

「最後に生きているフレッチャーさんを見たのがいつかは知っているでしょう」相手の動揺におかまいなく、グラスは訊いた。

「バッドさんをお通しした時かもしれません」一瞬ためらったのち、シモンズは答えた。

「時刻は？」

「存じません――たしかなことはわかりません。一時間ほど前でしょうか」シモンズはなんとか平静になろうと努め、こうつけ加えた。「九時頃です。食堂のテーブルをかたづけていた時ですから、九時をさほど過ぎてはいなかったはずです」

グラスは、手帳から目を上げることもなく言った。「バッド氏ですがね、面識は？」

「ございません。一度も会ったことがありません――わたくしの知るかぎりでは」

「そうですか！　いつ帰りました？」

「存じません。ついさっきこの部屋に入るまで、お帰りになったことも知りませんでした。庭の通路を使ったはずです、グラスさんと同じように」

「それはいつものことですか？」

「そうなさる方もあれば――そうでない方もありました」シモンズは答えた。「グラスさん、意味はお察しいただけると思いますが」

「わかりませんね」グラスはにべもない。

「だんな様には、庭から行き来するお友達がありました」シモンズはため息をついた。「ご婦人方です、グラスさん」

「汝の住みかは」グラスは安楽さをかもし出す部屋を、非難するかのようにぐるりと見回す。「いつわりの中央《なか》にあり（『エレミヤ書』九章六節）」

「その通りです、グラスさん。わたくしが苦しみながら祈った時には――」

ドアが開いてシモンズの言葉は中断された。彼もグラスも書斎に足音が近づいてくるのに気がつかなかった。そして二人とも、サイズの合わないディナージャケット姿のほっそりした若者が入ってくるのを止める暇がなかった。若者は戸口で立ち止まり、警察官がいるのに気づいて長いまつげでまばたきし、おずおずと微笑した。

「ああ、すみません」と新来者は言った。「あなたがいるなんて思わなかったもので」

若者は低い声で静かに、そしてやや早口で話すので、聞き取りにくかった。片方の眉に、つやのない黒髪がひと筋かかっている。ひだを取ったシャツにしわくちゃのネクタイを締めており、グラス巡査の目には詩人のように映った。

グラスは若者のもごもごした驚きの言葉にとまどい、いぶかしげにこう訊いた。「わたしがいるなんて、ですって？　わたしを知っているのですね？」

「いやまさか！」若者は言った。彼は視線をそわそわとさまよわせ、アーネスト・フレッチャーの遺体に目を留めた。その手がドアノブから離れた。机に歩み寄り、真っ青になった。「吐き気を催すなんて、男らしくないことなんでしょうね？　こういう時はどうするべきなのかな？」すがるようにグラスとシモンズを見たが、うつろな視線に遭っただけだった。するとシモンズが運んできたトレイに気がついた。「そうだ、あれが解決策だ」若者はトレイに近寄り、ウィスキー・ソーダを作った。

「だんな様の甥ごの――ネヴィル・フレッチャー様です」グラスがもの問いたげな目で見たので、シモンズが告げた。

「あなたはここに泊まっているのですか？」

「ええ。でも殺人なんて気に入らないな。非芸術的だと思いませんか？　だいたい、そんなのそうあることじゃないし」

「現実に起きたのですよ」グラスはいささか当惑して言った。

「ええ、だからこそぼくは動揺しているのです。殺人なんて他人《ひと》のうちで起こることです。付き合いのある範囲ですらありえない。聞いたことならあるかな？　いや、そんなことはない。経験したことはないし――突拍子もないことだと思ってた！　――ぼくの経験じゃあ、こんな奇怪な状況にどう対処していいかわからない」

若者はおぼつかなげに笑った。軽薄そうにふるまっていても、実は震えているのは明白だった。シモンズはけげんな顔で若者を見てから、グラスに視線を移した。グラスはしばしネヴィル・フレッチャーを見つめたのち、鉛筆の先をなめて訊いた。「最後にフレッチャーさんを見たのがいつかお聞かせ願えませんか?」

「夕食の時です。食堂で、ということです。いや、話は正確にしましょう。食堂じゃなかった、廊下です」

「はっきりしてください」グラスは感情をこめずに言った。

「ええ、たしかです。夕食後、伯父はここにきて、ぼくはビリヤード室に迷い込みました。伯父とは廊下で別れました」

「何時頃のことですか?」

ネヴィルは首を振った。「わかりません。夕食のあとです。わかるかい、シモンズ?」

「さあ、はっきりとは申しかねます。だんな様はたいてい八時五十分には食堂をお出になりました」

「で、そのあとフレッチャーさんには会っていないのですね?」

「ええ。今の今まで。他にお訊きになりたいことがなければ、引き取りたいのですが」

「あなたと故人が食堂を出てから十時五分までの間の行動を聞かせていただけると、時間の節約になります」

「さあ、ビリヤード室に行ってちょっと玉突きをしました」

「お一人で?」

「はい、でも叔母が探しにきたので、ぼくは部屋を出ました」

「あなたの叔母さん?」

「ミス・フレッチャー様でございます」執事が口をはさんだ。「だんな様の妹様です、グラスさん」

「叔母さんと一緒にビリヤード室を出たのですか？　それとも二人でビリヤード室にいたのですか？」

「いいえ。礼儀を守らないとこういう報いを受けるわけですね。ぼくは黙って消えましたが、今は後悔しています。叔母について客間に行っていたらアリバイがあったはずなのに、行かなかったんですから。二階の自分の部屋に上がって、読書しました。読みながら眠っちまったのかな？」若者は自信なさそうに伯父の椅子を見やってかすかに震えた。「なんてことだ。ああ、こんなことになるとは夢にも思わなかった！　ひどすぎる」

「失礼いたします、グラスさん、玄関のベルが鳴りましたようで」シモンズがドアに向かいながら口をはさんだ。

数秒ののち、数人の部下を従えた巡査部長が書斎に招じ入れられた。廊下からは、ミス・フレッチャーの、なぜ人の家に上がり込むのか是非ともわけを知りたいという切迫した声が聞こえてきた。ネヴィルは書斎からそっと出て行くと叔母の腕を掴んだ。「ぼくが教えてあげますよ。客間に来てください」

「でも、この人たちは誰なの？」ミス・フレッチャーは問いつめた。「まるで警察官みたいじゃないの！」

「その警察官なんですよ」ネヴィルは言った。「ともかく、ほとんどがそうです。ねえ、ルーシー叔母さん――」

「強盗が入ったのね！」

「いいえ――」ネヴィルはそこでやめた。「わかりません。ええ、たぶんそうなんでしょう。残念だけど、叔母さん、もっと悪いことなんですよ。アーニー伯父さんが事故に遭いました」

　ネヴィルは口ごもり、心配そうに叔母を見た。

「呟くのはやめて、ネヴィル。なんて言ったの？」

「事故があったと言ったんです。でもちょっと違う。アーニー伯父さんが死にました」

「死んだ？　アーニーが？」ミス・フレッチャーはおろおろした。「そんな！　嘘でしょう！　なんだって死んだりするのよ？　ネヴィル、わたしがその手の冗談を嫌いなのは知っているでしょ。思いやりがないわよ、だいたい趣味が悪すぎるわ」

「冗談じゃないんです」

　ミス・フレッチャーはあえいだ。「冗談じゃない？　ネヴィル！　すぐアーニーのところへ行かせて！」

「無駄ですよ。それに、行っては駄目だ。とてもお気の毒だけど、そういうことです。ぼく自身ちょっとばかり参ってるんで」

「ネヴィル、何か隠してるのね！」

「ええ。伯父さんは殺されたのです」

　ミス・フレッチャーの真っ青な瞳がまじまじと甥を見つめた。口を開けたものの、言葉が出てこない。ひどく落ち着かない心地のネヴィルは、両手で曖昧な仕草をした。「ぼくに何ができる？　できることなら何かしたいけれど、見当もつかない。気を失いそうですか？　ええ、ぼくは役立たずですよ、でもこの状況は野蛮としか言いようがない。この世の均衡が失われてしまったんだ」

ミス・フレッチャーは言った。「アーニーが殺されたですって？　わたし、信じないわ！」

「馬鹿なこと言わないでくださいよ」ネヴィルは苛立ちをあらわにした。「自分で頭蓋骨をへこますのは無理ですよ」

ミス・フレッチャーはすすり泣き、手さぐりで椅子にふれて座り込んだ。ネヴィルは震える手で煙草に火をつけて言った。「お気の毒です。でも、遅かれ早かれ知らなければならないことですよ」

ミス・フレッチャーはなんとか気を落ち着かせようとしているようだった。しばらく口をつぐんでいたが、やがて大きな声を上げた。「でも、誰があの優しいアーニーを殺したいなんて思うのかしら？」

「ぼくに訊かれても」

「何かひどい間違いがあったんだわ！　ああアーニー、アーニー！」

彼女はわっと泣き出す。ネヴィルは慰めようともせず、向かいの大きな肘掛け椅子に腰を下ろして煙草をくゆらせた。

その間書斎では、グラス巡査が上司への報告に四苦八苦していた。監察医は帰り、カメラマンは写真を撮り終えた。そしてアーニー・フレッチャーの遺体は運び出された。

「わたしはヴェイル・アヴェニュー沿いの持ち場を巡回していました、巡査部長。時刻は午後十時二分です。メイプル・グローヴの角まできましたが、ご存知のようにこれはヴェイル・アヴェニューとアーデン・ロードの間の小道です。屋敷の裏手で、怪しげな挙動で脇の門から出てくる男に注意を引かれました。男は門から出るとかなりの急ぎ足でアーデン・ロードに向かいました」

「もう一度見たらわかるかね？」

「いいえ、巡査部長。もう日が落ちていましたし、顔は見なかったのです。どこへ行くつもりだろうと思う前に、男は角を曲がってアーデン・ロードに行ってしまいました」グラスは少々眉をひそめながら、ためらっていた。「見えた範囲では、中背で、明るい色のソフト帽をかぶっていました。男がフレッチャー氏の庭の門から出てくることのどこがおかしいと思ったのか、自分でもわかりませんが、妙に急いでいるところが引っかかりました。わたしは神にいざなわれて進みました」

「ああ、それはどうでもいい！」巡査部長はせかせかと言った。「きみはそれからどうしたんだ？」

「止まれと声をかけましたが、男は無視し、次の瞬間アーデン・ロード側の角を曲がってしまいました。屋敷を調べるべき状況だと考えました。庭の門は開けっ放しでした。この窓から明かりが漏れていたので、何か起きたのかたしかめるため小道から近づきました。ご覧の状態の故人に気づきました。自分の腕時計とあの時計で確認しましたが、十時五分のことです。最初にフレッチャー氏の死亡を確認しました。氏に蘇生術を施しようがないことを確信しましたので、室内を探し、庭の植え込みにも誰も隠れていないことをたしかめました。次に署に電話をかけました、十時十分です。電話がつながるのを待っている間に、執事のジョセフ・シモンズがあのテーブルの上に載っているトレイを手に部屋に入ってきました。取調べのためにシモンズを引き止めました。九時頃アブラハム・バッドという人物が故人に会いにきたと述べています。バッドをこの部屋に通したのも彼です。アブラハム・バッドがいつ屋敷を出たのか知らないそうです」

「男の人相は？」

「それは訊いておりません、巡査部長。そのときネヴィル・フレッチャー氏が入ってきました。最後に故人を見たのは八時五十分頃だと言っています。二人で食堂を出たということです」

「わかった。すぐに彼に会おう。他には？」

「何もないと思います」グラスはしばし注意深く考えたのちに答えた。

「調べてみるさ。簡単な事件のようだな、あわてて逃げた男があやしい。そのアブラハム・バッドだろ？」

「わたしにはそうは思えません、巡査部長」グラスは言った。

巡査部長は目を見開いた。「思わんのか、そうか？　なぜだ？　またしても神のお導きかね？」

グラスの冷たい目が怒りに燃えた。「あざける者は人に憎まる（『箴言』二十四章九節）」

「いい加減にしろ！」巡査部長が言った。「おい、口をきいている相手が上司だってことを忘れるなよ！」

「あざける者は」グラスは言いつのる。「いましめらるることを好まず、また知恵ある者には近づかず（『箴言』十五章十二節）。バッドという男は、名前を伏せることもなく、堂々と玄関に来ました」

巡査部長はうなった。「そこは肝心な点だ、それは認める。だが予謀殺人ではなかったかもしれん。執事を連れてこい」

「ジョセフ・シモンズは信心深い人間だということがよくわかります」グラスはドアへ向かいながら言った。

「わかった、わかった。連れてくるんだ！」

執事は廊下にいた。まだ青ざめている。書斎に入ってくると、おどおどと机に目を向け、その向こうの椅子が空になったのを見て大きく安堵のため息をついた。

「名前は？」きびきびと巡査部長が訊いた。

「ジョセフ・シモンズです、巡査部長さん」

「職業は？」

「フレッチャー様の執事です——でした」

「彼に仕えて何年ですか？」

「六年半です、巡査部長さん」

「で、あなたは」巡査部長はグラスの手帳を参照しながら質問を続けた。「最後に生きている主人を見たのは、アブラハム・バッド氏をこの部屋に案内した午後九時だと言った。間違いありませんか？」

「はい、巡査部長さん。その方の名刺を持っております」シモンズは名刺を差し出した。

巡査部長はそれを受け取り、声に出して読んだ。「『イースト・セントラル、ビショップスゲート333C、アブラハム・バッド』これで、彼の居場所がわかった、それが一つ。彼のことは知らないと言ったそうですね？」

「その方にはそれまで会ったことがありませんでした。このお屋敷に招き入れる方々とはタイプが違いました」シモンズは偉そうに言った。

グラスはこの独善的な態度を痛烈な言葉で一蹴した。「エホバは高くましませども、卑《ひく》きものをかえりみたもう」と脅迫的な口調で言う。「されどもまた、おごれるものを遠きより知りたまえり（『詩篇』百三十八篇六節）」

「わたくしの高慢の鼻はへし折られました」シモンズは謝罪した。

「きみの魂などどうでもよい！」巡査部長が声を荒げた。「それから、グラスなんぞに注意を払わないで！　わたしの話を聞きなさい！　そのバッドという男の外見を説明できますか？」

「できますとも、巡査部長さん！　背が低く太っており、わたくしに言わせればけばけばしいスーツを着て山高帽をかぶっていました。ユダヤ教徒ではないかと思われます」

「小柄で太ってる、か！」巡査部長はがっかりして言った。「まるでダフ屋だな。故人はその男の来訪を予期していましたか？」

「およそ考えられないことです。バッドさんが緊急の要件なのだと言いましたので、やむをえずフレッチャー様に名刺を取り次ぎました。フレッチャー様はひどく不快の念を示されました」

「おびえていたということですか?」

「いえ、そうではありません!『厚かましいにもほどがある!』と仰られましたが、しばらくしてからお通しするよう命じられ、わたくしがお通ししたのです」

「で、それが午後九時頃ですね? 口論らしき声は聞こえましたか?」

執事はためらった。「口論とは申せません。だんな様の声が一、二度高くなったことはございますが、言葉は聞き取れませんでした。当方は廊下をへだてた食堂におりましたし、そのあとは配膳室に引き取りましたので」

「二人の間にいさかいはなかったと言うのですね?」

「はい。バッドさんは喧嘩好きのお人には見えませんでした。むしろその反対です。だんな様を恐れているような印象を受けました」

「彼を恐れていたって? フレッチャーさんは怒りっぽい人だったのですか?」

「とんでもない! たいがいはとても快活な紳士でした。立腹なさった現場などほとんど見ておりません」

「でも、今夜は腹を立てたのですね? バッド氏の来訪のせいで?」

執事はためらった。「その前だと存じます、巡査部長さん。フレッチャー様は——夕食の直前にネヴィル様とちょっとした意見の食い違いを見ました」

「ネヴィルさんと? 甥ごさんですか? 彼はここに住んでいるのですか?」

「いいえ。ネヴィル様はきょうの午後、到着されました。二、三日滞在なさるおつもりのようで」

「迎える予定でしたか？」

「それでしたら、わたくしが知らされなかったことになります。ネヴィル様のために弁明しますと、あのお方は――いささか風変わりな若紳士でいらっしゃいます。前触れもなしにこちらにお見えになるのは、けっして珍しいことではございません」

「それで伯父さんとの口論ですが。よくあることでしたか？」

「間違った印象を植えつけたくございません。喧嘩などはありませんでした、おわかりいただけますでしょうか。わかっておりますのは、夕食前に客間にシェリーとカクテルをお持ちしましたところ、口論が中断したような気がいたしました。だんな様はいたくご立腹のようでした。わたくしの知る範囲では滅多にないことでございます。入室しましたちょうどその時、これ以上この話は聞きたくない、ネヴィル様など地獄に落ちろとおっしゃいました」

「へえ！　で、ネヴィル氏はどうです？　彼は怒っていたのですか？」

「そう申し上げたくはございません、巡査部長さん。ネヴィル様は一風変わったお若い紳士でいらっしゃいます。ご自分の感情を表に出さないのです。何か感じることがあるのかどうか、ときおり疑ってしまいますが」

「それが、しばしば感じてはいるのだがね」言ったのはネヴィルだった。執事が言い終わる前に入室していた。

音を立てずに部屋に入る若いフレッチャーの習性に慣れていない巡査部長は、一瞬ぎょっとした。ネヴィルは独特のわびるような笑顔を見せ、やんわりと言った。「こんばんは。衝撃的ではありませんか？　何か発見したのでしょうね？　お帰りになる前に、叔母がお目にかかりたいそうです。誰が伯父を殺したのですか？」

「それを訊くのは時期尚早ですよ」巡査部長は慎重に答えた。

「と仰るからには、長いことはらはらしていなくてはならないのですね。がっかりだな」

「関係者の方々にとってはご不快でしょう」巡査部長は同意し、それからシモンズのほうに向いた。「とりあえず、これですべてです」

シモンズは下がり、興味津々でネヴィルを見つめていた巡査部長は腰を下ろすよう手招きした。ネヴィルは要求に従い、暖炉脇の深い肘掛け椅子に座った。巡査部長は丁重に言った。「ご協力いただけるものと思います。故人とはかなり親密だったとお見受けしますが？」

「いえ、そんなことありません！」ネヴィルはショックを受けている。「そんなふうに言ってほしくありません」

「そうですか？　フレッチャーさんとは良好な仲ではなかったということですかな？」

「それが、仲良しだったのですよ。ぼくは誰とでもうまくつきあえます。ただぼくは親密になる質じゃない」

「はあ、でも、わたしの言いたいのはですね――」

「ええ、ええ、仰る意味はわかりますよ。ぼくは伯父の人生の秘密を知っていただろうか？　知らないのですよ、巡査部長さん。秘密なんて嫌いです、それから人の悩みもね」

ネヴィルはたいそう愛想良くこの言葉を口にした。巡査部長はいささかめんくらったが、気を取り直して訊いた。「いずれにせよ、あなたはかなり故人のことを知っていたのでは？」

「その点に異論をとなえるのはやめておきますよ」ネヴィルは言った。

「故人に敵がいたかどうかご存知ですか？」

「それは、明らかにいたということでしょう？」

「そうです。ですが、わたしが立証しようとしているのは――」

「わかっています、でもぼくもあなたと同じくらい途方に暮れているのです。伯父とは面識がなかったのでしょう？」

「面識があったとは言いませんよ」

ネヴィルは煙草の煙で輪を一つ、また一つと作り、うっとりと目で追った。「みんながアーニーと呼んでいました」そしてため息をついた。「まあ、性別によっては優しいアーニーともね。わかります？」

巡査部長は一瞬目を見開いたが、ゆっくりとこう言った。「わかるつもりです。故人は評判がよかったようですな。故人を憎んでいる人間などご存知ないということですね？」

ネヴィルは首を横に振った。巡査部長は不平がましく相手を見てからグラスの手帳を確認した。

「あなたは、食堂を出てからビリヤード室に行き、ミス・フレッチャーが探しにくるまで留まったとおっしゃいましたね。それはいつ頃でしょう？」

ネヴィルはあやまるようにほほえんだ。

「おわかりにならないのですか？　さっぱり見当がつかないと？　考えてみてくださいよ！」

「残念ながら、これまで時間というものに格別の注意を払ったことがないのですよ。叔母がとても変わった訪問客が伯父のところにいると言った、と申し上げればお役に立てるでしょうか？太った小男で、帽子を手に持っていたそうです。叔母は廊下で男を見ました」

「あなたは男を見ましたか？」すかさず巡査部長は訊いた。

「いいえ」

「あなたが自室に上がったとき、男が伯父さんのところにいたかどうかご存知ない？」

「おやおや、巡査部長さん、ぼくが立ち聞きするとでも思うのですか？」

「まさかそんなふうには思いませんが――」

「少なくとも、ちっとも興味がないのに立ち聞きなんかしませんよ」ネヴィルは妥協するように言った。

「では、九時と十時の間に、あなたは部屋に上がったということですね」

「九時半です」とネヴィル。

「九時――ついさっき、時間の見当がつかないと言ったじゃありませんか！」

「ああ、さっきはわからなかったのです。でも、今鳩が一回鳴いたのを思い出したのですよ」

巡査部長はぎょっとして、非難がましい顔つきでドア脇にたたずむグラスに目をやった。この風変わりなネヴィル・フレッチャーは精神異常なのではないかという考えが、巡査部長の脳裏をよぎった。「それはどういうことですか?」

「踊り場にある鳩時計のことですが」とネヴィル。

「ああ、鳩時計の音ですか！　いやあ、正直言いまして一瞬わたしは――で、それは三十分の合図ですか?」

「ええ、ちょくちょく狂いますがね」

「それはこれから調べましょう。お部屋はどちら向きですか?」

「北向きです」

「家の奥ということですね?　脇道から入ってくる人間がいたら、物音が聞こえる可能性はありますか?」

「わかりません。誰の足音も聞こえませんでした。でも、耳をすませていたわけじゃないし」

「そうでしょうとも」と巡査部長。「では、とりあえずはこれで全部です。一日、二日はこの屋敷から出られないことはご承知でしょうな?　これも捜査の手順でしてね。時間をかけずに万事解明することが望ましいですから」

「そうですね」ネヴィルは同意した。暖炉の反対側の壁にかかった絵画に、その視線が意味ありげに留まった。「強盗ではないのですね?」

「可能性は低いです。でも、まだ断定はできません。フレッチャーさんはもちろん、他の住人も起きている時間に泥棒が入るのはありそうもないことです」

「ええ。ただ、あの絵の裏に金庫がありましてね――ご存知ないかもしれないと思って」

「知っています。執事が教えてくれました。指紋を採取しました。フレッチャーさんの弁護士がつかまりしだい、金庫は開けます。なんだ、ヘップワース？　何か見つかったか？」

最後の言葉はフランス窓から入ってきた巡査に向けられた。

「あまり成果はありません、巡査部長。でも、一つ見ていただきたいものがあります」

巡査部長はすぐに向かった。ネヴィルは体を伸ばして椅子から立ち、あとについて庭に出た。

「ご一緒してもかまわないでしょう？」相手が振り返ったので、そうつぶやいた。

「反対する理由はありません。実を言うと、十時直後に一人の男が脇門からこそこそ出るところを目撃されており、わたしが大きな勘違いをしているのでないかぎり、それが我々が追う男です」

「例の——太った男ですか？」ネヴィルはまばたきしながら言った。

「ああ、それはあまりに安直ではないですかな？」巡査部長は寛大な口調で言った。「ソフト帽をかぶった平凡な容姿の男というだけです。ヘップワース、今度はなんだ？」

ヘップワースは、家に近い、カラントが咲く花壇の裏まで進んでいたが、懐中電灯の光を地面に向けた。柔らかな土には、ハイヒールの跡がくっきりと付いていた。

「付いたばかりです、巡査部長」ヘップワースは言った。「この木の裏に誰かが隠れていたのです」

「事件の陰に女あり、か！」ネヴィルが言った。「おもしろくなってきましたね？」

第二章

十一時半には、監視のための巡査を一人残して、警官隊はグレイストーンズを立ち去った。ミス・フレッチャーは巡査部長の取調べに丁重に応じたものの、法的正義の実現の助けにはならなかった。女性の靴の足跡が発見されたという知らせを聞いても、ショックを受ける様子も驚く様子も見せない。「兄はあんなに魅力的な男性でしたもの」と巡査部長に打ち明ける。「もちろん、わたしは別に——でも、男性はわたしたちとは違うのですものね？」

巡査部長は、晩年のアーネスト・フレッチャーへの賛辞を聞かされた。彼がどれほど魅力的だったか。どれほど人に好かれていたか。いかにマナーが完璧だったか。いつでも妹思いだったこと。ほがらかだった。颯爽としていた。とても気前がよかった！　この言葉の渦のなかからいくつか事実が浮かび上がってきた。ネヴィルは、何年も前に亡くなったアーニーの弟、テッドの息子として生まれ、アーニーの相続人と決まっている。ネヴィルは優しい若者だが、行動に脈絡がない——そう、それがかわいそうなアーニーを苦しめた。いまわしいバルカン諸国のどこかでアーニーが投獄された時——いいえ、たいしたことではなかったのですよ、ネヴィルがどうしようもなくぼんやりしていて、パスポートを失くしてしまったので。ブダペストである日の朝食前、ロシアの女性があり、た、だけ、の荷物を持ってネヴィルの泊まっているホテルに現れたことがあった。前夜のパーティーでネヴィルからおいでと言われたそうです――そりゃあ、とても誉められたことじゃありませんけれど、若い男性はときには酔っ払いますし、とにかくその女性はネヴィルにふさわしい相手ではありませんでしたし、ネヴィルだってそんなつもりは毛頭なかったのですから。同時に、同情すべきはアーニーでした、女性にお引き取り願うためにお金を与えたのですから。ですけれど、アーニーがネヴィルを好いていなかったなどというのは、大きな間違いです。二人には共通点はあまりありませんでしたが、血は水よりも濃し、でアーニーはいつも甥に思いやりを持っていました。

さらに突っ込んだ質問をされると、ミス・フレッチャーはこう答えた。いいえ、少しでも兄に恨みを持つ人など知りません。殺人犯は、新聞に載るような恐ろしい狂人ではないかしら。

巡査部長はいささか難儀してミス・フレッチャーのもとから退散し、そそくさと屋敷を離れた。叔母と甥は客間で顔を突き合わせる。

「まるで、すべてが恐ろしい悪夢だったような気がするわ」ミス・フレッチャーは片手を頭に当てて言った。「廊下には警官がいて、いとしいアーニーの書斎に鍵をかけてしまったなんて！」

「それが気にかかりますか？」ネヴィルは訊いた。「何か破棄してしまいたいものがあるんですか？」

「なんて誠意のないことを言うの。アーニーなら他人が自分の問題に鼻を突っ込むのを嫌がっただろうと思うだけよ。重要なものを破棄するつもりなどないけれど、そもそも書斎には何もありゃしません。ただね、最高に立派な人でも男の人がどんなものかわかるでしょ」

「わかりませんね。はっきり言ってくださいよ！」

「それはね」とミス・フレッチャー。「人は男の人の生活のあちらの面には目をつぶりがちだけれど、ネヴィル、兄には何人か女性がいたと思うの。なかには――知っているわけではないけれど――好ましい女性とは言いがたい人もいたのではないかしら」

「男ってのは滑稽なもんですよ」ネヴィルは優しく言った。

「そうね、もちろんありがたいとも思っていたのよ。わたしがアーニーがつかまるように仕向けたことだってあるのだもの」

「つかまる？」

「結婚のことよ」ミス・フレッチャーは説明した。「そんなことになったら、わたしはひどい痛手を受けたでしょう。ただね、さいわいにも兄は一、人、の、人と続くタイプではなかったから」

ネヴィルは驚いた様子で叔母を見た。相手は悲しげな笑みを浮かべている。注目に値する発言をしたという自覚がなさそうだ。最高にお上品ぶっている。丸々太って老け込んだ女性。小さく無造作に束ねた白髪。泣いたせいで温和そうな目のふちが赤い。すました口には口紅も塗っていない。

「すっかり動転してしまいましたよ」ネヴィルは言った。「もう寝ます」

ミス・フレッチャーは苦しげに言う。「まあ、今の話がショックだったの？　どうしたって表沙汰になる話なんだから、遅かれ早かれあなたの耳に入ったのよ」

「伯父さんのことじゃない、あなたが問題なんですよ、叔母さん！」

「あなたったら、ほんとに奇妙なことを言うのねえ」叔母は答える。「くたびれてるせいよ、無理もないわ。あの警官に軽食を出したほうがいいかしら？」

廊下で勤務中の警官と喋る叔母を尻目に、ネヴィルは自室に上がった。あまり間を置かずに、叔母がドアをノックして気分はどうかと訊いてきた。ネヴィルはドア越しに、大丈夫だけど眠いと答えた。甥とおやすみの挨拶を交わし、もう邪魔しにこないと約束してから、ミス・フレッチャーは屋敷の前面にある自室に引き取った。

ネヴィル・フレッチャーはドアに鍵をかけると窓から抜け出し、頑丈な縦樋《たてどい》と客間のヴェランダの屋根を伝って地面に降りた。

庭には煌々と月光が射している。見張りが脇門にいる場合に備え、ネヴィルは庭の奥のアーデン・ロードに面する塀に向かった。手前が垣根仕立てになっているので簡単によじ登ることができる。ネヴィルは塀のてっぺんに達すると反対側に飛び降りた。訓練を積んだスポーツマンの身軽さでやすやすと着地し、その場で煙草に火をつけ、道を西に向かって歩みだす。百ヤード行くとメイプル・グローヴと平行して走る間道に着いた。間道に入って一つ目の門口を入った。大きな四角い家が、月光を浴びてくっきりと浮かび上がる。月光は窓のカーテンを照らしていた。一階、玄関ドアの左手の窓は開けっ放しだ。ネヴィルは歩み寄り、カーテンを開けて室内を覗き込んだ。

机に向かって、女性が何か書いている。読書用ランプの光を受けた金髪は輝いている。彼女は夜会服を身にまとい、椅子の背には金襴の外套がかけてある。ネヴィルはしばし女性を見つめていたが、やがて部屋に足を踏み入れた。

女性はすばやく顔を上げ、ショックですすり泣くような声を上げた。その目に浮かんだ恐怖の色は、たちまちのうちに安堵の念に変わった。愛らしい顔がさっと紅潮する。胸の前で両手を組み合わせ、小声で言った。「ネヴィル！　おお、びっくりしたわ！」

「今夜ぼくが経験したことにくらべれば、そんなの驚いたうちに入らないさ」とネヴィルは応じた。「グレイストーンズであんな愉快な事件があるとは！　きみには想像もつかないよ！」

女性は書きかけの手紙をデスクマットに隠し、「あれは手に入らなかったの？」と切望と疑念相半ばする気持ちで訊いた。

「ぼくが手に入れたのは苛立ちだけだ」ネヴィルは女性に歩み寄ると、膝をついて相手を驚かせた。

「ネヴィル、いったいなんの……？」

ネヴィルは片手で女性のかかとを摑んだ。「足を見せておくれよ」ネヴィルはかかとを持ち上げ、銀色のキッドの靴をしげしげ眺めた。「おお、我が預言者の魂よ！　ぼくら、泥沼にはまってしまったね？　きみのきれいな小さな部屋履きと同じく」ネヴィルはかかとを放して立ち上がった。

女性の目に警戒の色が走った。部屋履きを見おろし、スモックの皺をぐいと引っ張る。「どういうこと？」

「いい加減にしろよ。今夜アーニーのところに行って、書斎の窓の外の植え込みに隠れてたくせに」

「どうやって知ったの？」すかさず女性は訊いた。

「直感だよ。あのことはぼくに任すつもりだったのかと思っていたのに。自分でのこのこ出かけていくくらいなら、なぜぼくを引きずり込んだ？　こっちは全然気が進まなかったのにさ」

「そうでしょうとも。あなたが役に立つなんて思えなかったのよ。ちっとも当てにならないし、わたしを助けるなんて真っ平なんだとわかってたわ」

「ああ、その通りだとも。今だってそうさ。ぼくは役立たずだった、それでもぼくと互角に張り合えなかったきみは大馬鹿だ。ところで、あれを手に入れたのかい？」

「いいえ。彼はただ――笑って、そして――ねえ、わかるでしょ！」

「ふん、そりゃすてきだね！」ネヴィルが言った。「うっかり伯父の頭を殴っちまったと言うのかい？」

「おお、馬鹿なこと言わないでよ！」女性は苛立ちをあらわにした。

「それが芝居ならたいしたもんだよ」ネヴィルは疑い深げに相手を見た。「誰がやったか見たのか？」

女性は眉をひそめた。「誰が何をしたところを見たって言うのよ？」

「アーニー伯父の頭を殴ったところだよ。お馬鹿さん、伯父は殺されたんだ」

女性は悲鳴と泣き声の中間のような声を出した。「ネヴィル！　嘘よ！　ネヴィル、本気で言ったんじゃないでしょ！」

女性を見つめるネヴィルの口に微笑が浮かんできた。「知らなかったのか？」

ネヴィルを凝視するうち、女性の顔色が青ざめていった。「わたしがやったんじゃないわ！」

女性はあえいだ。

「きみにそんな度胸はあるまいよ」ネヴィルは同意した。

ドアが開き、二人の会話はさえぎられた。茶色の巻き毛、左目に片眼鏡を押し込んだ痩せぎすの若い女性が入ってくると、静かに言った。「呼んだ、ヘレン？」それから視線をネヴィルに留めると嫌悪の念をむき出しにする。「あら、あなた来てたのね？」

「ああ、だけどきみがいると知っていたら来なかったよ、あばずれくん」ネヴィルは猫なで声で応じた。

ミス・ドルーは軽蔑したように鼻を鳴らし、妹を睨めつけると、「あなた、ひどい顔してるわね」と言った。「どうしたの？」

ヘレン・ノースはおろおろと両手を揉みしだいた。「アーニー・フレッチャーが殺されたのよ」

「よかった！」ミス・ドルーは動じない。「ネヴィルはそれを言いにきたの？」

ヘレンはぶるぶる震えた。「おお、やめてよ！　ひどい、ひどいことだわ！」

「わたしとしては」ミス・ドルーは卓上の箱から煙草を取り出し、長いホルダーに挿し込みながら言った。「記憶すべきことだと思うわ。度を越して垢抜けたマナーとチャーミングな笑顔の男なんて大嫌い。誰が殺したの？」

「知らないわよ！　知ってるわけないじゃない！」ヘレンは叫んだ。「サリー！　ネヴィル！ああ、神様！」ヘレンは姉からネヴィルへと激しく視線を動かすと両手に顔をうずめてソファーに沈み込んだ。

「それが芝居なら、たいしたもんだ」ネヴィルが言った。「芝居でないなら、時間の無駄としか言いようがない。よすんだ、ヘレン！　こっちがまごついちまうよ」

サリーは忌々しげにネヴィルを見た。「あなたはあまり動揺していないようね」

「一時間前のぼくを見てないからな」がネヴィルの返事だった。「あの時は全く冷静さを失っちまったよ」

サリーは馬鹿にしたような顔をしたがこう言うにとどめた。「すべて話しなさいよ。いいネタになるかもしれないから」

「なんていい考えだ！」ネヴィルは言った。「アーニーは無駄死にしなかったわけか」

「わたし、ずっと本物の殺人に出くわしたいと思ってた」サリーはもの思いにふけるように言った。「どんなふうに殺されたの？」

「頭をぶち割られた」ネヴィルは答えた。

ヘレンはうめき声を上げたが、姉のほうは通らしくうなずいた。「鈍器による殴打ね。犯人の見当はつく？」

「いや、でもヘレンの可能性もある」

ヘレンは頭を上げた。「わたし、あの場にいなかったって言ったじゃない！」

「きみの靴を見れば、嘘だとわかるんだよ」

「ええそうよ、でも彼が殺された時はいなかったのよ！　いなかったんだから、いいこと、わたしはいなかったの！」

ミス・ドルーの目から片眼鏡が落ちた。もう一度眼窩《がんか》にねじ込むと、探るように妹を見た。

「どういう意味なの――『ええそうよ、でも彼が殺された時はいなかった』って――？　今夜グレイストーンズまで出かけたの？」

ヘレンは答えあぐねるようだったが、しばらくしてこう言った。「そうよ。ええ、確かにアーニーに会いに行ったわ。わたし――わたし、お姉さんのタイプライターの音にうんざりしたし、それに――どうしても彼に会いたかったものだから」

「さあさあ」サリーが言った。「今のうちにさっさと言っておしまいなさいよ！　あなたとアーニー・フレッチャーの間に何があるの？」

「言語の完璧主義者としては」ネヴィルが口をはさんだ。「現在形の使用に異議をとなえないとな」

サリーはネヴィルに噛みついた。「なんだか知らないけれど、あなたも何か知っているんでしょ？　わたしに話しなさいよ」

「お姉さんが思っているようなことじゃないのよ！」すかさずヘレンが言った。「ほんとに違うんだから、サリー！　そりゃあ、彼を好きだったことは認めるわよ、でも――そこまで好きじゃなかった！」

「ネヴィルに本当のことが言えるのなら、わたしにだって話せるでしょ」とサリー。「それから、わたしのタイプの音がうるさいから彼に会いに行ったなんて、無駄な言い訳はやめることね」

「サリーに話せよ」ネヴィルはうながした。「彼女、浅ましい話が好きなんだから」

ヘレンは真っ赤になった。「そんな言い方しなくたっていいじゃない！」

ネヴィルはため息をつく。「ねえきみ、あまりに陳腐で浅ましいからぼくは興味をそそられないって最初に言ったじゃないか。なぜ今夜あんなことをやらかしたんだ？」

「やけっぱちっていうのがどんなものか、あなたは知らないのよ」ヘレンは苦々しく言った。

「知らないね、ぼくは神のごとく超然としているから」

「じゃあ、あなたも殺人事件に巻き込まれて窮地に陥ってみるといいわ」サリーが割り込んだ。

「そんな時、神のごとく超然としていて何になるの？」

ネヴィルは考え込むようだった。「ものすごく興味深いだろうね」と言う。「むろん、表面的には平静を保つさ。だが内面では気落ちしてしまうだろうか？　そうならないことを祈るよ。もし気落ちしたなら、ぼくはもう自分がわからなくなる。それはひどく不快なことだろうな」

ヘレンがこぶしでソファーの肘掛けを叩いた。「よくもまあ、べらべらしゃべって！　いったいなんになるの？」

「有用性へのあこがれほど陳腐なものはないな」ネヴィルは応じた。「全く、きみは散文的な精神の持ち主だね」

「ああ、お願いだから黙って！」サリーは懇願した。ソファーに行ってヘレンのかたわらに腰を下ろす。「さあいい子だから、わたしにすべて話してしまったほうがいいわよ。困っているのなら、わたしが助けてあげるから」

「無理よ」ヘレンはみじめったらしく言った。「アーニーはわたしの借用証書を持っているの。そのうち警察が見つけて、恐ろしいスキャンダルになるわ」

サリーは眉をひそめた。「借用証書ですって？　なぜ？　彼はどうやって手に入れたの？　そもそもなんの借用証書なのよ？」

「賭けの借金よ。ネヴィルの意見では、買ったんじゃないかっていうんだけど」

「いったい全体なんのために？」サリーが問いつめた。またも片眼鏡が滑り落ちる。

ネヴィルは感嘆したようにサリーを見た。「この女性は純白の百合のような心を持っているのだな！」と感想を言う。「全く恐れ入るよ」

サリーはかっとなってやり返す。「わたし、そんなもの持ってません！　でも、この不名誉の代償の問題ときたら、何から何まで時代遅れ《ヴュジュ》だわ！　全く、そんなものわたしの辞書にはありませんからね！」

「きみは現実逃避の人間なのか？」ネヴィルはねちねち訊く。「だから現実離れした小説を書くのかい？　現実の生活の凡庸さを耐えがたいと思っているとか？」

「わたしの小説は現実離れなんかしてません！　参考までにお知らせするけど、評論家はわたしをもっとも重要な六人の犯罪小説家の一人だとみなしています」

「登場人物の趣味の悪さという点においてはね」とネヴィル。

苛立ったヘレンが押し殺したような悲鳴を上げた。「ねえ、いい加減にしてよ！　こんな時に、なぜそんな話をするの？　わたしは何をすればいいの？」

　サリーはネヴィルからヘレンに向き直った。「いいわ、はっきりさせましょう。わたし、データを全部もらったとは思えない。いつからアーニー・フレッチャーに引っかかっていたの？」

「引っかかったりしてない。ただ彼はとても魅力的で――それに、同情心があってわかってくれたのよ。まるで女性のようにね、でもそれが原因じゃないわ。わたし、説明できない。アーニーって、人をとてももろくて貴重な陶器になったような気にさせるのよ」

「そりゃあ、きみの生活の刺激になっただろうね」ネヴィルは思索するように言った。

「お黙りなさい！　続けて、ヘレン！　いつ始まったの？」

「ああ、わからない。彼を知った瞬間からかしら――礼節にのっとって知ったという意味よ。間違っても彼が――彼がわたしに恋心を持ったなんて思わないで、そうじゃないんだから。彼が望むものが何か、最近になってやっと気づいたの。わたしは――おお、自分が何を考えていたのかわからない！」

「きみは何も考えちゃいなかったのさ」ネヴィルが親切に説明してやる。「きみは黄金のシロップにぷかぷか浮いていただけだ」

「おおかたそんなところでしょう」サリーが言った。「あなたはエーテルを嗅いでいたのよ。それより、ジョンの考えはどうだったの？」

　ヘレンは赤面し、顔をそむけた。「わからないわ。ジョンとわたしは――気持ちが離れていったの――アーニーがわたしの人生に登場する以前にね」

ネヴィルは気が抜けたように椅子に沈み込み、両手で顔を覆った。「ああなんてこった！　なんてこった！」と彼はうめく。「むかつくようなシロップの中に引きずり込まれていく。ねえきみ、抜け出そうよ――きみの人生から脱出させてくれ。ぼくまで月並みな文句をもごもご言い出す前にさ。うかうかしてると口走りそうだ」

「言っておくけれど」サリーが忌憚のない意見を述べた。「『脱出する』と『自分の人生に登場する』は自分では使いたくないわ。ヘレン、感傷的になるのはおよしなさいよ。あんまり深刻ぶって見えるわよ。わたし、あなたとジョンはあまりうまくいっていないと思ってた。自分が金鉱にぶち当たったことに気がつかない女もいるものね。何がまずかったの？　ジョンは正に乙女が理想とするような男性に見えたけれど」

「おお、どう説明したらいいのかわからない！」ヘレンは目に涙を浮かべて言った。「彼と結婚した時、わたしあんまり若かったんだもの。すべてが夢のとおりにかなうのだと思っていたわ。自分が正しいだなんて言わない。ジョンはいい人だってわかってる。でもね、彼はわたしのことをわかってくれなかったし、わたしが望むものを彼は望まなかったの――明るさとか楽しさとか、わくわくすることとか！」

「彼を愛していなかったの？」サリーはぶしつけな質問をした。

「愛してると思ってたわよ。ただ、何もかも失敗だったの。ジョンがあんなじゃなかったら――でも、彼がどんなだか知ってるでしょ！　もし彼がわたしの体を揺さぶったり、殴ったりしたら、わたしだってしゃんとしたわよ。でも彼はそうしなかった。ただ、自分の殻に閉じこもっただけ。それに彼忙しくて、わたし退屈しちゃったの。彼抜きであちこち出かけるようになったわ。サリー、始まりがどんなだったか、どうしてここまでひどくなってしまったのかわからない。でもわたし達、完璧に別世界の人間になってしまった」彼女の頬を涙が伝い、声がわなわなと震える。「すべてを取り戻すためなら、何を犠牲にしてもいい。でもそんなことはできないし、二人の間にはもう越えられない溝があるのよ！　それにこんなことがあったし、あれがとどめを刺すのだと思う。ジョンの名前を汚してしまった。わたしにできることといえば、彼に離婚してもらうことだけだわ」

「馬鹿はおよしなさい！」サリーは喝を入れるように言った。「ジョンは、あなたが困っている時に見放すような人じゃないわよ。借金したからって離婚の理由にならないし、あなたの借用証書がアーニー・フレッチャーの所持品のなかから見つかったら、不実な妻でなかったことが明らかになるでしょ」

「あれが見つかって、すべてがばれたら、わたし自殺する！」ヘレンが言った。「わたし、駄目だったの。どうしても問題と向き合えなかったのよ！　ジョンはわたしの賭けのことなんて、これっぽっちも知らないの。彼は賭けなんて我慢がならない人よ。ネヴィルはひどい人よね、でもこれが浅ましい話だっていう意見は全くその通りよ。パーティーでやったのはブリッジのたぐいの賭けじゃなくて——ほんとにひどいものだった！」

「なんとまあ！」ミス・ドルーはお上品に言った。「金メッキを施された悪徳ととげとげしいいやな女たちと自殺が、隣り合わせってわけ？　そういったたぐいのことなの？」

「メッキなんかしてないし、自殺した人なんていないわよ。でもあれは悪い場所で——ある意味——とてもぞくぞくした。もしジョンがこのことを知ったら——これに関係ある人たちのことを知ったら——サリー、あそこに行ったからにはわたしは悪くないとは誰も信じてくれないわ！」

「なら、なぜ行ったの？」

「それは、スリルを味わうためよ！　みんながライムハウス（ロンドン東部の悪がはびこるとされる一帯）に行くのと同じこと。ゲームにわくわくするのがたまらなかったの。それからずいぶん大金をすってしまって、勝って取り戻せると馬鹿みたいに思ったのよ。深みにはまっていくのがどういうことか、知っているでしょ」

「なぜ真珠を売らなかったの？」

　ヘレンの唇にかすかな笑いが浮かんだ。「なぜって一文の値打ちもないからよ」

「なんですって？」サリーは息を呑んだ。

「模造品なの」ヘレンの口調は苦々しい。「本物はとっくの昔に売ってしまったわ。他のものもね。わたしはずっとろくでもない浪費家だったけれど、ジョンはこれ以上は容赦しないと言ったわ。だからわたし、自分のものを売ったの」

「ヘレンったら！」

　それまで贅沢な椅子に座って目をつぶっていたネヴィルが、眠たげに言った。「きみが模造品を欲しいと言ったんだろ？」

「ヘレンに関係ない話だったとしても、小説の種にはならない」サリーが言った。「わたしのやり方じゃないもの。集中すべきは殺人事件だもの。ところでヘレン、だれがあなたをこの魔窟に誘い込んだの？　優しいアーニー？」

「まあ、違う、違うわよ！」ヘレンは大声を上げた。「彼は救い出してくれたのよ！　彼がどれほど立派だったかとても口で言い表せないわ。何もかもうまく行く、心配ないからって、これからはいい子にしていなさいって言ったのよ」

「女たらしが！」サリーは痛烈に言った。

「そうね、ただ――そんなふうには思えなかったわ。彼はとても口がうまいのよ！　あのおぞましい借用証書を手に入れてくれて、わたしは最初、なんてありがたいと思ったわ！」

「それからあなたを脅迫したのね！」

「い、いいえ、脅迫はしなかった。そんなふうじゃなかったのよ。くわしく話せないけれど、ともかくお姉さんが想像するのとは違う。もちろん借用証書を武器にはしたわよ、でもね、彼はべつにそんなつもりじゃなかったのよ！　すべてがとても――笑いながらって感じだったし、彼はわたしに夢中だった。こちらはちょっと気が変になっていたんでしょうね、彼をうまくあやつれなくて。わたし怖くなって、借用証書をアーニーが持っていると思うと夜も眠れなくなった。だからネヴィルに話したの。ネヴィルなら何とかしてくれると思って」

「ネヴィルが？」サリーが軽蔑しきった口調で言った。「あなたってまるで田舎もんね！」

「わかってる、でも他に誰もいなかったんだもの。それに彼、頭はいいのよ、どうしようもない人だけれど」

「田舎の基準からすれば、かい？」ネヴィルが少々興味を示して訊いた。

「ネヴィルにも脳みそらしきものはあるのかもしれないけれど、誰かのために骨を折ったとかまっとうな善人のようにふるまったなんて、聞いたこともないわ。あなたがどうやって彼にひと仕事引き受けさせたのか想像もできない」

「じわじわ責めてくるぞ」ネヴィルがつぶやく。

「それで、引き受けたからには身を入れたのかもしれないわね。何かしようとしたの？」

「ああ、苦痛に満ちた場面だったよ」

「なぜ？　アーニーはかんかんだったの？」

「ぎょっとするほど怒りはしなかったさ。ぼくも同様だ。しかるべき方法でパブリック・スクール出身者らしい印象を与えるぼくを見せたかったな。伯父に正々堂々とふるまってくれと懇願しなかったとは言わないよ。アーニーはしまいにはむかつくような態度に出たが、こっちは驚きはしないね」

「ねえ、あなたは冷酷なんじゃなくて、精神が欠落しているのよ」サリーは言い放ち、それから妹を見た。「わたしはシャペロンとして招かれたの？」

「ええ、ある意味そうよ。それに、お姉さんにいて欲しかったし」

「それはどうも！　今夜何があったの？」

「まあ、何もないわ。サリー、何もなかったのよ！　わたし、馬鹿だったわ、でもアーニーと穏やかに話ができればと思ったのよ――そして彼の寛大さに訴えれば、万事うまくいくんじゃないかって。お姉さんは執筆で忙しかったから、わたし外套を着て裏口からグレイストーンズに向かったの。アーニーが書斎にいるかもしれないと思って」

「そんなふうにアーニーをたずねるのは初めてじゃないみたいね」サリーが鋭く遮った。

ヘレンは赤面した。「それは、いいえ、わたし――一度か二度たずねたことはあるけれど、彼がわたしに恋していることに気づいてからは、そんなことなかったわ。正直に言って、彼のことはすてきなおじさんみたいに見ていたの」

「つくづくあなたたって馬鹿ね。続けて！　いつこの馬鹿げた遠征に出発したの？」

「九時半よ。お姉さんがくだらない本を書くのに熱中する頃だから」ヘレンはちょっと意地を見せてやり返した。「それにアーニーが書斎にいることはわかっていたの。アーデン・ロードからメイプル・グローヴに入ったとき、グレイストーンズの脇門から男の人が出てきてヴェイル・アヴェニューのほうに歩いていくのが見えたから」

「アブラハムだ」ネヴィルが言った。「いずれにせよ、それで彼だと決まったわけだ。哀れなもんだ。うさんくさい名前だからな」

「何を言ってるのかわけがわからない。わたしは庭に入ってアーニーの書斎に向かったの。アーニーはいたわ、でもすぐに来るんじゃなかったとわかった。彼は――ひどく嫌な感じで――あれほど魅力的な人があそこまで感じ悪くなるなんて」

「立派な紳士《プッカ・サヒブ》（本来は純血種の意。白人支配層のニュアンス）たろうとがんばった暁には、ぼくもまさしくそうなるだろう」

とネヴィル。「アーニーを責めちゃいけない」

「彼のところにはどれくらいいたの？」サリーが詰問した。「考えなさい！　大事なことかもしれないんだから」

「考えるまでもないわ。わかっているもの」ヘレンは応じた。「アーニーは、わたしが信用を危うくする時間に見つかったらどういうことになるかなんて言ったのよ。わたし、時計を見て九時四十五分が信用に関わる時刻だと思うなら、あなたは心《しん》からヴィクトリア朝風（旧式で偽善的な、の意）の人間だって言ってやったの。心の中ではエドワード朝風（物質的豊かさに対する自己満足と華美絢爛を好む、の意）なだけだと思ったけれど」

「よく言ったわね！」サリーが賛同した。

「ええ、わたしかっとなったの」ヘレンは認めた。「それからすぐ出てきたわ、きたのと同じ道を通って」

「まっすぐ帰ってきたの？」

ヘレンはためらった。ネヴィルを見たが、相手は眠そうにおもしろがっているような視線を返してくるだけだ。「それが」しばし間を置いてヘレンは答えた。「違うの。門が開く音が聞こえて、もちろん見られたくなかったから、屋敷の脇の植え込みの後ろに飛び込んだわ」

「誰だったの？」すかさずサリーが訊いた。

「知らないわ。見えなかったから。男の人ということしかわからない」

サリーは探るような目で妹を見たが、やがて言った。「わかった、続けて！」

「その人は書斎に入っていったの。後ろ手に窓を閉めたと思う。呟くような声しか聞こえなかった」

「まあ！　見るチャンスがあったのに逃げてきたの？」

ヘレンはうなずいた。「ええ、もちろん」

「で、アーニー以外あなたを見ていないのね？」

「そうよ」

「そして、あなたはハンカチを落として歩くような真似はしなかったのね？」

「あたりまえじゃない」

「なら、借用証書以外、あなたと殺人を結びつけるものは何もない」サリーは断言した。「警察が見つける前に、わたし達で手に入れなくちゃ」

ヘレンが言った。「まあサリー、そんなことができればいいけれど！　でもどうやって？　机の中にはないのに――」

「なぜ知っているの？」サリーがすかさず訊いた。

「なぜって、わたし――アーニーがそれらしいことを言ってたものだから」ヘレンは口ごもった。

「わたしなら彼の言うことをいちいち真に受けないな。そりゃあ金庫に入っているかもしれないけれど、そこまではしなかったと思いましょうよ。ネヴィル、これはあなたの仕事よ」

ネヴィルは目を開けた。彼独特のけだるい目つきで姉妹の様子を窺ってから、椅子から身を起こし、シガレットボックスのあるテーブルまでぶらぶらと歩いた。煙草を一本取ると火をつけ、手持ちの空のシガレットケースに煙草を詰め始めた。「この騒ぎに」ともの柔らかに言う。「さぞかしわくわくしているのだろうね」

「まあ、そんなことないわよ！　あなたは屋敷に滞在しているんでしょ。ヘレンを助けるって言ったじゃない。スコットランドヤードの捜査が始まる前に、借用証書を見つけるのは簡単じゃないの」

「スコットランドヤードですって！」ヘレンはあえいだ。

「そうよ。そうに決まってる」サリーは答えた。「ここは首都圏だから。おおかた捜査員が送り込まれるでしょう。ネヴィル、やってくれる？」

「ごめんだね」ネヴィルは最後の一本をケースに入れながら答えた。

「自分の借用証書だったらさっさと探すくせに！」

ネヴィルは顔を上げた。「だろうね。だが、問題の証書はぼくのではない。一切関わりがないんだ」

「あなたに親切心か――騎士道精神のかけらでもあったら――」

「おぞましいガンガ・ディン役（英国の詩人ラドヤード・キップリングの同名の詩で詠われたインド人。英国人のために命がけで働き、戦死する。利用されるだけの人物、の意か）をぼくに押し付けるのはやめてくれないか！」ネヴィルは哀願するように言った。「誰か別の人間を見つけろよ。ぼくよりずっと高潔な人間をおおぜい知ってるんだろ」

「よくわかったわ！」サリーが言った。「あなたに度胸がないのなら、わたしがやります！」

「きみの若々しい熱意に水を差したくはないがね、正面ホールには大柄で意志堅固な警察官がいると言っておくよ」

サリーはがっかりした顔つきになった。「それは考えもしなかったわ」とゆっくり言う。と、ある考えが浮かんだ。「屋敷を監視しているということ?」

「ま、彼らが下宿人じゃないことはたしかだな」

サリーはさっと立ち上がった。「このろくでなし! 屋敷が監視されているのなら、何しにここに来たのよ?」

「煙草を頂戴するためさ。あそこじゃすっかり切らしているから」

「ねえ、馬鹿なこと言わないで! あなたがここに来たら、警察をヘレンのところへ連れてくるのも同じだとわからないの?」

「それはないさ! ぼくはそんなことしてない!」ネヴィルはあやまるような笑いを浮かべた。

「窓から出て、塀を越えたんだから」

「あなたったら――ほんとなの?」サリーは驚きをあらわにした。怒りの形相がやわらぐ。「あなたにそんなことができるとは、意外だわ」

「先祖返りさ」ネヴィルは説明する。

「おおネヴィル、どうしてそんなことができたの?」ヘレンは尊敬の念もあらわに訊いた。

ネヴィルは警戒するような顔になった。「勘違いはよしてくれ! これっぽっちも英雄的でも勇敢なことでもなかったんだ。ましてや困難ですらなかった」

「いいえ、たいへんだったはずよ。どうやって、できたのか想像もつかない! わたしにはとてもそんな度胸はないもの」

「度胸は関係ない。大学教育の恩恵にあずかっただけだ」

「まあ、あなたとしては冒険したのだと思うわ」サリーが言った。「でも、借用証書を手に入れる助けにはならないけれど」

「無理するなよ」とネヴィル。「入手は不可能だ。おおかたアーニーの金庫にあるんだから、きみも言ったとおり」

「金庫を開ける方法ならあるけど」サリーは顎を両手にうずめ、陰気に言った。「暗証番号なんて知らないわよね？」

「今夜初めて正しいことを言ったね。やれやれ、これだから女は嫌だ！」

「サリー、まさか金庫の開け方なんて知らないわよね？」驚きのあまり、ヘレンは自分の苦境を忘れて訊いた。

「いいえ、今すぐにはわからないわよ。調べてみないと。スープ（金庫破りに用いるニトログリセリン）なら聞いたことあるけれど」

「なんのスープだ？」ネヴィルが訊いた。「美食について語り合うのなら、ぼくは大いに知力を発揮することができるね。本気になれることは滅多にないが」

「馬鹿。そのスープじゃないわよ。金庫を爆破して開けるもののこと。正確な材料は忘れたけれど、爆発性のものよ」

「ほんとかい？」ネヴィルは言った。「なんて愉快なんだろう！　廊下の警官の気に入るかね？」

「それを使おうなんて思っちゃいないわよ。仮に製造法を知っていたとしても」

「殻を打ち破るというのは、か弱い女性の特質に違いない。負けるな、金庫ごときにひるむな。家ごと吹き飛ばせばいい。そうすりゃ警官も排除できる」

「せいぜい笑うがいいわ」サリーは言った。「結局、あなたは泥沼にはまっていないものね」サリーは立ち上がって室内を大股で歩き始める。「さあ、ちゃんと考えるのよ！　わたし達、金庫を開けることはできないし、警官の目をごまかす方法もわからない。本の中でこんな状況を設定したら、解決策を考えられるはずなのに。どうして、今何も思いつけないんだろう」

ネヴィルはわずかながら興味を示した。「もしぼくらがきみの本の登場人物だったら、そもそも現実以上に面の皮が厚いはずだ」

「とはかぎらないわよ」

「いや、そうさ！　きみが描く人物はいつだって現実離れしているんだ。我々には、知恵だってもっとあるべきなんだ。だいたいきみは、スープの作り方なんざ――」

「そして、どこで材料を買えばいいかも――だいたい、作り方すら知らないもの」サリーが遮った。

「そうだろうとも。ヘレンが行って屋敷の外で大変だと叫んで警官の注意を引き、その間にきみは金庫を爆破する。で、ぼくは大芝居を打って戻ってきた警官を歓待する。書斎に誰かいたような気がすると言う。警官を書斎に連れて行く頃には、きみは不利な書類を抱えて逃走している。そこでだ、ぼくらのうちの一人でも今の仕事をこなせる人間がいるだろうか？」

「見当たらないわね。とにかくお粗末な作戦よ。ヘレンがおとりなのは見えすいているから、わたし達罪に問われることになるわ」

「ヘレンが見られることはないさ。警官が到着する頃にはヘレンは闇夜にまぎれている」

「もっと現実味のある話をしましょうよ！」ヘレンは哀願した。

「ぼくはもっと先に行くよ。避けられない現実について意見を言わせてもらう。ぼくらは動じてはならない。心配は警官にさせておくんだ。アーニーは死んだ、唯一ぼくらにできるのは平静を保つことだけだ。要するに、我々は運命の手にゆだねられている。魅惑的な状況だ！」

「危険な状況でしょ！」サリーが言った。

「当然さ。きみは恐怖という魅惑を感じたことがないのか？　ヘレンはあるぜ。例のギャンブル地獄でね」

「今はやめて！」ヘレンが言った。「あんまりよ。わたし気分が悪い——それにやけっぱちの気分だわ」

「重曹でも取れよ」ネヴィルは進言した。「その間にぼくは家に帰って寝ることにするよ。おっと、煙草の礼を言ったっけ？　ところでジョンはどこにいるのかな？」

「ベルリンよ」ヘレンは力なく答えた。

「それが違うんだな」とネヴィル。「きょう、ロンドンで見かけたぜ」

ヘレンはぱっと立ち上がった。顔面蒼白でネヴィルをじっと見る。「そんなはずないわ！　だってベルリンにいるんだから」

「それでもぼくは見たんだ」ネヴィルはつぶやいた。

ネヴィルは窓際で片手をカーテンにかける。ヘレンがすばやく引き止めに行く。「彼を見たと思い込んだのよ！　わたしが自分の夫の居場所も知らないとでも思うの？」

「いやそんなことはない」ネヴィルはそっと答えた。「ぼくは、そうは言わなかったよ」

第三章

「まあ、わたしには大事件とは思えません」タイプ原稿を上司に返しながら、ヘミングウェイ巡査部長は言った。「明らかに容疑者は一人です、一読したところでは」

「そうだ」ハナサイドは同意した。「それでも、問題はある」

「仰る通りです、警視」トゥルー警部はうなずいた。「わたしもそう思いました。あの足跡は何か？　老婦人が付けたものではありません。ああいう靴は履かないでしょう」

「メイドでしょう、恋人におやすみを言いに出たんですよ」世間を知っているヘミングウェイが言った。

「ありそうもない」ハナサイドが却下する。「主人の書斎のすぐ外の植え込みを選んだりはすまい」

「そうです、それにそんな色恋沙汰も進行していませんでした」警部が言った。「料理人は尊敬すべき女性で執事のシモンズの妻。メイドは料理人の姪。このシモンズ夫人は自分もメイドもひと晩中外には出なかったと誓っています」

「わたしとしては、足跡は無関係だと判明すると思います」ヘミングウェイは言い張る。「我々が求めているのはその男だけです——名前はなんでしたかな？　——出て行くところをグラスに見られた男は。簡単なことです」

　ハナサイドは部下に向かって片方の眉を上げてみせた。「気に食わんのか？」

「この状況は気に入りません。月並みそのもので。おまけに砕かれた頭蓋骨も気に入りません。興をそそられません。何か趣向を凝らした《ルシェルシェイ》ものを与えてください、そしたらすぐ調べにかかります」

　ハナサイドはちらと微笑を浮かべた。「何度も言うが、問題点はあるのだ。殺害された男は誰にでも好かれていたらしい。彼を殺す動機の気配すらない」

「我々に三十分間の捜査の時間を与えてください」ヘミングウェイは言った。「動機のかたまりみたいな人間を何十人も見つけてごらんに入れますよ」

「さっきは、我々がすべきは、グラス巡査が見た男を発見することだと言わなかったかね？」

「そのようなことを申し上げました、警視。それはおそらく正しかったのですが、言わせていただければ、きっと材料が出てくるほど肝心の問題がわからなくなりますよ。この手の事件には前にも関わったことがあります」

「わたしとしては」トゥルー警部がゆっくり言った。「犯行に使用された凶器を見つけたいですな」

「そう、それがもう一つの問題だ」ハナサイドが応じた。「きみの部下のグラスは、自分が見た男は何も持っていなかったと確信しているようだね。彼はどんな男なのだ？　信用できるのか？」

「はい、警視。とても信頼できます。道徳心の強い男ですから。きわめて信仰心が厚いのです、グラスは。宗派は思い出せませんが、皆で悪魔と戦い神の導きによって立ち上がって証《あかし》をたてるたぐいのところですよ。わたし自身は英国国教会ですが、世のなかはあらゆる人間がいて成り立つわけですからな。実を申せば、グラスを警視に差し向けて、お手伝いをさせようかと思っておりました。彼は最良の人間の一人です――切れ者ではありませんが、ものに動じることがないし、急に横道にそれることもありません。彼にこの事件を担当させるべきです、遺体の発見者でもありますし」

「よかろう」ハナサイドは手にしたタイプ原稿に目を走らせつつ、あまり気乗りのしない調子で言った。

トゥルーは咳払いした。「ご忠告申しておいたほうがいいかと思いますが、彼には聖書を引用したがる厄介な癖があります。言ってみれば、むやみに扇情的な文句を使いたがる手合いです。やめさせるのは無理です。精霊の導きで行動するのですから」

「ヘミングウェイならその男とやっていけるだろう」ハナサイドは少々おもしろがっている。

「この事件とは相性が悪そうだと思っていました」ヘミングウェイは陰気に言った。

三十分後、グレイストーンズの敷地をひとめぐりし、植え込みの裏手の足跡を検分し、頑丈そうでしゃちこばったグラス巡査の姿に偏見に満ちたまなざしを向けたのち、ヘミングウェイは先の思いを新たにした。

「汝もし悩みの日に気をくじかば、汝の力は弱し（『箴言』二十四章十節）」

グラスは咎めるように言った。

ヘミングウェイは反感をむき出しにしてグラスを睨めつけた。「ぼくに生意気な態度を取るのなら、組んでもうまくいかないぞ」

「今の言葉はわたしのものではありません、聖書に書かれたものです、巡査部長」グラスは説明した。

「何ごとにもふさわしいときと場所がある」巡査部長は応じた。「今は聖書を引用すべき場合ではない。おい、よく聞けよ！　例の男が昨夜この門から忍び出た時は、十時を過ぎたばかりだった、そうだな？」

「過ぎたばかりでした、巡査部長」

「そして暗くなりつつあった？」

「仰る通りです、巡査部長」

「はっきりと男を見るには暗すぎたのだな？」

「彼の外見をはっきり見分けるには暗すぎましたが、体形と衣類を認識することはできました」

「その暗さでは、彼が何か持っているかどうか見分けるのは無理だったと思うがね」

「両手があいていました」グラスははっきりと返答した。「隣人に対して嘘の証言はしません」

「わかった、もういい！」ヘミングウェイは言った。「では、この区域にきて長いのだな？」

「三年になります、巡査部長」

「それで、フレッチャー家の人間について何を知っている？」

「彼ら肥え太りてその目飛び出で、心の欲にまさりてものを得るなり（『詩篇』七十三篇七節）」

「そうか、そりゃたいそう役に立つじゃないか？　甥はどうだ？」

「いいことも悪いことも、一切知りません」

「晩年のアーネストは？」

グラスは深刻な顔つきになった。「悪を追い求むる者は己の死を招く（『箴言』十一章十九節）」

ヘミングウェイは注意を喚起された。「どんな悪だ？」

グラスは鋭く相手を見おろす。「思うに、虚栄、ふたごころ、姦淫にふけっており――」

「おい、もういい！」ヘミングウェイはぎょっとして言った。「我々は誰も聖人ではない。晩年のアーネストは大いに人に好かれていたと思うが」

「それは事実です。好ましいマナーの持ち主で慈愛に満ちていたと言われております。しかし心の中は欺瞞で一杯であり、絶望的に邪悪でした。誰に内面がわかりますか？」

「そう、人の心のなかなどわからない、だがいったいどこからその姦淫という考えが浮かんだ？　足跡のせいか？」

「いいえ。ジョセフ・シモンズは愚かではあっても光の中にある男でありまして、主人の生活の秘密を知っていたのです」

「そうか、知っていたのか？　調べよう」ヘミングウェイはきびきびと言って屋敷に向かった。

彼が窓から書斎に入ると、上司がいた。アーネスト・フレッチャーの事務弁護士とネヴィル・

フレッチャーも一緒だ。ネヴィルはしまりのない格好で肘掛け椅子にもたれかかり、欠かさない煙草を口の端から垂らしている。

「では、それですべてなら、警視さん」事務弁護士が言った。「これで失礼します。またご用があった時のために、名刺をお渡ししておきます」

「ありがとうございます」ハナサイドが言った。

事務弁護士はアーネスト・フレッチャーの遺言書を手に取り、ブリーフケースに戻した。片眼鏡越しにかなり厳しい目つきでネヴィルを見て言った。「あなたはたいへん幸運な青年ですよ、ネヴィル。気の毒な伯父上から遺産を贈与されるに値する人物だということを見せてください」

ネヴィルはかすかな微笑を浮かべて相手を見上げた。「ああ、自分でもそう願っていますよ！この俗悪な富が己の魂を汚さないようつとめます」

「責任重大ですぞ」弁護士は重々しく言った。

「わかってます。だから気が重いんですよ。みんな、ぼくが帽子をかぶってチッカー（証券取引の情報を印字する相場受信機）を眺めることを期待するでしょうからね」

「わたしは、それ以上のことを期待しますよ」弁護士は応じた。「さて、きみの叔母さんと話をしたいのですが。案内してくれますか」

ネヴィルは快く立ち上がり、弁護士のためにドアを開けてやった。二人そろって部屋から出て行くと、黙って窓際に立っていたヘミングウェイ巡査部長が口を開いた。「あのくたくたの紐みたいな若者は誰です？」

「相続人の」ハナサイドが答えた。「ネヴィル・フレッチャーだ」

「ああ！　でも、彼をねたむ気にはなれませんね。からっきし意気地がなさそうだ。何かにつかまらずに立ち上がるだけの力もなさそうです」

「見かけだけで判断してはならんぞ、巡査部長」ハナサイドがいたずらっぽく目を光らせて言った。「あのだるそうな若者は高飛びの記録保持者だ。事務弁護士によれば、オックスフォードでハーフブルー（優秀なスポーツ選手に贈られる賞）を取ったそうだ」

「本当ですか！　予想もしませんでした。で、彼が相続人なのですね？　だから言ったでしょう。動機その一です」

「例の正体不明の訪問者がはずれだったら、その言葉を思い出すとしよう」ハナサイドは約束した。「ところで、我々はちょっとしたものを発見した」

　ヘミングウェイは机に歩み寄り、ハナサイドの肩越しに三枚の紙片を覗き込んだ。いずれもヘレン・ノースの署名がある。「借用証書ですね」とヘミングウェイ。「これはこれは、彼女は金を浪費していたのですね？　わたしの考えがおわかりですか、警視？　この紙切れは嫌な脅迫のにおいがぷんぷんしますよ。我らがイカボド（聖書の登場人物。不幸な生まれ）はさほど的外れではなかったと思いますね。あの悪の追及って説です」

「わたしの名はイカボドではありません、巡査部長、マラカイ（聖書に登場する預言者マラキと同じつづり）です」フランス窓からしゃちこばったグラスが声をかけてきた。

「だろうね」ヘミングウェイは言った。「あの足跡から何がわかりましたか、警視？」

「医学的証拠によれば、女性がアーネスト・フレッチャーを死にいたらしめたような一撃を加えることはおよそありえないということだ。それでも、この紙片は調べる価値があると思う」

「若いネヴィルはこのヘレン・ノースについて何か知っていますか?」

「まだ訊いていない。借用証書が事件と関わりがなかった場合、何もほじくり返すつもりはないよ」彼が目を上げると、眉をひそめたグラスの視線と合った。「なんだ? 名前に聞き覚えがあるのか?」

「この屋敷から五分とかからないところに、その苗字の男が妻と暮らしています」グラスはゆっくり答えた。

ヘミングウェイは唇をすぼめて口笛を吹く真似をした。ハナサイドが言った。「夫妻について何か知っているのか?」

「いいえ、警視」

「住所は?」

「メイプル・グローヴと平行に走る道路沿いにあります。チェスナッツと呼ばれています」

ハナサイドはその名称を書き留めた。その間ヘミングウェイは机上の写真の山を裏返していた。

「きみはさほど浮世離れしてはいなかったようだな、グラス」と言った。「アーネストには恐れ入るね。女を引っかけるのがうまかったんだな。いつでもハーレム状態か!」ハナサイドはまばゆいブロンドの美女の大型肖像写真を手に取った。どうやらダチョウの羽の扇で体を隠しているようだ。彼は写真に見とれた。「リリー・ローガン、ダンサーだ。すばらしい体つきだな!」

グラスは身震いして視線をそらした。「人は火をふところにいだきてその衣を焚かれざらんや。（『箴言』六章二十七節）うるわしき女の慎みなきは、金の環の豚の鼻にあるがごとし（『箴言』十一章二十二節）」

「それはきみの見方だ」ヘミングウェイはリリー・ローガンの写真を机に置き、もう一枚のほほえむ美女の写真をきびしい目で見た。「彼はいささかやりすぎたんじゃないのかな？　おや！」巻き毛のブルネットの女性の写真に目を留め、取り上げた。「この女性は見たことがあるような気がする」

「彼の女性の知り合いはほとんどがコーラス・ガールのようだから、不思議なことではないよ」ハナサイドはそっけない。

「愛を込めて、アンジェラ」ヘミングウェイは読み上げた。「アンジェラ……」考え込むように顎をさすった。「何か引っかかる気がします。その顔に見覚えがありますか、警視？」

ハナサイドはしげしげと写真を見つめた。「たしかに見覚えがあるような気がする」と同意した。「女優じゃないかな。調べてみよう」

ヘミングウェイは写真を持った手を伸ばした。「違いますね。彼女、舞台とは無関係です。グラス、きみに訊いても無駄だろうね？」

「ふしだらな女どもの顔など見たくありません」グラスは辛辣に言った。「その女の末路はニガヨモギのごとく苦く、諸刃の剣のごとくに鋭し（『箴言』五章四節）」

「おいおい、いったいどうしたんだ？」ヘミングウェイは言った。「女優にふられたことでもあるのか？」

「女優とつきあうことなどありません」

「なら、彼女らをこきおろすのはやめろ。どのみち、このかわいそうな娘の末路のことなど、きみにわかるわけないだろう?」彼は写真を机に置いた。「警視、他に何か?」

「今のところこれだけだ」

この瞬間、ドアが開いてミス・フレッチャーが入ってきた。正式の喪服を身にまとい、ふっくらした頬はすっかり青ざめているが、ハナサイドに向かってにっこり笑いかけた。「まあ、警視さん――警視さんでいらっしゃいますわね?」

ハナサイドは立ち上がり、大きなデスクマットをそっと写真の山の上に滑らせた。「はい、仰る通りです」

ミス・フレッチャーは机上の紙の山に目をやった。「おやまあ、なんてたくさんお仕事があるのでしょう! でしたら、軽食を召し上がりませんこと?」

ハナサイドが辞退すると、彼女はがっかりしたようだった。ハナサイドは礼儀正しく、話を聞かせてくれないかと頼んだ。

「それはもう」彼女は了承した。「いつでもそちらのご希望に沿いますわ。お忙しいようですから、お邪魔になってはいけませんわね」

「そちらのご都合に合わせますよ、ミス・フレッチャー。どうぞおかけください。おいグラス、外で待ってろ」

「優しそうなお顔ですのね」ミス・フレッチャーは言った。「世間のイメージと全然違って。あなたにならお話しできそう。本当に何も召し上がりませんの？　コーヒーとサンドイッチはいかが？」

「いいえ、本当におかまいなく。わたしにお話とはなんでしょう？」

「わたしがお時間を無駄にしたことにならなければいいのですけれど。ローレンスさんがいらっしゃる間にお願いしなかったなんて、わたしも馬鹿ね！　ローレンスさんとは長いお付き合いですから、弁護士というよりお友だちだって言っているのですけれど、もちろん両方でいられないという話はありませんし、あちらがそう思ってくださっているなら嬉しいのだけれど。わたし、本当に馬鹿でしたわ。それこそあの人が知っていそうなことなのですから」

「どんなことでしょう、ミス・フレッチャー？」ゆるやかな言葉の洪水を、ハナサイドは食い止めた。

「そのお、新聞記者のことですけれど」彼女は打ち明けるように言った。「かわいそうに、あの人たちにだって生活があるのはわかりますし、とても嫌な仕事に違いありませんし、それを思うと不親切な真似はしたくないのですけれど――」

「記者連中に悩まされているのですか？」ハナサイドは相手の言葉を遮る。「話すことは何もない、と執事に言わせればいいのですよ」

「それはあまりに不人情じゃないでしょうか」彼女はためらいがちに言った。「それに、一人ひどく栄養が足りなそうな人がいるのです。とは申しましても、新聞に自分の写真が出るなんて耐えられませんわ」

「そうでしょうとも。彼らには何も話さないにこしたことはないのですよ、ミス・フレッチャー」

「ええ、わたしもそう考えていました」彼女は言った。「ただ甥が悪ふざけをするのです。甥はおもしろがってやっているだけですけれど、どれだけ多くの人が真に受けるかと思うと……。警視さんからそれとなく、作り話などしないように言ってやっていただけません？　わたしより警視さんの言葉のほうが重みがありそうですもの」

「甥ごさんは何をしたのですか？」ハナサイドは尋ねた。

「そのお、記者の一人に、自分はここで靴磨きとして雇われているなんて言ったのです。名前を訊かれると、クリッペンだが人には知られたくないだなんて答えて」

ハナサイドはくすくす笑った。「それはあまり気になさることはないと思いますよ、ミス・フレッチャー」

「ええ、でもまた別の記者には自分はユーゴスラヴィア出身で、ここには機密の任務できているなんて言ったのです。今は前庭におります。記者三人に向かって国際的陰謀がどうしたとかくだらない話を聞かせています。黒幕がうちの兄だなんて言って。それを記者達は手帳に書き留めているのです。ネヴィルはすばらしく芝居が上手で、バルカン半島を旅したことがあるものだからセルビア語も話せます。けれど、かわいそうな記者たちをだましたりすべきじゃないと思うのです。警視さんはいかが？」

「ええ、わたしもよくないと思いますね」ハナサイドは言った。「報道関係者の諸君をからかうのは全く賢明ならざることです。ヘミングウェイ、フレッチャーさんのところへ行ってわたしが話をしたがっていると言ってくれないか?」

「まあ、どうもありがとうございます!」ミス・フレッチャーは喜ぶ。「かわいそうなネヴィル、あの子が母親の愛を知らないということを忘れてはならないのです。それでいろいろなことの説明がつくとお思いになりませんこと? もちろんあの子の気性がよくないなんて言うわけじゃありませんの、わたしはたいそう好いております。でもあの子はいまどきの若い人たちと同じなんです、変な具合に冷淡で。何ごとにも意味などないと考えているようなのです、今回のような事件でさえ」彼女の唇が震えた。ハンカチを探り、目に当てた。「申し訳ありません。兄とは本当に親密だったもので。何もかもとても現実に起きたこととは思えませんわ」

「ひどい痛手を受けられたことでしょう」ハナサイドは同情をこめて言った。

「はい。兄は大変魅力的な人でしたから。誰もが兄を好きでした!」

「わかりますとも、ミス・フレッチャー。しかしながら、少くとも一人は敵がいたようですよ。その人物に心当たりはありませんか?」

「まあ、とんでもない! 誰も思いつきません。でも――全員知っていたわけではありません――友だちのことです、警視さん」彼女は何か期待するように見あげてきたが、ハナサイドは無言だった。「それが、お話しにあがった話題の一つです」思い切って彼女は言った。「わたしがこんなことを話すなんて変だとお思いかもしれませんけれど、話さなくてはならないと心を決めましたの」

に言った。

「なんでも率直にお話しになって大丈夫ですよ、ミス・フレッチャー」ハナサイドは励ますよう

彼女はハナサイドの肩越しに視点を定めた。「わたしの兄は」消え入るような声で始めた。「付き合いがありました――女の人たちと」

ハナサイドは頷く。

「調べてみたことなどありませんし、兄はもちろんわたしに話したりしませんでしたけれど、自然と察しました。わたしの若い頃はね、警視さん、レディーがこのような話題を口にすることはありませんでした。近頃では事情が変わってしまいました。若い人たちはなんでも口にするようですね。なんとも嘆かわしい風潮で。見ないふりをしていたほうがいいこともあるとお思いになりませんか？　でも、自分の身の上に起こってしまったのです――ひと晩じゅう考えました――兄を殺したのが誰であろうと――それは嫉妬のせいだろうと」

「はい、その可能性はあります」ハナサイドが言った。

「ええ。もちろん、そうであったなら明るみに出るでしょう。そんなことはよくわかります。でも、そうでなかったなら、さもなければ――犯人を発見することができなかったら――兄は――兄の私生活は――おおやけにする必要があるのでしょうか？」

「そんな必要は全くありません」ハナサイドは答えた。「事件に対するお気持ちはお察ししますよ、ミス・フレッチャー、お兄様の私生活はできるかぎり尊重するとお約束します」

「なんてご親切な！」彼女はため息をついた。「かわいそうな兄について新聞があれこれ恐ろし

いことを書きたてると思うとぞっとします――たぶん手紙を手に入れるでしょう。何を言いたいのかおわかりでしょ」

「その点は心配なさる必要はありませんよ」ハナサイドが請け合った。「そのような手紙はありませんから」

「まあ、ありがたいこと！」彼女は息をついた。「心の重荷が下りました！」

立ち上がったとき、甥がヘミングウェイ巡査部長に連れられてくるのを見て、彼女はおどおどした微笑を警視に向けた。ネヴィルはいつものもの柔らかな早口でしゃべりながら入ってきた。ヘミングウェイの笑いを嚙み殺したような顔からして、ネヴィルがおもしろがらせるような話をしているのは明白だった。叔母に気づいたネヴィルは漫談をやめ、弁護士がいないところではけっして警察に供述をするなと忠告した。ミス・フレッチャーは、甥はただふざけているのですとハナサイドに説明し、ドアに向かった。

ネヴィルは悲しげに呟きながら叔母の後ろでドアを閉めた。「我々には警察からの呼び出しに従う義務があることくらいわかっています。ですが、あなたはもっとも微妙な瞬間にぼくの邪魔をしたのですよ、警視さん」

「申し訳ありません」ハナサイドは応じた。目にユーモラスな光をたたえてこう訊いた。「国際紛争の種ですかな？」

「そうです。ナイフを持ったモンテネグロの憂国の士の話になったところだったんです。情報すべてがみごとに明らかになりつつあるところでした。でもぼくはもう、筋道がわからなくなってしまった」

「忠告しますよ、報道機関をからかうのはおやめなさい。もしも——まあありそうもないことですが——あなたの国際的な話が記事になったらどうします?」

「ああ、ぼくはそうなって欲しいなあ!」ネヴィルは言った。「実際すてきな話なんですよ。それに苦労したんだ。たいていは楽々やってのけるんですが、ローレンスの奴はぼくがもっと本気になるべきだと考えてるようでしてね。特にお話ししなくちゃならないことがあるのですか? そうでないのなら、ぼくはおたくの巡査部長さんにスコピエ(マケドニアの首都)での経験をお話ししていた最中なので。お上品な話じゃあないが、彼にはすてきに下卑た心があるようでしてね。ありていに言って、ぼくらは同好の士というわけです」

ヘミングウェイのにやけた表情が一変した。頬を赤黒い色に染め、嘆願するような咳払いをした。

「お言葉ですが」とハナサイド。「今は下卑た逸話にふけるべき時ではないと思いませんか?」

「いやあ、そのご意見には賛成できないなあ!」ネヴィルは愛想良く言った。「ふさわしい仲間がいさえすれば、けがらわしい話を禁止すべき時期なんてありませんよ」

「ねえフレッチャーさん、伯父さんのことをよく知っていましたか?」

「いいえと言うのが、時間の節約になるでしょう」ネヴィルは答えた。「ぼくたちの意見は食い違うことになりそうですね」

「なぜです?」ハナサイドはぶっきらぼうに訊いた。

「そりゃあ、他人を知ることなんてできないからですよ。母親たちは我が子のことなら何から何まで知っていると言います。誤謬ですよ。全く胸が悪くなる。詮索は下品に陥るものです。そして結果として誤解を生む。語られない脳の内部の思考は思いも寄らない、おそらくは物騒なものです」

「そうですか！」この早口の電文のような演説を理解するのに骨折っていたハナサイドは言った。「お説はわかりますが、わたしの質問の答えにはなっていませんぞ。人が他人を知るという意味で、あなたは伯父さんのことを知っていましたか？」

「いいえ。理解するには興味が先にあるべきですから」

「伯父さんには興味がなかった？」

「他の人間にもありません、客観的な興味を除けばね。まあ、それすら確信は持てませんよ。あなたは人間が好きですか？」

「あなたは違う、と？」

ネヴィルは薄い肩をかすかにすくめて両手を広げた。「ああ、それはある程度――少しは――かすかにはありますよ」

「禁欲主義でいらっしゃるようですな」ハナサイドはそっけなく言った。

「快楽主義ですよ。個人的接触は最初は愉快でも、やがて不快になります」

ハナサイドは眉をひそめて相手を見た。「変わった考えをお持ちのようですね、フレッチャーさん。それではどこにも到達できませんが」

ネヴィルの目がおかしそうに光った。「ぼくとの接触を避ければいいのです。ぼくはどこにも行きたくない。ぼくと一緒にいる時間が長いほど、あなたの気分を害するのですから」

「たぶんその通りなのでしょう」ハナサイドはいささか辛辣な口調で返した。「これ以上お引止めしませんよ」

「ほお、では魅力的な記者たちのもとへ戻ってかまいませんか?」

「それが賢明――あるいは望ましいとお考えなら」

「金魚に餌をやるようなもんです」ネヴィルは言ってフランス窓からぶらぶらと出ていった。

ヘミングウェイはネヴィルが出て行く姿を見やってから、長い吐息をついた。「独特の気性というやつですかね。ぼくが出会ったことのない人種ですよ」

ハナサイドはうなった。ヘミングウェイは聡明そうな目を上司に向けた。「彼のことはお気に召さなかったのですね、警視?」

「ああ。信用もできなかった」

「彼の話すべてについていけたわけではないことを白状します――彼からの情報はあまり多くありませんが」

「彼は見かけより多くのことを知っているうえ、質問されたくないのだと思う。それがなんであれ、こちらには漏らすまい。彼に不利な証拠はないな――今のところ」ハナサイドは腕時計に目をやると立ち上がった。「書類と写真は預かってくれ。わたしはミセス・ノースを訪問する。アブラハム・バッドの件はきみに任せる。指紋から何か割り出せたか、この町にいる間に本部に問い合わせてくれ」

チェスナッツには迷わず到達できた。名刺を渡すとすみやかに屋敷の奥の快適な居間に通された。ヘレン・ノースだけでなくミス・ドルーもいた。携帯用タイプライターを前に窓際のテーブルについている。

ヘレンは二、三歩前に出た。おどおどと「おはようございます。ノースの家内でございます。わたくしにお会いになりたいとか?」と言った。

「はい」ハナサイドは答えた。窓に目をやってからつけ加えた。「二人だけでお話を伺いたいのですが」

「いえ、それは! つまり、姉にもいてもらいたいのです。おかけになりませんか? わたし――刑事さんをおもてなししたことなどなくて」

「ミセス・ノース、わたしはアーネスト・フレッチャー殺害事件を捜査しているのだと申し上げねばなりません。お知り合いだと思いますが」

「ええ。ええ、お話はよくわかります。どうぞお続けになって」

「フレッチャーさんが殺害されたことはご存知ですね?」ハナサイドは訊いた。

ヘレンが口を開く前に、サリーが割って入った。「肉屋、パン屋、牛乳配達人、召使、郵便配達夫、新聞配達人と同じように」

ハナサイドは値踏みするようにサリーを見たものの返答はせず、わずかに首をかしげただけだった。

「郊外住宅地では噂は恐ろしい速さで広まるのです」ヘレンはまたしてもぎこちない作り笑いを浮かべて言った。

「まさしく」とハナサイド。「そうでしょうとも。最後にフレッチャー氏に会ったのはいつですか、ミセス・ノース?」

「どのような理由でそんな質問をなさるのですか?」サリーが問いただした。

「わたしは殺人事件の捜査をしているのですよ、ミス——」

「サリー・ドルーです。妹が殺人事件について何か知っているなど、およそありそうもないことです」

「ご存知ないと言われれば信じますよ」ハナサイドがユーモラスな抑揚をつけて答えたので、サリーは驚いた。「ですが、ミセス・ノースにはいくつか質問をしなければなりませんし、その権利も持っております」

「まあ、もちろんですわ!」間髪を入れずヘレンは答えた。「ただ、最後にアーニー・フレッチャーに会ったのがいつか言いにくいだけです。ええと……町だったような気がします。そうよ、先週わたし達パーティーに出ていたのです!」

「たしかにそれ以来彼に会っていませんか?」

ハナサイドはヘレンの顔から目をそらさず、彼女の顔色が変わるのを見逃さなかった。その目に浮かんだ怯えと警戒の念が、意を決しかねていることを雄弁に物語っていた。

「まあ、ええ、わたし——会っていないと思います」

「万に一つも、昨夜は彼と会っていないのですね？」

「昨夜？」ヘレンはおうむ返しに応えた。「もちろんですわ！　なぜまたわたしが彼に会ったなどと思うのですか？」

「ある女性が昨夜彼を訪問したと考える根拠があるのです」

「なんですって？　なぜそれがわたしなのです？　わけがわかりません」

ハナサイドはいつもの静かな調子で続けた。「どうか誤解なさらないでください、ミセス・ノース。その女性があなたでなかったと仰るのなら、信じますとも。こんな質問でご心労をおかけしなければならないのは、わたしとしても気が重いのです。しかし、昨夜グレイストーンズに女性がいた件を調べねばならないことは、ご理解いただけると思います。その女性が誰であれ、殺人事件になんらかの光明を投じる可能性があるのですから」

「どんなふうにです？」すかさずヘレンが尋ねた。

「それと意識せずに殺人犯を見たかもしれないのです」

「まあ！」ヘレンは身震いしながら叫んだ。「でもそれがわたしだと考えるなんて、あまりにも馬鹿げて――」

事務的な口調でハナサイドが遮った。「いいですか、ミセス・ノース、疑問は簡単にかたがつくのですよ。靴のサイズはいくつですか？」

ヘレンの顔はおののきを示した。姉のほうを見やると、すぐに助け舟が出てきた。「わたしと同じ、五半（イギリスのサイズ表記。約24・5センチ）でしょ？」

「ええ」ヘレンは同意した。「そうね。わたし達くらいの背丈の女性はたいていそうだと思います」

「ありがとうございます」とハナサイド。「ゆうべお履きになっていた靴を貸していただけませんか？」

「靴を貸すですって？　なぜです、ミセス・ノース？」

「それは、言うまでもなく――ああ、こんなの馬鹿げてるわ！　わたしはアーニー・フレッチャーの死とはなんの関係もないのに！」

「でしたら、三十分ばかり靴を貸すのに反対する理由など何もないでしょう」ハナサイドは言った。

「もちろんそうですわ」サリーが口をはさむ。「なんでしたら、わたしの靴もお持ちになればいいでしょう。わたしもアーネスト・フレッチャーを知っていたのですから、妹同様、昨夜グレイストーンズにいた可能性を疑う理由はあるわけでしょう」

「それは違います」ハナサイドは答えた。

ヘレンはすとんとソファーに座り込んだ。「耐えられない！」と声を詰まらせる。「わたしをいじめにくる理由なんてないでしょうに！　たまたまアーニー・フレッチャーと知り合いだっただけで――」

「それだけではありませんよ」ハナサイドが言った。「これはあなたのではありませんか、ミセス・ノース？」

ヘレンは彼が手帳から取り出した紙片を見た。さっと顔を赤らめたが、こわばった様子がいくぶん消えた。「ええ。わたしのです」と答える。「それがどうかしましたか？」

「なんらかの説明を必要とするのですよ、それはおわかりでしょう」とハナサイド。「あなたは、こういった諸々の金をフレッチャー氏に借りていましたか？」

「いいえ。警視さんがお考えになるようなことではありませんでした。彼は借金を買い取ったのです。わたしを穴から――救い出すために。そしてわたしは――少しずつ彼に返済していました」ヘレンはちらと目を上げ、指の間でハンカチをくしゃくしゃにしながら付け足した。「わたし――主人には知られたくなかったのです。主人は――わたし――とても無理だわ！」

「その問題について語りたくないお気持ち、お察ししますよ、ミセス・ノース。事件に関係ない部分には当方も関心がありませんし、不必要な――スキャンダルを引き起こすつもりは毛頭ありませんから、そのことをご理解いただければ、腹蔵のないところをお話しいただけるのではありませんか」

「スキャンダルの種になることなど何もありません！」ヘレンは言った。「フレッチャーさんはただの友だちでした。取り決めは万事友好的だったのです。警視さんが何を想像なさっているのかわかりませんが――」

「率直にお話しくだされば、わたしの想像に終止符を打てるのですよ、ミセス・ノース。お考えは尊重すると申し上げましたが、アーネスト・フレッチャーの金庫からあなたの覚書が発見された件について徹底的に調査する必要があることはご理解いただかねばなりません。昨夜グレイストーンズにいらっしゃらなかったことを納得させてくだされば、ご不快な取調べでわずらわせる必要はなくなるのです。しかしながら、行かなかったことを証明するものを提示できない上、グレイストーンズで発見した足跡とあなたの靴のサイズを比較するのに断固協力なさらないのでしたら、他に捜査を進展させる手立てはありません。その場合、避けたいとお望みの世間的関心はどうしても浴びることになるでしょうな」

サリーがテーブル脇の椅子から立ち上がり、歩み出した。「それは」と彼女は言う。「まるで脅迫のように聞こえますね、警視さん」

「そうでしょうね」ハナサイドは平然と答えた。「ですが、脅迫ではありません。わたしはただ、妹さんが取るべきもっとも賢明な道は正直にお話しになることだと指摘したいだけです。もし使用人たちに妹さんの昨夜の居場所を訊かねばならないとすると――」

「わかりました」サリーはしかめ顔で言った。卓上のシガレットボックスから煙草を取り、ホルダーに挿す。いわくありげにハナサイドを見たのち、ポケットからライターを取り出した。ぱっと小さな火がつく。彼女は煙草に火をつけ、もう一度ハナサイドを見てから辛辣な口調で始めた。「警視さんの仰る通りよ、ヘレン。そして、あなたの私的な問題に関心がないというのも本当ね。あなたを疑っているわけではないけれど、それでも潔白を証明しないとね」

ヘレンはおびえた表情になったが間を置いて言った。「昨夜わたしはアーニー・フレッチャーをたずねました。ご説明したとおり、彼は――親友でした、ずっと歳が上でしたけれど。彼のことは伯父さんのように思っていました」

「なるほど」とハナサイド。「その訪問に特別な目的はあったのですか？」

「いいえ、特には。姉が忙しくてわたしは退屈していました。まだ時間も早かったので、アーニーのところへ行ってみようと思ったのです」

ヘレンは思わず顔を赤くしたが、ハナサイドはこう尋ねただけだった。「グレイストーンズには何時に着きましたか？」

「九時三十五分だったはずです。家を出たのが九時半ということはわかっていました」

「起きたことをすべて話してください、ミセス・ノース」

「本当に、お話しすることなどほとんどないのです。アーデン・ロードを行きました。この道からヴェイル・アヴェニューを通るよりも早いし、それに――変だとお思いでしょうけれど、そうなんです――ミス・フレッチャーにはあまり会いたくありませんでした。だから庭側の入口から入ろうと思いました。もしかしたらアーニー――フレッチャーさんが書斎にいるかもしれないので」ヘレンは言葉を切り、哀れっぽく叫んだ。「おお、あんまりです！　まるでわたしが恐ろしい密会でもしたようじゃありませんか。わたし、そんなこと絶対していません！」

「ひるむことないのよ」サリーが励ました。「あなたがやってないことくらい、わかりきったことなんだから。さもなきゃ、アーニーのところへ行ったことにもっともらしい理由を考えているはずでしょ」

「ああ、やめて！　人からどんな印象を持たれるかわからないとでも思ってるの？　わたしとアーニーの関係を知らない人たちに」

「警視さんの印象は、とにかくあなたが無力な愚か者だってことだけよ」サリーは陽気に応じた。「あなたが庭の門から入った理由なんて警視さんにとってはどうでもいいの。さあ、話を続けて！」

「どこまで話したかしら。ああ、そうだわ！　ええと、フレッチャーさんは書斎にいて——あ、男の人が門から出てきたのを忘れていました。ちょうどわたしがメイプル・グローヴに折れた時です。わたし——それがお役に立ちますかしら？」

「男の人相を説明できますか、ミセス・ノース？」

「いいえ、ただとても太っていて小柄だったことしか。夕暮れ時でしたから、顔は見えませんでした。男の人はヴェイル・アヴェニューのほうへ歩いていきました。ええと、さきほど申しましたようにフレッチャーさんは書斎にいました」

「一人でしたか？」

「はい、そうです！」

「それで？」

「あの——ええと、特に何もありません。わたし達——おしゃべりして、それからわたし、遅くなってはいけないと言って——出てきただけです」

「それが何時かわかりますか？」

「はい、九時四十五分でした」

「九時四十五分ですか?」警視は手帳から顔を上げながらおうむ返しに言った。

「はい。マントルピースに時計があったので、時間を見たのです」

「そしてあなたは十分間、彼と二人きりだった?」

「そう思います。はい、そのくらいの長さのはずです」

「それはたいへん短い訪問ですね、ミセス・ノース?」

「なぜそんな——どういう意味です?」

「ただ、奇妙に聞こえるのですよ。ご自分でも退屈だからフレッチャーさんに会いに行ったと言いながら、ほんの少しの間しか一緒にいなかったのですからね。早々に帰りたくなるようなことがあったのですか?」

「いいえ。いいえ、まさかそんなことはありません。ただフレッチャーさんが忙しそうだったので、邪魔をしたくなかったのです」

ハナサイドは手帳にメモした。「なるほど。あなたは九時四十五分に書斎を出た。往きと同じ道で帰ったのですか?」

「はい。でも、すぐ帰ったのではありません。庭の門の開く音が聞こえました、それで——それで、こんな時間にわたしがいると変に見えるだろうと思ったのです。誰にも見られたくありませんでした。だから植え込みの陰に隠れました」

「では、フレッチャーさんはあなたを門まで送っていかなかったのですね?」

「はい」ヘレンは口ごもった。「送る理由がありませんでした」

「そうですか！」とハナサイド。「よくわかりました、ミセス・ノース。あなたは植え込みの陰に隠れた。庭に入ってきたのが誰だか見えましたか？」

「いいえ、見えませんでした。薄暗がりでしたし——植え込みの間から覗くだけでしたので、はっきりとは見えませんでした。男の人だということしか。ごく普通の人に見えました。帽子をかぶっていて、顔は見えませんでした」

「どんな帽子でしたか、ミセス・ノース？」

「ホンブルグ帽（狭いつばが両側でややそり上がり、山の中央がへこんだフェルトの帽子）だったと思います」

「薄い色ですか、濃い色ですか？」

ヘレンはためらった。「薄い色だったと思います」

「杖を手にしていたかどうか気がつきましたか？」

「いいえ。持っていなかったはずです」

「彼は屋敷に向かいましたか？」

「はい、フレッチャーさんの書斎に入っていきました」

「そのとき、何か起きたような物音が聞こえましたか？」

「いいえ。だって大丈夫そうだと思ったらすぐ出てきたんですから。それ以上のことは知りません」

ハナサイドは手帳を閉じ、まっすぐにヘレンを見つめてそっけなく言った。「ミセス・ノース、フレッチャー宅訪問はこのあなたの覚書とはなんら関係がないと供述する覚悟がありますか？」

「なんのことかわかりませんわ。お話ししたように――」

「事実をすべてお話しになったとは思えませんな」

「なぜそんなことを仰るのかも、疑うのかもわかりま――」

「わたしは、フレッチャー氏はこれらの覚書であなたを脅迫していたのではないかと疑っているのですよ、ミセス・ノース」

「話になりません！　あの人はお友だちだと言っているじゃないですか！」

「ええ、そう仰いましたね。ですが、その発言と金庫の中の借用証書の存在は両立しがたいと思いますよ。もし借用証書を獲得したフレッチャー氏の動機があなたのお説どおりの騎士道精神によるものであったなら、破棄するかあなたに返すのが自然ではないですか？」

「あの人がわたしを脅迫する気だったと仰りたいの？　それは違います！　いったい、なんのためにわたしを脅迫するのです？」

「おそらくあなたが与えたくないものを欲したのでしょう、ミセス・ノース」

ヘレンは赤くなった。「なんですって……！　あなたにそんなことを言う権利はないわ！　だいたい、どう脅迫できたというのです？　借金するのは罪じゃないのに！」

「借用証書をご主人に見せると言って脅した、違いますか？」

「違います――彼はそんなふうでは」ヘレンは弱々しく言った。

「ご主人はどこです、ミセス・ノース？」

「ベルリンにいます。先週あちらに行って、来週の水曜まで戻りません」

その言葉が終わらないうちに、ヘレンの顔色が変わるのをハナサイドは見た。カチリとドアの開く音。ハナサイドはさっと振り向いた。男が一人現れ、戸口に立っていた。ドアノブに手をかけたまま、冷たくかなりけわしい灰色の瞳で部屋の中央にいる一行を睨めつけていた。

第四章

ヘレンが怯えたようにはっと息を飲んだのを聞きつけたハナサイドは、もう一度彼女に視線をやった。真っ青だ。まるで新来者を見て感覚が麻痺したかのようだ。口を開いたのはサリーだった。

「あら、ジョン！」と何食わぬ顔で言う。「いったいどこから現れたの？」

ジョン・ノースはドアを閉めて歩みを進め、「やあ、サリー」と答えた。その声には深みがあり、話し方にはある種の慎重さがあった。恰幅がよく中背で顔立ちが整い、物腰には静かな自信が感じられた。義姉と握手してから、妻のほうに頷いてみせた。「それで、ヘレン？　サリーが相手をしてくれているのか？」

「ええ、うちに泊まっているの」ヘレンは息を殺して答えた。「ジョン、ここで何をしているの？　ベルリンにいると思っていたのに！」

「予想よりはやく仕事がかたづいたのだ」ジョンは値踏みするようにハナサイドを見た。「この人を紹介してくれるかな、ヘレン？」

ヘレンは哀願するようにハナサイドを見たが、こう言った。「ええ、もちろんよ。この方は警視さん――あら、お名前を忘れてしまいましたわ、警視さん!」

「ハナサイドです」と彼は教えた。

「そうだったわ、スコットランドヤードの方よ、ジョン。恐ろしいことが起きたの――おお、ぞっとすることよ! アーネスト・フレッチャーが殺されたの」

「それは警視さんが我が家にいることの説明にはなっていないと思うがね」ジョンは静かに言った。「ここで何をしておられるのか教えていただけませんか、警視さん?」

ハナサイドが口を開くより早く、ヘレンが喋り始めた。「でもわからない、ジョン? 警視さんは謎解きの鍵を与えてくれそうな人を見つけ出そうとしているのよ。わたしがアーニーと知り合いだと聞いて、役に立つかもしれないからお見えになったのよ。もちろん、わたしじゃ助けにならないけれど。何もかも信じられないことだらけだわ」

ジョンの眉がやや上がった。「フレッチャーの知り合いを戸別訪問しているのですか、警視さん? それとも、家内が彼の頭を殴ったと疑っているのですか? 家内にそんな力があるとは思えませんが」

「よくご存知ですな、ノースさん。彼が頭部を殴られたと何で知ったのですか?」

ジョン・ノースは目にかすかな笑みを浮かべてハナサイドを見た。脇から折り畳んだ新聞を引き出すとハナサイドに手渡し、「ご希望なら情報源を検証なさってください」と丁寧に言った。

ハナサイドは夕刊の紙面に目を落とした。「仕事が速いな」新聞を畳んでジョンに返す。「故人とはお知り合いでしたか、ノースさん」

「確かに彼を知っていました。大変親しくつきあっていたとは言えません。ですが彼の知り合いを一人ひとり尋問しているのでしたら、わたしの取調べは書斎でしませんか？」言いながら、ジョンはドアを開けた。「それとも家内への質問がまだ途中ですか？」

「いいえ、もう終わりましたよ」ハナサイドはヘレンに向き直った。苦しげな表情の彼女を励ますように微笑して見せた。「ありがとうございました、ミセス・ノース。もうお時間は取らせませんよ。失礼します、ミス・ドルー」

「お目にかかるのがこれで最後ということは、まずないわけですけれど」サリーが言った。「わたしの名前を聞いてぴんとくることはないでしょうね。正直に申し上げますけど、わたし、犯罪小説を書いております。今までは身近で犯罪を研究する機会には恵まれませんでした。特に興味深く思われるのは、あなたの事件の処理の仕方です。世間は警察のやり方を悪し様に言うものです」

「そうでしょうな」ハナサイドはあっけにとられたようだ。

サリーはふいにちらっと微笑を浮かべた。「すくなくとも、あなたからは一つのことを学びました。わたし、自分の小説に出てくる刑事をいつも悪く描きすぎました」

ハナサイドは笑った。「ありがとうございます！」そしてヘレンに軽く会釈してから、自分のためにずっとドアを押さえていてくれたジョンの前を横切って部屋から出て行った。

「こちらですよ、警視さん」ジョンは先に立って廊下を歩きながら言った。「さて何をお訊きになりたいのですか？　わたしがフレッチャーと知り合いだったという事実を突き止めたのですね」

「すでに仰ったと思いますが、よく知っていたわけではないのでは？」

「家内ほど深い付き合いはありませんでした」ジョンは答えた。「おそらく彼と本当に親しかったのは全員女性だと判明するでしょうよ」

「正直なところ、彼をあまりお好きではなかったのですね、ノースさん？」

「彼に惹かれていたとは言えません」ジョンは認めた。「彼は色男と形容すべきでしょう。わたしは、ああいうタイプに魅力を感じたことはありませんね」

「彼は危険な男だと思われますか――女性にとって」

「危険？　いいや、そんなふうには思いません！」ジョンはかすかにうんざりしたような声を出した。「例えば家内は、あの男を重宝な好人物のように見なしていたはずです」

「なるほど。で、夫の立場としては、彼に――嫉妬するほどの値打ちはないとお考えですね？」

「わたしは立場を代表してものを言うようなふりはできませんよ。警視さんはわたしにそうして欲しくないのでしょう。彼に嫉妬はしませんでした。他にご質問は？」

「あります、ヨーロッパ大陸からいつお戻りになりましたか、ノースさん？」

「きのうの午後、ロンドンに着きました」

「なのに今朝までマーレイには戻らなかった？」

「ええ、そうですよ、警視さん」

「どこへ行かれたのですか、ノースさん？」

「自分のフラットですよ、警視さん」

「所在地をお教え願えますか？」

「ポートランド・プレイスです」

「それはいつものことですか？」

「そうです」

「ぶしつけな言い方をお許しいただきたいのですが、ノースさん、もう少し詳しくご説明をお願いします。あなたと奥様は別々の家にお住まいなのですか？」

「警視さんがお考えのような意味とは違います」ジョンは応じた。「間違っているかもしれませんが、警視さんはわたしがロンドンに一泊したことについて不当な意味付けをされているようですね。家内とは結婚して五年になります、警視さん。いつも一緒にいるような段階はとうに過ぎているのです」

声にかすかにわざとらしさがあるのをハナサイドは聞き逃さなかった。まるでふと思い出したように、ジョンは軽い口調で付け足した。「町で夜遅くなることが多いのです。フラット住まいが好都合なのですよ」

「そうですか。そこで食事を取ったのですか？」

「いいえ、クラブで取りました」

「で、夕食後は？」

「夕食後はフラットに帰って寝ました」

「お一人でしたか？　それとも使用人を置いているのですか？」

「ああ、一人だけでしたよ！　まかない付きのフラットですから、ボーイには外食の許可をやりました。あいにくですが――目下は――補強証拠を提出することができません、警視さん。わたしの指紋を取りたいのでしょうね？」

「いいえ、今のところは結構です」ハナサイドは答えた。「これ以上あなたをお引止めする必要すらありません」

ジョンはドアに歩み寄った。「では、今後質問が出てきたとしても、わたしの居場所はわかりますよ。職場もフラットもロンドンの電話帳に載っています」

ジョンは廊下に出て玄関ドアまで行った。折りたたみ式テーブルに薄いグレーのホンブルグ帽が載っていた。その横には鞣皮の手袋がある。ハナサイドは一瞬それらに視線を留めたが何も言わず、ただ椅子から自分の帽子を取った。

ハナサイドを屋敷の外で見送ってから、ジョンはゆっくりと居間に戻った。と、義姉が辛辣に言うのが耳に入った。「あなた、精神的無気力に陥っているのよ！　隠せるなんて思わないほうがいいと――」

サリーは部屋に入ってきたのが誰だか気づいて、途中で話をやめた。ジョンはドアを閉め、持っていた新聞をテーブルに放り、慇懃に言った。「ぼくから何を隠せそうもないのかい？」

「あなたからって言ったかしら？」サリーは訊いた。

「わかりきったことだ」ジョンは几帳面にパイプを詰め始めた。気まずい沈黙が流れる。ヘレンは、膝の上で両手をしっかり握りしめ、ジョンの顔に視線を釘づけにしたまま座っていた。ジョンは煙草入れをポケットにしまうと目を上げ、一瞬妻の目をじっと覗き込んだ。「どうだね？違うのかい？」

ヘレンは質問をはぐらかした。「なぜこんな予定外の時間に帰ってきたの、ジョン？」

「本当にそんなことが気になるのかい？」ジョンは訊いた。

ヘレンの声が低く震える。「わたしの行動を監視しにきたのね！」

ジョンの顔がこわばった。だが何も言わず、ポケットのマッチを探ってパイプに火をつけた。

サリーが場をやわらげるような明るい口調で言った。「もしかして、わたしは気を利かして退場したほうがいいのかしら？　あなたたちに窮屈な思いをさせるなんて嫌ですからね」

「駄目よ、行かないで！」ヘレンは言った。「ジョンもわたしもこっそり話し合うようなことは何もないの」ジョンを見上げ、平静をよそおって言った。「なぜ午前のなか頃に戻ることにしたのか、興味津々だわ。どうしてもわたしと一緒にいたいはずはないわよね、さもなければ昨夜戻ったはずなんだから」

「ああ」ジョンは沈着だった。「ぼく達は、そんな段階は過ぎているだろう？　フレッチャー殺害の件を読んだから来たのさ」

「ほら！　わたし、なんて言ったかしら？」サリーが言った。「乙女の祈りに応えたわけね！わたしは保護者タイプは好みじゃないけれど、あなたみたいなかわいらしい間抜けだったらこういう人を好きになるはずだわね、ヘレン」

「おお、馬鹿なこと言わないでよ！」ヘレンは声を詰まらせる。「それで、わたしが殺人事件に巻き込まれていると思ったの、ジョン？」

ジョンはすぐには答えなかったが、いつもの冷静な口調で言った。「いや、そこまで深刻には考えなかった。スコットランドヤードから来た警視が家にいるのを見るまではね」

ヘレンは身をこわばらせた。「理由はわかったはずよ！　警視さんは、ただ――」

「ああ、わかったよ」初めて、ジョンがきびしい口調になった。「警視さんは庭にあった女性の足跡がきみのものかどうかたしかめにきた。そうだろ？」

「答える前に十まで数えなさい」ジョンの陰気な表情に目を向けたまま、サリーは忠告した。なんてこと、とサリーは思う。予想ほど簡単に行きそうもないわね。

「ねえ、なぜ黙っていられないの？」ヘレンが鋭い声を上げる。「何をするつもり？」

「無益な嘘をつくのをやめさせようとしているのよ。あなた方はもう破局を迎えているのかもしれない。だけどジョンは助けることができるのに、あなたが殺人がらみでひどい目に遭うのを放っておくとは思えないわ」

「わたし、あの人を殺してない！　やってないわ！　そんなふうに思わないでよ！」

「足跡はきみのだったのか？」ジョンが訊いた。

ヘレンはびくっとして立ち上がった。「そうよ！　わたしのよ！」ジョンをあざけるように言った。

サリーはうめいた。「最低な知らせ方」と言った。「お願いだから、堅い岩から彫り出された彫刻みたいにならないでよ、ジョン。なんてことかしら、わたし、あなたみたいな人間が出てくる本を書いてきたけれど、実在するとは夢にも思わなかった」

ジョンはサリーを無視して妻に語りかけた。「あまりに押しつけがましいと思うだろうが、露骨にこそこそしたやり方でフレッチャーのところへ行った理由を知りたいものだね」

「あの人に会いに行ったのは——あの人は——わたしの友だちだからよ。わたしたちの関係にこそこそしたところなんてなかったわ。信じてくれるとは思わないけれど、本当なのよ！」

サリーは眼鏡を磨いた。「著名な推理小説作家たるミス・サリー・ドルー、尋問を受け、その供述を補強する」

「きみはいささか不完全な証人だな、サリー」ジョンは冷静に言った。「ああ、嚙みつくような顔をするなよ、ヘレン！　ぼくは好奇心から訊いただけだ。そんなことは問題ではない。もっと重要に思えるのは、何よりもきみが殺人について知っているということだ」

「何も知らない、何も知らないわよ！」

「いつフレッチャーと一緒にいたんだ？」ジョンは訊いた。

「おお、早い時刻よ、本当に早い時刻よ！　九時四十五分に書斎を出たの。ジョン、変だと思うでしょうけれど、本当にどうでもいいことで会いに行ったの。わたし——わたし、来週のディンバーレーの集まりに一緒に行ってくれないか訊こうと思っただけ」

ジョンはこの発言を無視して新聞を手に取り、一面をしげしげと見た。「フレッチャーの遺体は午後十時五分に発見されたようだ」と言い、妻にじっと視線を注いだ。「で、きみは何も知らないのか?」

「男の人が小道をやってくるのが見えたわ」ヘレンは低い声で言った。「だから植え込みの裏に隠れたのよ」

ジョンは新聞をきっちりと畳んだ。「男が小道から来るのを見た? 誰だったんだ?」

「わからないわ」

「見覚えのない人間ということか?」

「ええ――つまり、はっきりと見えなかったの。わたし――その人がフランス窓から書斎に入ったことしかわからなかったわ」

「警察にはそのことを話したのか?」

「ええ、わたし――話しました」

「警視には、もう一度その男を見たらそれとわかるか訊かれたのか?」

「いいえ。その人の姿はろくに見えなくて、明るい色の帽子をかぶったごく普通の男の人だっていうぼんやりした印象しか受けなかった」

少し間があいた。「明るい色の帽子? へえ! で、もう一度見たらわかるのか?」

「いいえ、わかりゃしないわよ! いったい誰だか見当もつかない」

「警視が信じてくれたんならいいがね」ジョンは言った。

「なぜ?」ジョンを凝視していたサリーが訊いた。

ジョンは気がなさそうにサリーを見おろした。「なぜって? 妻が証言台にいる場面を見たくないからに決まっているじゃないか」

「おお、なんてこと、わたし証言なんかしなくていいわよね？」ヘレンは息をのんだ。「そんなことできない。死んだほうがましよ！　おお、何もかも最悪だわ！」

紐の端を持ってリズミカルに片眼鏡を揺らしていたサリーは、いきなりそれを眼窩にねじ込んでこう尋ねた。「警視さんはあなたがこの事件と関わりがあると疑っているの、ジョン？」

「彼が何を疑っているか見当もつかない。ヘレンの犯罪との関連は、明らかに思考のきっかけを与えたようだ。嫉妬する夫という古くさい考えにとらわれているようだ」

サリーは首をかしげた。「あなたがちょっとでも原始的になれるとはね。だいたい、いきなり現場に現れたあなたは、警視さんにはうさんくさく見えたに違いないわ」

「なぜかね？　ぼくがフレッチャーを殺したのなら、きょうここに来るわけないだろうに」

サリーは冷静にジョンを見た。「さあ、一理あるわ。でもあなたが隠れていて結局ベルリンにいなかったことがばれたら、怪しまれるでしょうね」

「ぼくにだって常識があるよ、サリー。もし殺人を犯したら、きっとうまく足取りを隠すさ」ジョンは腕時計をちらりと見た。「昼食を早くするよう言ってくれないか、ヘレン？　町に戻らないと」

「わたし、エヴァンズに言ってくる」サリーが申し出て、しっかりとドアを閉めて部屋を出た。

ヘレンはマントルピース上の飾りを機械的に整頓した。「あなたは――戻ってくるの？」と訊く。

「かならず戻ってくる」ジョンは答えた。

ヘレンはためらったのち、低い声で言った。「ひどく怒っているでしょうね、この……」

「その話はやめておこう。迷惑はこうむっているが、ぼくが怒ったとしても、きみは今まで以上に後悔することはないだろう」

ヘレンは片手を上げて頰に当てた。「信じてくれないでしょうけれど、アーニーとは恋愛関係はなかったのよ」

「そりゃそうだろう、きみを信じるよ！」ジョンは言い返した。

ヘレンの手が落ちた。「信じるの？　わたしが――一度も彼を愛したことはないと思うの？　わたし、てっきり――」

「ぼくが個人的に彼を嫌ったのは、きみが親しくなったことに焼餅を焼いたせいだと思ったんだろう」ジョンは冷笑するように言った。「考え違いだね。いつだって、きみが惚れるようなタイプじゃないことくらいわかってた」

ヘレンはひるんだ。「わたしが誰かに惚れると言うなんて、公平じゃないわ。まるで――ヴィクトリア朝風だけれど、わたしはあなたに貞節を尽くしてきたのよ」

「わかってるさ」

「それを確信するのを自分の役目にしたのね！」

「ぼくの役目だった」ジョンの口調はきびしい。

「だったらなぜ、わたし達の友情に対してあんな態度を取ったのよ？　少くとも、わたしが低俗な不貞を働くことはないと信じていたのなら！」

「きみじゃなくて、フレッチャーを信用できなかったのだ」ジョンは言った。「彼との友だち付き合いには賛成できないと忠告しただろう？」

「いったいなんの権利があって、あの人でも誰でもわたしが友だちを捨てるだろうなんて思ったのよ？　わたしが自分の道を行くのを許したのはあなたよ、そしてあなたは自分の――」

「これは、はなはだしく不毛な議論だ」ジョンが遮った。「きみは自分の道を行くことを選んだが、ぼくの記憶が正しければ、二年前借金も軽率な行動も許さないとはっきり言い渡したはずだ。六カ月前はアーネスト・フレッチャーには近づいてくれるなと頼んだ。それ以来、きみはあの男とずっとつきあってきた」

「あの人を好きだったのよ。愛していたわけじゃない！」

「世間はとても理解できないだろうね」

「でも、あなたは知っていた！」

ジョンは目を細めてヘレンを見た。「フレッチャーに女性に受ける独特の魅力があることはわかっていたよ」

「そうよ。その通りよ、そしてわたしは魅力を感じたの。でも、愛なんて！　ねえ、違う、違う、違うのよ！」ヘレンは動揺して顔をそむけ、やみくもに窓に歩み寄った。ジョンに背を向けたヘレンは、しばらくしてからこう言った。「なぜ、今日ここに来たの？　あなたはわたしが――この事件にからんでいると思ったんでしょう？」

「ああ」ジョンは言った。「そうだ」

「だから帰ってきたのね」ヘレンは苦々しく言った。

ジョンは即答しなかったが、やがて少し口調をやわらげてこう言った。「馬鹿なことを言うな、ヘレン。どんな意見の相違があろうとも、我々は夫婦なんだ、問題が持ち上がったらそれは二人の問題だ。だが、やがて危機は去ると思うよ。あまり気に病まないことだ――今後ハナサイド警視に質問されたら、必要以上に喋らないことだ」

「ええ。よく気をつけるわ」ヘレンは答えた。

そのとき、あと五分で昼食の用意ができるという知らせを持ってサリーが現れた。

「ありがとう。手を洗ってくるよ」ジョンは言って部屋を出た。

サリーは興味津々の態で妹の背中を見た。「本当のことを話したの?」

「いいえ」

「馬鹿ね」

「できなかったのよ。議論しても無駄。お姉さんにはわからないもの」

「彼は、見えすいた嘘より本当の話を聞きたいでしょうに」

「それは違うわ。アーニーとわたしの間に何もなかったことは知っているから」

「知っ、て、い、いるの?」サリーは言った。

ヘレンは向き直った。「どういう意味?」

「さあね。でも、ジョンからそんな印象は受けなかった。あなたとアーニーの間に何もなかったと知っていたのなら、どうしてアーニーにあそこまで敵意を持つのかわからない」

「彼、アーニーを好きだったことなんてないわよ。でも、敵意があると言うなんて、くだらないわ！」

「あら、くだらなくないわよ。自分だって違うとわかってるくせに！　ジョンはアーニーの死に涙一滴流さない。それだけじゃなくて、あなたが思っている以上にジョンはいろいろ知っていると聞いても、わたしは驚かないわよ」

「小説家っていうのはどこまでも小説家ね！」ヘレンはうっすら笑って言った。

「その通りよ！　だからこそ、お昼を食べたら犯罪現場を見物に行ってこようと思うの」

「まさか、無理よ！」

「なぜ止めるの？」

「慎みがないもの」

「慎みが何よ！　わたし、みじめなネヴィルから聞き出してやる。彼もひょっとすると見かけよりいろいろ知っている人物かもしれない。警察が彼を過小評価していなければいいのだけれど。ネヴィルにはとてつもない可能性があるから」

「なんの可能性？」

「そこなのよ、ヘレン」サリーは応じた。「何も知らないけれど、それを突き止めてみるわ」

まもなく昼食の用意ができたと知らされ、アーネスト・フレッチャーの死という話題はおしまいになった。食事の間じゅう、ヘレンはろくに口をきかず、ほとんど食べなかった。サリーはたえまなく陽気な世間話に興じ、ジョンはさっさと食べ終えて二人より先にテーブルを離れ、夕食には戻ると妻に告げた。

姉妹でコーヒーを飲み終えると、サリーがヘレンは休んだほうがいいという意見を述べた。サリーにとっては若干意外なことに、ヘレンはこの提案に従い、姉に付き添ってもらって二階に上がった。サリーが窓のブラインドを下ろすと、ヘレンは言った。「本当にグレイストーンズに行くつもりじゃないでしょう？」

「いいえ、本気よ。あなたからのお悔やみの伝言を気の毒なお年寄りのミス・フレッチャーに伝えるの。もちろん、あなたは手紙を書いている、とも言うつもりよ」

積み上げられた枕の間から弱々しい声が上がった。「まあ！　書かなくちゃいけなかったのに！」

「昼寝をしてからでも時間はあるわよ」サリーは言って部屋を出た。

三十分後、サリーがグレイストーンズの玄関に登場した時、ヘレン同様ミス・フレッチャーも休んでいるという知らせを受けた。ネヴィルはいるかと訊く手間ははぶけた。ひょろりとした若者は居間から廊下に出てきて、どうぞ入ってぼくの無聊《ぶりょう》を慰めてくれと言ったからだ。

シモンズは咳払いし、ご立派に陰気くさい雰囲気を漂わせることによって、客人を招き入れるのは不見識だという意を表明した。だがサリーもネヴィルも彼には目もくれなかったので、シモンズとしては自分の領分に引き取るしかなかった。廊下の端のベーズ（フェルトに似せた通常緑色の粗いラシャ）張りのドアの向こう側に下がった。そして妻を啓発すべく、冷酷で信仰心に欠ける人間たちを待ち受けるおぞましい運命を語って聞かせた。

その間、ネヴィルは訪問者を居間に案内していた。「現場を見るかい？」とネヴィルは訊いた。

「睡蓮の池の底をさらう作業は終わってしまったよ」

「まあ！」サリーは言った。「凶器を探しているのね？」

「うん、でも警察が喜ぶようなものは出てこないんだ。ルーシー叔母さんのインディアンクラブ（瓶状で金属製または木製のこん棒。腕の筋力強化用）や槌や、アーニー伯父さんの机の青銅の文鎮を見せてやったのに、どれもお気に召さなかったようだ」

「じゃあ、机の上には青銅の文鎮が載っていたわけね。ふうん！」

「それが違うんだ」ネヴィルはもの柔らかに言った。「もともとそこにはなかった。ぼくが置いたのさ」

「いったいなんのために？」

「そりゃ、連中の頭を一杯にするためさ！」ネヴィルは天使のようなほほえみを浮かべた。

「あなたが殺人の疑いでしょっぴかれたときには、さぞかし役に立つでしょうね」サリーは言ってやった。

「ああ、でもそうはならないよ。正直者のジョンについて言ったことは当たってただろ？」

「ええ。どうやって彼が戻ったことを知ったの？」

「噂ってものは広まるものさ、違うかい？」

「ふざけないで！」

「わかったよ。彼の車が家の前を通って駅に向かうのを見たんだ。高飛びする気かね?」

「違うわね。彼はそういうタイプじゃないもの。だいたい、そんな必要がある?」

ネヴィルは眠たげな顔をしながらも、抜け目なくサリーを見つめた。「ぼくの前で気どるのはやめたまえよ、お嬢さん。きみは心配でしかたないんだろ?」

「いいえ、ちっとも。殺人に関するわたしの関心は純粋に専門的なものなの。なぜ警察は、凶器がまだこの屋敷内にあると思うのかしら? ヘレンが言ったことのせい?」

「警察はきみが思うほどぼくに秘密を洩らしたりしないんだよ」ネヴィルは言った。「ヘレンは何を言ったんだ?」

「それがね、自分が見た男はたしかに何も持っていなかったんですって」

「そりゃあ、とんだへまをやったね? 実に想像力豊かじゃないか? 最初は、男なんて全く見なかったと言った。それが、男は何も持っていなかったと知っている。彼女に時間をやれよ、そうしたら男はがに股で斜視だったことを思い出すだろうから」

「あんたってほんとに嫌な男ね。暗くてヘレンにはよく見えなかっただけなのに――」

「へえ、暗かったと思うのかい?」ネヴィルは訊いた。「きみには優しい心はあってもノルマン人（スカンディナヴィアおよびバルト海沿岸に原住した北方系ゲルマン人。一〇六六年に英国を征服）の血は流れてないんだな」

「何よ! じゃあヘレンは男を見て、それがジョンだと思ったと言うの?」

「うん、ぼくは心根が卑しいからね」ネヴィルは説明した。

「人が言おうとしたことを先回りして言ったわね」

「そうさ」

「あのね、わたしも同じような卑しい心根を持っているの。で、心に浮かぶことといえば、あなたはおそらくアーニーの遺産の相続人だということね。そうでしょ?」

「たしかにそうだ」ネヴィルは誠意をもって答えた。「ぼくは事実上富豪だ」

「そうなの?」サリーは言った。「だったら、あなたにとってとても好都合な展開ね。ネヴィル・フレッチャーさん、首までどっぷり借金につかっている身としては」

指摘を受けたネヴィルは、頭を殴りつけられた心地だったが、表向きは平静を保っていた。問題を冷静に考えるような顔をしてこう言った。「へえ、きみの意見にもろ手を挙げて賛成とはいかないなあ」

「なんですって?」サリーは軽蔑したように言った。「借金より財産があったほうがいいとは思わないの?」

「自分が何に慣れ親しんでいるかによるな」とネヴィル。

「馬鹿なこと言わないで!　まさかわたしが真に受けるとでも思ってるんじゃないでしょうね?」

「うん」

「なら、いったいなぜそんなことを言うの?」

「つまり、きみの心の動きを予想しなかったのさ」ネヴィルは言った。「無益な作業だ、なんら得るところがない」

「ねえ、ネヴィル、自分が借金まみれでにっちもさっちもいかないことについては反論がないのね？」サリーは問いつめた。

「そうだよ、あたりまえだろ？」

「辻褄が合わないから、あたりまえじゃないわよ。一文無しで、商売人から支払いの催促を受ける以上に不愉快なことなんてないわ。くる郵便くる郵便支払い請求書で、無言の脅迫がほのめかされていて、それがとてつもない額にふくれあがって――」

「おいおい、そんなんじゃないぞ！」ネヴィルは言い張った。「請求書なんて絶対開封しないんだ」

「なら、州裁判所に召喚されるわね」

「それもじきに慣れるさ。おまけに、アーニー伯父がそうなったら困ると思ったもんだから、ぼくのべらぼうな借金を払ってくれるようになったんだ。全く、万事順調に行ってたよ。今、伯父の金を手に入れたら、いっときも心の平安を得られないね。みんながぼくをせっつくだろう」

「あら、秘書を雇えばいいじゃない」

「そんなのまっぴらだね。秘書を押し込む家がいるし、切り盛りする召使も必要だし、何が起きたかわかる前に自分自身が責任でがんじがらめになっちまう」

この考え方にサリーは衝撃を受けた。「わたし、そんなふうに考えたことはないわ」と言う。「とても嫌な話みたいに聞こえる。あなたは何をしたいの？」

「今のところは別に。でも、来週ブルガリアに行きたいな。ろくに知らない国なんだが」

「それでも行けるんでしょ？」

「ソフィア行き一等車の切符と最高のホテルのスイートルームかって？　誰がそんなことするか！」

サリーは興味に駆られ、海外旅行の話題に乗せられてしまった。行き当たりばったりの無銭旅行の間に遭遇したとほうもない冒険の、支離滅裂でいて生き生きした描写にサリーは夢中になり、しまいには残念そうに感嘆の言葉を漏らした。「ああ、さぞかし楽しかったのでしょうね！　わたし、男だったらよかったのに。どうしてその経験を本に書かなかったの？」

「それでは」救いがたいネヴィルは言った。「ぼくの旅に目的がともなうことになる。そして旅の興がそがれてしまう」

「あなたって人として何か欠けてるんだわ」サリーは言って、ネヴィルに好奇心に満ちた目を向けた。「何かを心配したことなんてあるの？」

「あるよ。いかにして心配から逃れるかという問題をね」

サリーはにやりとしたが言った。「逆説は嫌い。こんな状況は心配？」

「え、アーニー伯父の殺害のこと？　いいや、なぜだい？」

「アーニーを殺すのにぴったりな動機ができてしまったという印象を受ける？」

「まさか」

「警察はそう考えるわよ」

「ヘレンとマラキが見た謎の男を追いかけるのに忙しいからそんな暇はないさ」

「誰ですって？」

「マラキに会ってないのかい?」ネヴィルは急に興味を示した。「そりゃあ、すぐにでも紹介しないとな。おいで!」

「いいけど、誰なの?」サリーは訊いた。

ネヴィルはサリーの手首を取り、長い窓から庭へと連れ出した。「死体を発見した警官さ」

「なんですって、その人もヘレンが見た男を見たの? ジョンが持ってきた新聞には出ていなかったけど」

「つまり、ぼくらは事件の真っ直中にいるということさ」とネヴィル。

「ちょっと待って」サリーは手を引っこめて遮った。「敷地全体を見たいわ。誰か書斎に見張りを立てたの?」

「今はいないよ。見るものがないから」

「アイディアが得られるかもしれないのだけれど」サリーが思惑ありげに言う。

「病的な精神、職業的な興味、それとも家族感情かい?」

サリーは最後の言葉の意味を無視した。「職業的な興味よ」

二人は屋敷の角を曲がり、庭とメイプル・グローヴを隔てる柵に設けられた門に通じる小道が見えるところまで来た。密集した低木におおわれた柵のあたりを、二人の熱心な警官が髪や衣服が乱れるのもかまわずたんねんに捜索していた。サリーは二人をざっと見てから家に注意を移した。「どちらがヘレンの植え込み?」

ネヴィルが指差したところへサリーは近づき、足跡を調べた。自分もその陰に隠れようとしたものの、彼女の登場を賛成しかねるという表情で見とがめたグラス巡査が、すぐさま低木の奥の捜査を中断して警告を発してきたので無理だった。

「大丈夫ですよ」サリーは言った。「足跡のようなものを消すつもりはありませんから。わたしはただ、闇にまぎれてここに隠れた人間が、現実に何を見ることができたか知りたいだけ。犯罪に興味があるのです」

「汝の足を悪から離せ（『箴言』四章二十七節）」グラスはきびしくとがめた。「ここは警察の領分です」

「わたしのことは気になさらないで。ずっと殺人の研究をしてきました。お役に立てるかもしれませんよ」サリーは言った。

「ぼくのようにね」とネヴィルが呟く。「ぼくも役に立とうとしたんだが、誰も感謝してくれなかった」

冷たい視線がネヴィルに注がれた。「あざむき取りし糧は人にうまし」グラスは言った。「されどのちには」と予言するように付け足す。「その口に砂を満たされん（『箴言』二十章十七節）」

すでに植え込みの後ろには何も見つからないと悟って満足したサリーが現れた。「それ、聖書の引用ですの？」と訊く。「よいことのほとんどは、シェイクスピアをのぞけば聖書からですものね。書斎に入ってもいい、ネヴィル？」

「いいとも！」ネヴィルは愛想良く言った。

「ここでなんの用があるのですか？」グラスが問いつめた。「なぜあの部屋に入りたいのですか？」

「わたし、小説家なのです」サリーが説明した。「犯罪小説の」

「屋内にいたほうがいい」グラスはきびしく言ったが、それ以上止めようとはしなかった。

ポケットから聖書を取り出してぱらぱらページをめくるネヴィルを従えて、サリーは書斎に入り、窓のすぐ内側に立って部屋を見回す。ネヴィルは机の端に腰かけ、『箴言』の引用箇所探しに没頭した。

「彼はどこで発見されたの？」出し抜けにサリーが訊いた。

ネヴィルは机の向こうの椅子のほうにぐいと頭をひねった。

「窓に顔を向けて？」

「そうだ。ぼくの邪魔をしないでくれ！」

「本当に椅子に座っていた？」

「うーん。淫婦の舌がらみでかなりいい箇所を見つけたぞ、でもぼくが思っているのと違うなあ」

「で、殺人犯はアーニーが真正面に見ていたフランス窓から入ったと考えられているのね？」

「淫婦の舌のへつらいに（『箴言』六章二十四節）……いや、これじゃないなあ」

「ねえ、それから頭を上げてよ！　殺人犯がフランス窓から入ってきたとしたら、アーニーは全く無防備だったことがわからない？　椅子から立ち上がることもなかったはずよ！」

「あったぞ！」ネヴィルは勝ち誇って言った。「この女はさわがしくして慎みなく、その足は家に留まらず。（『箴言』七章十一節）これこそきみだ。グラスに言ってこよう」ネヴィルはテーブルの端からするりと降り、警官を探しにいった。

一人残されたサリーは、肘かけ椅子に腰を下ろし、両手で作ったくぼみに顎をうずめ、あたりの様子に眉をひそめた。すぐにネヴィルが戻ってきた。「彼に怒られちゃったよ。あの文脈を知っていた模様だ」

「なんのこと？」サリーはぼんやりと訊く。

「ぼくが礼儀知らずだってさ。旧約聖書には二種類の女しか出てこない。これは別の種類だった。すべての謎は解けたかい？」

「いいえ、でもわたしの目には一つ確かなことがあるの。あれはジョンじゃなかった」

「そうかい。好きに考えるがいいさ」

「考えるわよ。でもわからない？」サリーは言い張った。「アーニーは殺されると思っていなかった。ジョンが乗り込んできたのなら、彼は――いいえ、そうはならないわ。嫉妬深い夫だからって、自分を殺すとは思わないもの」

「へえ、ジョンは嫉妬深いのかい？」ネヴィルは言った。「自己満足に浸った奴だと思ってたがな」

「たいがいの人はそう思うけれど、でも――」サリーはそこでやめた。「その話はやめましょ！」

「ぼくが是非とも正直者のジョンを罪に陥れたがっているとでも言うのかい？」ネヴィルが訊いた。「そんなことありえない、ぼくを信じろよ」

「だとしても、あまりあなたに喋らないほうが利口なんでしょうね」サリーはにべもない。

「ぼくのことは別にいいさ」ネヴィルは請け合った。「話題としては、アーニー伯父殺しにも飽きてきたな」

サリーはネヴィルを見た。「あなたって血も涙もないのね、ネヴィル。わたしもアーニーは好きじゃなかったけれど、でもとても気の毒だと思うわ！」

「なんたる感情の浪費だ！」ネヴィルは見解を述べた。「死んだ人間を気の毒がってなんになる？」

「それも一理あるわね」サリーは譲歩した。「でもそれを口にするのは慎みに欠けることよ。ああ、嫌になる、最悪！ なぜ取り返しがつかなくなる前にあの借用証書を手に入れることができなかったの？」

「え、あれ見つかったのかい？」ネヴィルは言った。

「あたりまえよ！」

「ジョンは喜んだ？」

「あれについて、ジョンは一切知らない。ヘレンが話そうとしないの」

ネヴィルはまばたきした。「はっきりさせようよ、万一のためにさ。ヘレンの話ってなんだい？」

「些細な用件でアーニーに会いに行ったの。ええ、わたしからすれば馬鹿げてると思う、でもたぶんヘレンが一番よくわかっていたんでしょう。ジョンはあまり力になってくれなかったし、賭けや借金という話題には激怒しそうよ。ヘレンがジョンに話さなかったのは正解だったと思う。

ジョンに出くわすことがあったら、知らないふりをしていたほうがいいわよ」

「家に帰って偽りのパンのことを教えてやれよ」ネヴィルは言った。「彼女、あまりおつむがいいとは思えないからな」

「ええそうよ、でも妹は疲労困憊なの。寝かしつけてきたわ。わたしが戻った頃には少しは気分がよくなって――もうちょっと対処できるようになっているといいけれど。昨夜はろくに眠れなかったでしょうから」

「じゃあ、彼女が馬鹿なことをしでかさないように祈ろう」ネヴィルは言った。「おおかた、これからやらかすだろうが、よくてもただ問題を混乱させるだけだろうね」

「彼女、わたしの妹なんですけどね」サリーはひややかに言った。

「うん、それが彼女についてぼくが知ってる最良の点だね」ネヴィルは譲った。

不意をつかれたサリーは、動揺を表に出してしまった。

「で、それがきみについて知っている最悪の点だ」ネヴィルは甘い声で付け足す。

サリーはネヴィルをひるませるような目でにらみつけ、あいもかわらず植え込みを捜索している警察官の若い方に魅力を行使すべく書斎を出て行った。


その頃ヘレンは、姉の予想通り、ベッドに入ってはおらず、警察署でハナサイド警視と密談中だった。

サリーが家を出てから、ヘレンは数分間思案しながら横になっていた。一度か二度電話に目をやったのちに、ベッドに起き上がり、困難な決断を下した人間らしく突然エネルギーが湧いてきて受話器を手に取った。「警察に繋いでください」ヘレンは交換手に冷静に言った。

言うとほぼ同時に電話は繋がり、ヘレンはハナサイド警視との通話を求めた。受話器の向こうの声がいささか不審そうに身元を明かすよう要求した。ためらったのち、ヘレンは言った。「ジョン・ノースの家内です。もしハナサイド警視が——」

「少々お待ちを！」声は言った。

ヘレンは待った。やがて別の声に名を呼ばれ、警視の冷静な声音だとわかった。

ヘレンはせきこんで喋りだす。「警視さん、ノースです。お目にかかることはできますか？お話ししたいことがありますの」

「いいですとも」ハナサイドは答えた。「お宅に伺います」

ヘレンは腕時計を見た。「いいえ、それにはおよびません。わたし、町に行かなくてはなりませんので、警察署に寄ることができます。それでよろしいでしょうか？」

「かまいませんとも」

「ありがとうございます。では二十分ほどで参ります。ごめんください！」

ヘレンは受話器を置き、掛け布団をはねのけ、するりとベッドから床に降りた。よく考えて降ろしておいたブラインドを上げ、容赦なく差し込んでくる日光を浴びながら鏡台の前に座り、鏡の中の顔を観察した。顔色は青ざめ、目には隈ができている。「なんてこと！　まるで罪人みたい！」声をひそめて言うと、震える手ですばやく引き出しを開けた。フェイスクリームとローションと化粧品がずらりと並んでいる。

十分後、ヘレンは手袋をはめ、自分の姿をきびしく眺めた。巧妙な化粧が施されていた。日よけ帽のふちから覗く顔にはかすかに紅がさされ、トウモロコシ色のカールは首のまわりにそろい、美しい唇は真紅に輝いている。

階段を降りる途中でメイドに出くわした。奥様が実は休んでいなかったことを知ったメイドは悲しみ、抗議した。

「いいえ、わたし出かけなくてはならないの」ヘレンは言った。「ミス・ドルーが先に戻ってきたら、わたしは町へ行ったけれどお茶の時間には帰ると伝えてちょうだい」

ヘレンは警察まで自分で運転して行った。少々居心地の悪い執務室にすみやかに通されると、ハナサイドが書類の山と格闘していた。

ヘレンが入室するとハナサイドは立ち上がり、熱意をこめて迎えた。「こんにちは、ミセス・ノース。おかけください」

ヘレンはハナサイドの向かい側の椅子に腰を下ろした。「ありがとうございます。これまで警察署に来たのは、犬が迷子になった時くらいで」

「そうですか？」とハナサイド。「ご用件はなんでしょう、ミセス・ノース？」

ヘレンは相手の顔に目を上げた。「今朝がたお話しすべきだったことですわ」と率直に言った。

「なるほど？」

その声からは礼儀正しい関心以外のものは聞き取れない。ヘレンはいささか動揺してどもってしまった。「馬鹿でしたわ、わたし、でもおわかりでしょう、いきなりこんな事態に――いいえ、おわかりにはならないでしょうね。いつだって――質問するのは警視さんなのでしょう？」

「真実を隠したり、部分的にしか話さなかったりする人々には大勢出会ってきましたよ、もしそれが仰る意味なら、ミセス・ノース」

「そういうことです」ヘレンは認めた。「でもおわかりいただけるでしょう、どれくらい困った立場にあったか、わたしの――今朝のわたしの無分別を暴露なさった時。自分がどれほど動揺していたか、それは否定いたしません。殺人のためではありません、だって関係ないんですから、そうではなくてフレッチャーさんと、あなたがお考えになるようなお付き合いをする女じゃないのですから――それに、それにわたしの見方では、あのようなことが――おおやけになるほどひどいことはありません。今朝、わたしの頭にあったのは、ひたすら必要最低限のことだけを認めようということでした。警視さんには――ちゃんとご理解いただけますわよね？」

ハナサイドはうなずいた。「完璧にわかりますよ、ミセス・ノース。どうぞお続けください」

「はい。警視さんに会ってから、考え直す時間がありました。そしてもちろん、殺人の問題となったら、どんなことでも隠すのは恐ろしい間違いだと気がつきました。それだけでなく」――ヘレンは内気そうに微笑みかけた――「警視さんはとてもよくしてくださいましたから――主人にわたしの秘密を話さずにいてくださって。だから信用できる方だと確信しました」

「一つはっきりさせていただきますよ、ミセス・ノース。今回の事件に関して不必要にご不快の念を抱かせるつもりは毛頭ありません。しかしながら、当方の義務と考えることを実行する際には、あなたの感情を考慮することはありません」

「そうでしょうとも。よくわかります」

ハナサイドはヘレンを見た。数時間前、彼女は心配で気も狂わんばかりだったのが、今はよく自制している。ハナサイドの視線を受ける態度は控えめながらも堂々としており、少々女性の武器を使って相手を出し抜くことも辞さない自信があるようだ。ヘレンは愛らしい女性だった。柔和な青い瞳の奥にある頭脳は何を考えているのだろう、とハナサイドは思った。おそらく芝居をしているのだろうが、あまりにたくみなので確信が持てなかった。今朝がた彼女が真実の一部を隠していたというのは容易に信じられる。隠していたことを白状した理由にも説得力がある。しかし、これから明かされることをどこまで信じていいのかは、測りがたかった。

ハナサイドは事務的に言った。「で、ミセス・ノース？ これからお話しになることはなんですかな？」

「わたしが、フレッチャーさんの書斎の外の植え込みの陰に隠れてから起きたことですわ。わたし、小道をやってきた男の人が家の中に入ったとたん、その場を立ち去ったと申しました。本当は、そうしなかったのです」

ハナサイドの鋭い目がやや細まった。「そうですか！ なぜ立ち去らなかったのですか？」

ヘレンはハンドバッグを握りしめ、ちょっとそわそわする。「それは、フレッチャーさんとの面会について先に申し上げたことは本当ではなかったからです。あれは――あれは、友好的なものではありませんでした。少くとも、わたしのほうでは。警視さんも今朝がた仰ったように、フレッチャーさんはわたしからあるものを欲しがっていたのです——こちらではどうしても手放したくないものを。あなたに誤った印象を与えたくありません。振り返ってみれば、わたしはあの件で正気を失っていたとしか思えませんし、それに——何もかもおおげさに考えていたのでしょう。フレッチャーさんは確かにわたしの借用証書をこちらに不利なように使っていました。でもそれは、冗談めかした調子でした。ただのはったりだと思いました。あの人はもともとそんな人じゃなかったんですもの。わたしがおびえて馬鹿なことをしただけです。あの晩、わたしは覚書を返してもらうためにあの人の家まで行きました。あの人の言った何かにわたしはかっとなって、憤慨のあまり屋敷を出たのです。それでも植え込みの陰に隠れていた間に、かっとなっても得にならないと気がつきました。フレッチャーさんをなだめて覚書を返してもらうべきだと思い直し、また同時に部屋に戻るなんてぞっとするとも思いました」

「ちょっと待ってください!」ハナサイドが遮った。「あなたが植え込みの陰に隠れている間、書斎で何が起きたのですか?」

「わかりません。わたしが見た男の人がフランス窓を閉めたと思った、とお話ししませんでした? ええ、それは本当のことです。よくわからないつぶやき声が聞こえただけです。その人が六、七分以上書斎にいたとは思いません。もっと長く感じられましたけれど、それはありえません。なぜって、わたしが最後に屋敷を離れた時に廊下の時計が鳴り始めたのですから。でも、その話はあとです。隠れたまま、次にどうしようと思案している間に、書斎のフランス窓が開いてフレッチャーさんももう一人の人も出てきました。フレッチャーさんが屈託のなさそうなよく通る声で言うのがはっきりと聞こえました。『きみのほうがちょっとばかりしくじったな。お引取り願おうか！』」

「で、相手は？　口をききましたか？」

「いいえ、こちらで聞こえる範囲では。フレッチャーさんは他にも何か言いましたが、それは聞き取れませんでした」

「彼は気分を害しているようでしたか？」

「いいえ、でもあの人は腹が立ったとしてもそれを表に出すような人じゃありません。どちらかというと、馬鹿にしているように聞こえました。いさかいがあったとは思えません、なぜってあの人はその人と一緒にくつろいだ様子で小道を歩いていったからです。急ぐようなそぶりは一切ありませんでした。あの男の人は間違って入ってきたのかと思ったほどです」

「そうですか！　それから？」

「ええと、門への小道は植え込みを過ぎたところで曲がっていることをご存知でしょう？　二人が曲がり角にさしかかるとすぐに、わたしは植え込みの陰から抜け出して書斎に駆け戻りました。わたし――借用証書がフレッチャーさんの机にあるのではないかという、とほうもない希望を抱いたのです。今こそそれを手に入れるチャンスだと思えました。ほとんどの引き出しは鍵がかかっていなかったのですが、それは放っておきました。でも真ん中の引き出しには鍵が挿さっていて、たまたまフレッチャーさんがいつもそこに鍵をかけていることを知っていました。あの人がポケットから鍵を出して開けるところを見たことがあるのです。わたし、その引き出しを開けてみましたけれど、借用証書は見当たりませんでした。その時、フレッチャーさんが小道を来るのが聞こえました。わたしうろたえてしまって、その場に留まらずに引き出しを閉めて、ドアに駆け寄りました。そうっとドアを開けて廊下に誰もいないことをたしかめる時間が、かろうじてありました。誰もいないようでしたので、フレッチャーさんが書斎に着く前に廊下に逃げ込みました。そのとき時計が打ち始めました。実際のところ、ぎょっとして縮み上がりました。なぜって打ち始める前に騒がしい音を立てるタイプの大時計だったんですもの。廊下伝いに玄関ドアまで行くと、極力物音を立てないようにして外に出て、ヴェイル・アヴェニューから家に帰りました。ご存知でしょうけれど、それが一番の近道ですので」

ヘレンが話し終えてから、しばしの沈黙が下りた。ハナサイドは机上の書類をちょっとずらした。「ミセス・ノース、なぜこんな話をなさるのですか?」

「なぜって――だって、おわかりになりません?」ヘレンは言った。「完璧に無実の人がフレッチャーさんを殺したなんて、警視さんに思わせておくことはできないからです!　つまり、あの男の人が屋敷を出たとき、フレッチャーさんは生きていたとわたしは知っているのです」

「あなたは書斎にどのくらいの間いたのですか、二度目ですが?」ハナサイドは訊いた。

「わかりませんが、三分以上ではありません。おお、もっと短いですわ!　フレッチャーさんが戻ってくる音を聞くまでに、急いであの引き出しを見ることしかできませんでしたから」

「なるほど」

ハナサイドの声にある何かにヘレンの身はこわばった。「信じてくださらないの?　でも本当なんですよ。それが本当だと証明できます！」

「できますか？　どうやって？」

ヘレンは両手を広げた。「手袋をしていませんでしたから。わたしの指紋がドアに付いているはずです。ほら、やってみせてさしあげます！」ヘレンは立ち上がり、ドアのところへ行って右手で取っ手を摑み、左手をその上の羽目板に添えた。「音を立てたくない時、ドアをそっと開けるにはどうするものかご存知でしょう？　わたし、こんなふうに左手を置いたことを覚えています」

「指紋を採取することに異存はありますか、ミセス・ノース？」

「いいえ、ありません」ヘレンは即答した。「採取を希望します。それもあってこちらに伺ったのですから」

「大変けっこうです、でもその前に一つ二つ質問したいことがあります」

ヘレンは椅子に戻った。「どうぞ、なんなりと！」

「フレッチャー氏があなたの借用証書をあなたの不利なように使っていたと言いましたね。それは彼が支払いを迫っていたということですか、それともご主人に見せると脅していたということですか？」

「主人がそれに興味を持つだろうということをほのめかしてはいました」

「ご主人とはうまくいっているのですか、ミセス・ノース？」

ヘレンは気まずそうに小さく笑った。「ええ、もちろんです。しごくうまくいっています」

「あなたとフレッチャー氏との親密さを疑うような理由はなかったのですか？」

「ありません。とんでもない！　わたしにはいつでも自分だけの友達がいましたし、主人は干渉したことなどありません」

「では、ご主人はあなたと他の男性たちとの友情に嫉妬していなかった、と？」

「なんて旧式なんでしょう、警視さん！　もちろんしていませんでした」

「ずいぶん信頼されているのですな、ミセス・ノース」

「それは、当然ですわ……！」

「で、仰るような完璧な理解を得ていながら、あなたは賭けの借金の件がご主人の耳に入るよりも、フレッチャー氏から借用証書を盗み出すほうを選んだのですね？」

答える前にヘレンはちょっと間を置いたが、やがて落ち着いて返答した。「主人は賭け事が大嫌いなのです。わたしは無駄遣いをしがちでしたから、借金のことを主人に打ち明けるのは避けていました」

「結果を恐れていたのですか？」

「ある意味、そうです。道徳的な勇気が欠けていたんですわ。あれから何が起きるか見越していれば——」

「ご主人に話していましたか？」

「ええ」ヘレンはためらいがちに言った。

「ご主人には話しているのですか、ミセス・ノース？」

「いえ。いいえ、わたし――」

「なぜ話さないのですか？」

「だっておわかりでしょ！」ヘレンは大きな声を出した。「何もかも――あまりにねじれてしまったんですもの！　フレッチャーさんが亡くなってしまった今となっては、ありのままを伝えられるのはわたしの言葉だけです。つまり、あの人がわたしの借用証書を握っていて、わたしがちっとも疑っていなくて――その、わたしを愛人にする気でいたことを！　どれほどありえない話に聞こえるかわかっておりますけれど、わたしは心底愚かだったので、見当もつかなかったのです！　でも、わたしの話を聞いたら誰でもフレッチャーさんとわたしの間柄はそれ以上のものだったに決まってると思うでしょう。すぐに主人に打ち明ける分別があったなら――フレッチャーさんがわたしの借用証書を持っていると知ってすぐに――でも、わたし、そうしなかったのです！　自分で取り戻そうとして、まるでフレッチャーさんとの関係から何かがばれることを恐れているような状況にしてしまいました。ねえ、おわかりになりません？」

「わかりますよ」ハナサイドは答えた。「本当のところは、ご主人がフレッチャー氏との友だち付き合いに反対しなかったと言った時点で、真実を隠していた。そういうことでは？」

「主人が焼いていたと言わせたいのでしょうが、違います！　たしかに主人はフレッチャーさんにそう好意を持ってはいませんでした。女性がらみで悪い評判があると思っていたので。けれど――」ヘレンは喉を詰まらせた。頭を上げると苦労してこう言った。「焼餅を焼くほどわたしに関心がありませんの、警視さん」

ハナサイドの目が手元の書類に落ちた。いとも優しげに彼は言った。「あなたの評判に焼餅を焼いたのかもしれませんね、ミセス・ノース」

「どうでしょうか」

「それは、あなたの他の供述と一致しませんよ」ハナサイドは指摘した。「あなたとご主人との間に深い愛情はなくとも信頼関係があるのを信じてくれと言っておきながら、すべてをご主人に打ち明けることは不可能だとわたしに信じて欲しがっている」

ヘレンはぐっと唾を飲み込んで言った。「わたし、離婚法廷に引きずり出されたくありません、警視さん」

ハナサイドは目を上げた。「では、あなた方夫婦の間には信頼関係はほとんどないゆえに、ご主人がその手段に出ると恐れたのですね?」

「はい」ヘレンは傲然と視線を返した。

「あなたはご主人が――かっとなって――あなたをこの不快な状況に追い込んだ男に激怒するとは思わなかったのですね?」

「ちっとも」ヘレンはきっぱり言った。

ハナサイドはそれ以上問いつめなかった。だが彼が再び口を開いたとき、その口調にはヘレンを縮み上がらせるきびしさがあった。「数分前、あなたはフレッチャー氏が訪問者とともに庭の小道を歩いていく間に発した言葉を繰り返しました。その言葉を聞いたのに、連れが言った内容を聞き取れなかったとはどういうわけですか?」

「フレッチャーさんは陽気な甲高い声だったとお話ししたじゃありませんか。耳の遠い人とつきあったことがおありなら、そのような声は低い声よりもよく通ることがわかるはずですよ」

ハナサイドはこの説明に納得したらしく、うなずくと立ち上がった。「大変けっこうです、ミセス・ノース。では、ご希望どおり指紋を取ります」

十五分後、ヘレンが警察署から去ると、ハナサイドはふたたび机につき、紙片に走り書きしたメモをしげしげと眺めた。

〈グラス巡査の供述：十時二分、庭の門から入る男を目撃。ヘレン・ノースの供述：九時五十八分頃、見知らぬ男が門までフレッチャーに送られる〉

ハナサイドが走り書きを前に思案しているところへ、グラス巡査が入室し、グレイストーンズの庭内には凶器の痕跡が発見されなかったと報告した。

ハナサイドはうなるような声を発したが、ドアのほうに向き直るグラスへ声をかけた。「ちょっと待て。男が庭の門から入ってきたのを見たのが十時二分過ぎだというのは確かか？」

「確かです」

「たとえば、十時より二、三分前だったということはないかな？」

「いいえ、ありません。この腕時計と部屋の時計によれば、わたしが書斎に入ったのは午後十時五分でした。したがって、二重に自信があります。わたしが立っていた位置からあの部屋に達するには、ものの三分もあれば充分だからです。七分もかかりません」

ハナサイドは頷いた。「よろしい。以上だ。朝になったらヘミングウェイ巡査部長に報告しろ」

「わかりました」グラスは答えたが、陰気につけ加えた。「よこしまなる心あるものは幸いを得ず（『箴言』十七章二十節、次のグラスの台詞はこの続き）」

「そうだろうな」ハナサイドは気乗りせずに言った。

「その舌をみだりにする者は災いに陥る」グラスは辛辣きわまりない口調で言った。

この悲観的な発言が自分に向けられたのか、この場にいない巡査部長に向けられたのか、ハナサイドは問わなかった。グラスがドアに向かって歩き出すと電話が鳴り、当番の巡査がヘミングウェイ巡査部長からお電話ですと言った。

ヘミングウェイはハナサイドのもとを辞した時よりは晴れやかな声を出した。「警視殿でありますか？」ときびきび訊く。「あるものを得ました。我々の役に立つものかどうかはわかりませんが。そちらに伺いましょうか？」

「いや、わたしのほうが町に行く。そこで会おう。指紋から収穫はあったか？」

「何を収穫と呼ぶかによります、警視。指紋の一部はチャーリー・カーペンターという男のものでした」

「カーペンターだって？」ハナサイドはおうむ返しにした。「いったい何者だ？」

「話せば長くなります――やたらと込み入った話になります」ヘミングウェイは答えた。

「わかった。あとで聞こう。三十分以内に着く」

「了解しました、警視。イカボドによろしくお伝えください！」ヘミングウェイは言った。

受話器を置きながらハナサイドはにやりとしたが、伝言はやめておいた。グラスのいかめしい表情からするに、快く聞くとは思えない。ハナサイドは優しく言った。「さてグラス、この件ではよくやってくれた。指紋の一部の照合がついたと聞いたら嬉しいだろう」

どうやらハナサイドは間違ったらしい。「聞こえました、しかしわたしには困難と闇が見えます」グラスは言った。

「それは、すべての殺人事件に当てはまるのではないか」ハナサイドはぴしゃりと言って面会を終了した。

第六章

部下は上機嫌でハナサイドを待ち受けていた。「収穫はありましたか、ボス？」ヘミングウェイは訊いた。「こちらは大漁でしたよ」

「ああ、ある程度の結果は摑んだ」ハナサイドは答えた。「だがグラスはグレイストーンズで凶器の痕跡を発見できなかった。残念だ」

「おそらく奴は一人きりの祈禱会に没頭していて、凶器を探す暇がなかったんでしょう」ヘミングウェイは言った。「奴はどんな具合です？　わたしには彼の存在が試練になりそうです」

「わたしの判断からすれば、きみも彼の試練になりそうだよ」ハナサイドはかすかに笑みを浮かべて言った。「よこしまなる心とみだりなる舌について曖昧なことを言っていたが、あれはきみを指したようだったな」

「そうですか？　まあ奴が、わたしを軽蔑すべき不快な人間呼ばわりしなかったのだけが不思議ですな。これから呼ばれそうですがね。規則にのっとったことではありませんが、奴が聖書を引用するのは気になりませんよ、わたしを救済すべきだなんて考えをお粗末なおつむに入れないかぎりはね。救済されたことなら過去に一度ありますし、それで充分です。充分すぎるくらいです！」その事件のあらましを思い出しながら、ヘミングウェイは最後のひと言を付け足した。「〝迷える子羊〟と〝飲酒の弊害〟について書いた不快な小冊子でした」と説明する。「おかしなもんですよ、こういった人を矯正したがる手合いってのは、誰でも歩く悪徳のかたまりだと頭から決めつけているんですからな。連中の考えをくつがえそうったって無理です。いわゆる固着（過去のトラウマによって特定の精神発達段階に精神状態が固定されること）ってやつですから」

部下がお気に入りの題目を追って、似非用語とうさんくさい理論から成る奇妙な領域に踏み込んでしまったのを悟ったハナサイドは、すかさず相手の言葉を遮り、本日の労働について説明せよと言った。

「はあ、興味深いものでした。しかしグラスがわたしについて言ったことと同様、曖昧なものでした」ヘミングウェイは言った。「まず我らが友、アブラハム・バッドですが、今回の事件で初めて予期せぬ局面に遭遇しました。今朝がた本部に到着しますと、なんとやっこさんがドアマットのところでわたしを待っていたのです」

「バッドだって？」ハナサイドは言った。「彼がここに来たのか？」

「そうです、ボス。夕刊でニュースを読んですぐにやってきたのです。わたしの考えでは、新聞社は朝飯を食う前に夕刊を出すんじゃないですかね。とにかく、バッド氏は夕刊を小脇に抱えてお役に立つ気満々でしたよ」

「続けろ！」ハナサイドは言った。「その男は何か知っていたんだろう？」

「警視がお考えになるほどじゃありませんでした」ヘミングウェイは答えた。「彼によれば、午後九時三十五分頃庭の門を通って屋敷から出たそうです」

「いずれにしても、ミセス・ノースの話と符合するじゃないか！」

「ほお、それでは何か摑んだわけですな、警視？」

「ああ、だが報告を続けたまえ。バッドが九時三十五分に家を出たのなら、何も目撃できなかったはずだ。なんのためにスコットランドヤードに来たのだ？」

「怖気づいたんですよ」ヘミングウェイはそっけなく言った。「因果関係については本でさんざん読みましたから、きわめて明白なのですが――」

「因果関係の話はその辺にしておけ！　バッドは何に怯えたのだ？　わたしの前で初期の欲求不満だの抑制だののごたくを並べるのはよせ！　そんなものには一切興味がない！　自分が喋っていることについてきみが理解しているのなら我慢して聞くが、そうではないからな」

上司の同情のなさには慣れっこのヘミングウェイは、ため息をつくに留め、全く機嫌をそこねることなくこう言った。「それが、今のところバッド氏の問題の真相をきわめるにはいたっておりません。彼は金融ブローカーと称しています。わたしが理解できる範囲では、晩年のアーネストは、厳密に言えば関わるべきでない取引の時にはバッドにやらせていた模様です。事実から推察し、我らがバッドが語ろうとしない部分を考慮に入れるならば、少くともわたしにはそのように聞こえました」

「彼は仲買人なのだろうと思っていたよ。フレッチャーの書類には彼宛ての手紙が一、二通と彼の返信が数通あった。まだ吟味する暇がないがね。夜の九時になんの用でフレッチャーに会いに行ったのだろう?」

「そこが、物語がいわゆる難解になるところです」へミングウェイは言った。「かと言って、バッドの言い分をすべて信じたわけではありません。奴は大量の汗をかいていましたよ。でもまあ暑い日でしたし、奴は太っています。しかしながら、要は電話越しに明確に聞き取るのがむずかしいゆえに、アーネストが出した秘密を要する指示——または極秘にすべき指示に関してなんらかの誤解があったようなのです。バッド氏は、極秘のビジネスをそれ以上電話任せにするにしのびず、直接フレッチャーに会いに行ったのです」

「かなりにおうな」ハナサイドは言った。

「あの時のにおいは、そんなもんじゃありませんでしたよ」へミングウェイは言った。「わたしは窓を開けなければなりませんでした。しかし我々が追っているのがバッドではないという点を考慮して、わたしはあまり問いつめませんでした。彼に訊くべきは、前述の誤解がアーネストとの間に不和を生じさせたかということでした」

ハナサイドはうなずいた。「しごくもっともだ。彼はなんと言った?」

「ああ、まるでわたしが懺悔を聞いてくれる司祭だと言わんばかりでしたよ」とへミングウェイ。「わたしの善良で親切な性質によるものかもしれませんし、あるいはその反対かもしれませんん。とにかく奴はお日様の当たったケシの花みたいに心を開きました」

「そんな詩的表現は不要だ」ハナサイドは言った。

「ごもっともです、ボス。とにかく、奴は胸襟を開いてくれました。どんどん湧き出す天然石油ですよ、わたしから見れば実にわざとらしい率直さでした。何も隠しませんでした――少くとも、こちらがすでにかぎつけたことは。少々の不和はあったそうです、指示の一部が実行に移されているとアーネストが考えたせいで。まあ電話や諸々の原因で、実行されていなかったのですが。それでも、ひとたびアーネストの不機嫌が直ると、すべてが良好になり、二人は兄弟のように別れたということで」

「ほう！」とハナサイド。「もっともらしい話だ。本当かもしれんな」

「はい、でもおかしな話もあります」とヘミングウェイ。「一日じゅうハエを叩いていたんですが、その間じゅう小さなアブラハムはわたしと一緒にいたのにハエは一度も奴に留まりませんでした、ただの一度も」

「ほう！」ハナサイドはまた言った。「ハエも寄りつかんのか！」

「はい」ヘミングウェイは答えた。「そういう男です。それから警視、警視とわたしは心理学に関して意見が一致しませんが、人間が怖気づいていれば気がつきますよ。小男のアブラハムはまっすぐ立っているのもたいへんそうでした。それでもなんとか立っていたと言わねばなりません。こっちが訊こうとする前にすべての質問に答えましたよ。アーネストの死亡記事を読んだ時の心理描写は鮮やかで、全くたいしたものでした。最初は肝をつぶしたことでしょう。それから奴は、自分がアーネストと別れてから三十分とたたないうちの出来事だと考えました。で、巻き込まれちゃかなわんというわけで、執事に名刺を渡したことを思い出すのに数秒とかかりませんでした。おまけに、アーネストから大きな怒号を浴びせられる始末だった。そしてたまたま、アーネストには脇の門から見送られたので、自分の退出を誰も目撃していない。これらを総合して考えてみると、自分がそうとう信用を危うくする状況だと悟り、親切な警察官のもとへ直行するしか道はない、となったわけです。警察官こそ最良の友だと考えるように育てられたのですね」

ハナサイドは眉をひそめていた。「なんともまことしやかだな。きみはどうしたのだ？」

「やつにタフィー（砂糖やバターなどを煮詰めたキャンディー）をやって母親のもとへ送り返しました」ヘミングウェイは即答した。

部下の人となりを知っているハナサイドは、この変わった行動を認めたようだった。「うん、それが一番いいやり方だったのだろうな。彼はもちこたえるだろう。さてと、電話で話していたチャーリー・カーペンターのほうは？」

ヘミングウェイはとりあえず軽口を叩くのをやめた。「大漁ですよ！　今回の事件で二度目の予想外の局面です。実のところ、指紋についてははずれかと思っていました。しかし、これが検査の結果です」机からフォルダーを取り、上司に渡す。フォルダーには若い男の写真が一枚、指紋の写真が二枚、チャーリー・カーペンターの最近の経歴についての短い感傷をまじえない記録が入っていた。男は二十九歳、身長五フィート九インチ、体重百六十ポンド、髪は薄茶、目は灰色、目立つ母斑はなし。

読みながらハナサイドの眉が上がった。記録によれば軽微な犯罪を重ね、詐欺罪で十八カ月の禁固刑に処せられていた。「確かに予想外だな」

「全く符合しませんね？」ヘミングウェイは同意した。「わたしもそう思いました」

ハナサイドは写真をまじまじと見た。「派手な外見の男だ。髪のウェーブは人工的なものだろう。よし、ヘミングウェイ巡査部長。ネタがあふれんばかりだな。話してくれ」

「ニュートンが扱った事件です」ヘミングウェイは言った。「奴のことにさほどくわしいわけじゃありません。ささいな過失を知っているだけで。素性の知れないウェイターでどんちゃん騒ぎが好き。ダンスと歌を少々。舞台経験はあるが、これといった実績はなし。イーストエンドの安っぽいダンスホールでジゴロの経験あり。ご婦人方にはすこぶるもてた模様。どんなタイプかわかるでしょう。晩年のアーネストの行動範囲に入るわけがありません。実のところ、ニュートンが全く新しい展開を教えてくれたときには、ベルティヨン（一八五三〜一九一四。フランスの犯罪学者）の説は結局間違いだったという世紀の大発見をしたかと思いましたよ。」

「それで？」

「ニュートンが言うには、奴を逮捕したとき、それは警視も注目なさるでしょうが、一九三五年の十一月でした。チャーリーは女優と同棲していました――女優といってもコーラスの一列目に出てるだけですが――アンジェラ・エンジェルという名です」

ハナサイドは目を上げた。「アンジェラ・エンジェル？　一年くらい前、アンジェラ・エンジェルという娘に関わる事件がなかったか？　自殺だったのでは？」

「そうです」とヘミングウェイ。「正確には十六カ月前ですが」彼はグレイストーンズから持ってきたアーネスト・フレッチャー関連の書類が入っているケースを開けた。そして書類の山の一番上にあった写真を取り上げた。「それですよ、警視、アンジェラ・エンジェルは」

ハナサイドは写真を受け取り、午前中、ヘミングウェイが見たことがあるような気がすると言った女性と同一人物であることを、ひと目で認識した。

「ニュートンがその名を口にした途端、と言ってもそれは彼女が事件の当事者だったからです、かわいそうな娘でしたよ。ともかく、わたしは思い出しました」ヘミングウェイは言った。「ジミー・ゲイルが彼女の小さな事件の担当でした。だからその頃わたしも事件を耳にしたのです。自殺の原因は誰にも見当がつきませんでした。厄介ごとを抱えていたわけでなし、〈デュークス〉のキャバレー・ショーでコーラスの仕事にもありついていました。銀行にはけっこうな蓄えがありました。それなのに、ある晩彼女はオーブンに頭を突っ込んだのです。事件として見れば、とりたてて価値はありません。ですが、やんわりとゲイルの関心を引く要素がありました。一つには、自殺の理由を説明するような遺書が一切残されなかったこと。ゲイルの経験では稀なことだそうです。自殺者は十人中九人が、あわれな奴が生涯、自殺者は自分が殺したという負い目を持たされるような遺書を残すものだそうです。相手が本当にひどい奴かどうかはともかく。アンジェラはそれをしませんでした。さらには、彼女の本名はついに掴めませんでした。銀行口座までアンジェラ・エンジェルの名義で開いたそうです。係累は一切なく、あったとしても誰も名乗り出ませんでした。そして誰に訊いても、彼女は女友だちに身の上話を打ち明けるタイプではなかったそうです。肝心のこととなると、コーラス仲間の誰も彼女について知りませんでした。ただ、自殺の七、八カ月前、彼女は大変上品な紳士とねんごろな関係にあったそうです。しゃれたフラットに住まわせてもらったようですよ」

「フレッチャーか？」

「一つ一つのことを突き合わせ、一つ一つ数字を足していくと、それが真相のようですよ、ボス。まだ、彼の名を突き止めたわけではありませんが。〈デュークス〉ではアンジェラの同僚が二人まだ踊っていますが、二人ともボーイフレンドの本当の名前を聞いたと信じているとは思えません。二人が思い出せるのは、ブーブーという名だけです。彼女はそう呼んでいたとか。でもわたしには、自尊心の強い男が、惚れた女の子からそんなふうに呼ばれて我慢できるとは思えません。まあ、これは当てになりませんね」

「外見の手がかりは？」

「あります。中年、色黒、痩せ型でしゃれた風采。晩年のアーネストそのものです。ですが、考えてみれば、そのような男は他にも大勢います。彼はアンジェラに最高の生活をさせ、彼女はダンスを捨て、華美で気ままな生活に入ったわけです。我らがチャーリーが刑務所送りになって六カ月後のことです。その後の六カ月間、〈デュークス〉側はアンジェラの消息を聞きませんでしたが、一九三六年十二月も末になって、彼女は再び姿を現し、仕事に戻りたいと申し出ました」

「男に捨てられたのか？」

「そのように」ヘミングウェイは用心深く言った。「推測されます。しかし金髪のリリーは――」

「誰だって？」

「コーラスのメンバーです。彼女は当時も今も、アンジェラは何ごとによらず口が固かったと言いました。いったんリリーが喋り出すと、大事なこととどうでもいいことをえり分けるのは、警視がお考えになるよりはるかに厄介ですよ。わたしは晩年のアーネストらしき男はアンジェラの生活においては大いなる情熱の対象だった、という結論に達しました。男のほうが冷めてしまったんでしょう。ですが彼女が困っておらず、かなりの金を蓄えていたことからすれば、男はひどい扱いをしてはいなかったと言わざるをえません。それでも、アンジェラは心破れて、まわりでうろうろしている男どもには目もくれなかった、と金髪のリリーは言い張っています。二カ月後、アンジェラはアーネストのいない人生など耐えられないと思いつめ、オーブンに頭を突っ込み、それが彼女の最期となりました」

「かわいそうな娘だ！　知れば知るほど、フレッチャーは嫌な男だな」

「まあまあ、公平にいきましょうよ、ボス！」ヘミングウェイは頼んだ。「これは警視がお考えのような、誘惑と苦難の話ではありません。もしアンジェラがことの顛末を予想できなかったのなら、それは本人の落ち度です。ですが、そんなことはどうでもいい。わたしが知りたいのは、どこでどうやってチャーリー・カーペンターがこのシナリオに入ってきたかということです」

「彼が釈放されてからの動きを何か摑めたのか？　釈放は正確にはいつのことだ？」ハナサイドは机上の事件記録《ドシエ》を読んだ。「一九三六年六月か！　一年前だな。いったい今までに何があったのだ？」

「わかりません」とヘミングウェイ。「奴は厄介ごとに巻き込まれてはいません、それしか言えません。おかしくありませんか？　もし大々的な復讐をしかける気があったら、なんだって一年も待ったのでしょう？」

ハナサイドはもう一度写真に目を向けた。「復讐？　そんな印象を受けたのか？」

「いいえ、彼はそんなふうではありません。頭が悪くて弱そうな顔つきです。どう考えても自分勝手で下劣な若者で、自分以外の人間のために何かするようなタイプじゃありません。まず浮かぶのは、アーネストをゆすったのではないかということです。それも警視が想像なさるほどのものではないでしょうね、彼の記録からすれば」

「そうだな」ハナサイドは同意した。「そして、我々はこの殺人に行き当たるわけだ」

「ぶち当たりますね」ヘミングウェイはうなずいた。「そして、符合しない」

「どこかに手がかりがあるはずだ。彼はグラスとミセス・ノースが言った外見に当てはまる――だがどちらも漠然としていてさほど役に立たない」

「え、ではミセス・ノースは現場にいたのですか？」

「いたのだ。わたしの見立て違いでなければ、彼女はフレッチャーを殺したのが夫だと信じている」

その言葉にヘミングウェイは目を見張った。「郊外生活の実体が見えてきたわけですね？　結構なことです！　イカボドは何か言っていますか？」

「彼には一切告げていないから、意見を開陳してもらってないよ」

「奴が聞きつけるまで待ちましょう。また新しい文句を暗誦してくれるでしょうよ。ですがミセス・ノースの夫という線には参りますなあ。そちらの収穫はどうです、ボス？」

ハナサイドはヘレン・ノースとの二度の面会について手短に説明した。ヘミングウェイは黙って耳を傾けた。上司の顔に向けた澄んだ鋭い視線に、徐々に嫌悪感が滲み出す。

「言ったとおりでしょう！」ハナサイドの話が終わると、ヘミングウェイは言った。「舞台は端役でごった返しています。まだありますよ。事件が解決する頃には、我々はこのノースって女に堪忍袋の緒が切れそうになってるでしょうよ。あの女は、自分が三幕ものの問題劇を演じている間、警察は無駄足を踏むだけだと高をくくっているに違いありません。警視には驚かされますな、あの女の亭主とのいさかい話に巻き込まれるとは。だいたい、亭主から借用証書を隠すとはどういう料簡《りょうけん》なんでしょう？　男のほうは見つけ出すに決まってるのに」

「だろうね。だが、夫に話すのはわたしの仕事ではないと思うが」

ヘミングウェイは鼻で笑った。「亭主はどんな男です？　予定より一週間も早く帰宅した理由を述べましたか？」

「いや。風采のよい男だ。気骨があり、口に出す以上のことを考えている。決然とした男と言うべきだろう。肝が据わっているし、断じて愚かではない」

「そいつをぎゃふんと言わせてやりたいですよ」ヘミングウェイは容赦なかった。「そのお話しぶりでは、女房なみにやっかいな存在になりそうですな。アリバイはないのですか？」

「彼はそう言った。実を言うと、彼は新聞記事をわたしに見せたのだ」

ヘミングウェイは目をむいた。「そんなことをしたのですか？　何かから警視の注意をそらそうとしているように見えましたか？」

「むろん、その可能性はある。女房がフレッチャーを殺したと思っているのかもしれない。故人と女房との関わりをどこまで知っているかによるが」

ヘミングウェイはうなった。「なるほどね。あなたとわたしが羽根に扮する、すてきな羽根つき遊びというわけですか。もちろん、見かけた男がチャーリー・カーペンターかもしれないとミセス・ノースが言い出すまでは、我々が頭痛をもよおすこともないでしょうよ。アーネストが男を見送ったという供述をひっくり返してやりましょう。おおかた、たわごとなんだから」

「だろうな。だがドアに付いた指紋については本当のことを話したよ。マーレイを離れる前に確認した。供述に矛盾があったのは時間についてだ。午後九時三十五分。バッドは庭の門からグレイストーンズを出た。それは信じていいと思う。その時間、ミセス・ノースはメイプル・グローヴを歩いており、太った男がグレイストーンズから出てきたのを見たと言った」

ヘミングウェイはその言葉を紙片に書き留めた。「それは彼自身の話と一致します。午後九時三十五分です。バッド退場、ノース夫人登場」

「次には、ミセス・ノースは九時四十五分に書斎を出たと言った」

「短い滞在ですな」ヘミングウェイは意見を述べた。

「彼女とフレッチャーは言い争いをした。二度目に会った時、彼女はそれを認めたよ。九時四十五分にはまた、謎の男が脇の門から庭に入っている」

「人物X」とヘミングウェイ。「それはミセス・ノースが植え込みの陰に隠れた時ですか?」

「そうだ。Xは書斎に入った。一分後だろう。それは重要ではない。彼女の最初の話によれば、ミセス・ノースは庭の門から出て行った。二度目の話によれば、九時五十八分までずっと陰にいた。その時Xはフレッチャーにともなわれて書斎から出てくると、小道伝いに門まで行った。彼女は書斎に忍び込んで借用証書を探し、フレッチャーが戻ってくる音を聞いてドアから廊下に逃げた。時計が十時を打ち始めた時、彼女は廊下にいた。十時二分、パトロール中だったグラスが、Xについてのミセス・ノースの描写と一致する男が庭の門から出てアーデン・ロードに向かうのを見た。グラスは庭に入り、十時五分に書斎に達し、フレッチャーが死んでいるのを発見した。殺人犯の痕跡はなかった。どう思う？」

「わかりません」へミングウェイはそっけない。「始めから滅茶苦茶じゃないですか。ミセス・ノースのたわごとは鵜呑みにしちゃいけないと思いますね。我々の頼りになるのは一つだけ。午後十時五分、グラスが頭をぶん殴られたアーネストを発見したということだけです。それだけは確実で、なおさらミセス・ノースの供述がばかばかしく思えます。グラスはXが十時二分に屋敷を出るのを見た。つまり、もしその男が殺人犯だったら、アーネストを殺《や》ったのが十時と十時一分の間であるはずです。書斎から抜け出して小道から門へ行くまでに一分足らずだったことになります」

「よろしい。おそらくそれが公平な判断だろうな」

「ですが、ちょっと——ミセス・ノースの供述を認めるならば符号しません。彼女によれば、アーネストが書斎に戻ってくる音を聞いたのがちょうど十時だったとか。考えてみてください、ボス。アーネストには、机の向こうの椅子に座って頭の下から見つかった手紙を書き出す時間がありました。彼が不意を襲われたのは明らかです。だからXはアーネストの背後の小道からずかずか入ってきたのではありません。Xは、アーネストが家に入るまで待ちました。それが理にかなっています。アーネストが腰を下ろすとXは仕事にかかりました――入室し、なんらかの鈍器でアーネストを殴り、それもいいですか、一度ではなく二度か三度殴ったのです――それから逃げ出しました。これを全部二分間のうちにやってのけられたら、わたしより利口ということになりますよ、ボス、そういうことです。こう考えてみてください。アーネストはXを屋敷の外で見送り、Xは歩み去るふりをしたのでは？」

「だろうな」

「きっとそうですよ。アーネストが家に入るまでに、Xは用心しながら門まで戻ったのです。もしアーネストを殺す決心をしていたなら、まあそうに違いありませんが、アーネストが屋内に戻るのを待って門を開けたはずですが、それが午後十時です。アーネストに物音を聞かれる危険は冒さなかったでしょう。全く無意味ですから。彼は大胆にも小道を歩いて自分の存在を宣伝するでしょうか？　そんなわけはありません！　忍び足で近寄って、ふつうに歩けば門から書斎まで一分ですが、暗闇の中ではそろそろと歩いたでしょうからもっとかかったはずです。ふたたび書斎に入った頃には、十時を二、三分過ぎていたでしょう。いいですか、これはグラスが庭の門から彼が出ていくのを目撃した時刻ですよ」

「きみは固執しているな、巡査部長」ハナサイドはおだやかに言った。「Xが殺人犯かどうか、まだわからんじゃないか」

ヘミングウェイはぐっとこらえ、堂々と返答した。「その話をするところだったんです。それはバッドだったかもしれません。こっそり戻ってきて危険がなくなるまで庭にひそんでいた。ノースだった可能性もあります。ですがグラスが見たXがチャーリー・カーペンターだとしたら、アーネストが頭を殴られている間、何をしていたのでしょう?」

「もう一つ可能性があるぞ」ハナサイドが言った。「ノースが殺人犯だとしたら――」

「待ってくださいよ、警視！　ノースがXですって?」ヘミングウェイが問いつめた。

「Xなどいない。ノースが、小道を近づいてくるのをミセス・ノースに見られた男だったとしたら、フレッチャー殺害の時刻が九時四十五分と十時一分の間のいつでもいいことになる」

ヘミングウェイはまばたきした。「ミセス・ノースの改訂版の供述はそれほどいい加減でしょうか?　カーペンターはどこに入ります?」

「殺人犯の次だ」ハナサイドは答えた。

短い間《ま》があった。「カーペンターを見つけなければ」とヘミングウェイは断言した。

「当然だ。誰かにやらせているのか?」

「ほとんど殺人課総出で追わせています。しかしこの一年問題を起こしていないとすれば、居場所を突き止めるのはひと仕事ですよ」

「もう一つ悩ましいのは、使用された凶器だ。監察医たちは、打撃を加えたのは加重された杖のような鈍器という点で意見の一致を見ている。きみも知るとおり、頭蓋骨は陥没していた。グラスもミセス・ノースも、目撃した男は何も持っていなかったと言う。なんなら、ミセス・ノースの供述は無視してもいいさ。だが、グラスの言うことは無視できんぞ。殺人犯ならまっさきに凶器を捨てたいだろう。だが庭を徹底的に探させたが、何も出てこなかった」

「室内にあったものは？　青銅の置物とか文鎮なら、殺人犯のポケットに入ったでしょう」

「執事は部屋からなくなったものはないと供述した。重い文鎮があるが、あとになってきみの友だちのネヴィル・フレッチャーが持ち込んだものだと思うね――彼には二、三、訊きたいことがあるな」

ヘミングウェイは姿勢を正した。「彼が持ち込んだのですか？　わたしが見るところ、いかにも彼がやりそうなことですよ、ボス――もしもそれを凶器として伯父を殺したのだとしたら！さぞかし洗練されたユーモアだと思ったんでしょうよ」

「かなりの冷血のようだな」

「遠慮することはありません、冷血そのものです！　しかも頭が切れる。でももし彼がやったのなら、ミセス・ノースが出て行ったとき出くわしたはずで――あれ、わたし達は、ミセス・ノースの最初の話が本当だと仮定していますね？」

「もしネヴィル・フレッチャーを容疑者とみなすならな。まあ、みなすべきだが。だがそうなると、二つの障害が生じてくる。第一に、彼女の指紋は確かにドアの羽目板に付いていたし、あそこから出たのでなければ、どうして彼女の指紋が付いたのか理解できない。第二に、最初の話が本当だったとすれば、九時四十五分頃書斎に入った男は、十時二分に屋敷を出たことになる――この十七分の間に二人以上の人間がフレッチャーを訪れたと考えるのは少々無理があるからだ。これらを考慮すると、ネヴィルはいつ伯父を殺す暇を見つけたのだ？　グラスがX退出を目撃した時刻とグラス本人が書斎に入る間のことか？　あまりに可能性の範囲を広げることにならないかね？」

「そうですね」ヘミングウェイは顎をさすりながら譲歩した。「その点を言われれば、凶器の不在は説明を要することは認めますよ。殺人犯はズボンに重い杖を押し込んでおけたはずですが、そうなるとぎこちない足運びになり、グラスが着目したはずです。ポケットに入るものを考えるとします――例えばスパナです」

「それは計画的な殺人という仮定になるな。ふつうはポケットにスパナを入れて持ち歩かないものだ。だがわたしには、計画的殺人と思えないのだ。夜もふけてから被害者の書斎で頭蓋骨を割ることを計画する殺人犯というのが信じられない」

「そうですな」ヘミングウェイは言った。「暖房用鉄器具も検討しました。凶器がなんであれ、ひじょうに巧妙に廃棄されたようです。わたしが現場を見てみましょうか。あの執事と静かにおしゃべりするのも悪くないでしょう。召使から得られる情報は驚くべきものですよ――やり方を心得てさえいれば」

「是非やってくれ」とハナサイド。「屋敷の監視は続けたい。その間、ネヴィル・フレッチャーの銀行の収支と、殺人があった晩のノース氏の行動と、心が広いバッド氏のフレッチャーとの謎のビジネスについて調査する」

「忙しい朝になりそうですな」ヘミングウェイは予言した。「事件はどんどん大きくなっているじゃありませんか？　始まりは男一人だったのに、今じゃ婦人が一人、嫉妬する夫が一人、場外仲買人が一人、死んだキャバレー嬢が一人、犯罪者にあやしげな甥が絡んでいます。そして、この仕事にかかったのはつい今朝の九時です。この調子で事件が大きくなったら、二日や三日では容疑者の目星もつきません。つねづね、なぜ警察に入ったんだろうと思いますよ」ヘミングウェイは書類をまとめ始めた。「チャーリー・カーペンターについて我々が知っていることと殺人が符合しないという事実がなかったら、奴が犯人だと賭けるところです。刑務所から出て以来、奴はアーネストを追い詰めていたと思いますか？」

「わからんが、きみが会った金髪のリリーでさえアンジェラのパトロンを知らなかったところを見ると、可能性は高いと思うが」

「あるいは」ヘミングウェイは考え込むように言った。「奴は偶然彼女のことを知り、アーネストをゆする気になった。そう考えてみれば、ミセス・ノースの修正後の話と符合します――人物Xは間違いを犯したとアーネストが言ったという点です。ともあれ、一つだけたしかなことがあります。我々はカーペンターをつかまえなければなりません」

「それは課のほうでやる。きみは明日まずマーレイに行って調べてみろ」ハナサイドは目を光らせながら立ち上がった。「ところで、片眼鏡をかけた威勢のいい若い女性に出くわしたら、災難だぞ！　ミセス・ノースの姉で犯罪に興味があるんだ。探偵小説を書いている」

「なんですって？」ヘミングウェイは言った。「これから女流作家につきまとわれる破目になるということですか？」

「その可能性はひじょうに高い」ハナサイドは重々しく言った。

「まあ、けっこうなことじゃありませんか?」ヘミングウェイは皮肉たっぷりだった。「警視は、イカボドだけでも大いなる受難だとお考えだったでしょう? 全く、思い知らされますね。運が悪いときには、苦難は際限がないということです」

ハナサイドは笑った。「家に帰ってハヴロック・エリス（一八五九〜一九三九。英国の心理学者）なりフロイト（一八五六〜一九三九。オーストリアの精神医学者）なり、きみの専攻分野を研究しろよ。それで状況に対処できるようになるかもしれん」

「研究ですか! そんな暇はありませんよ」ヘミングウェイは帽子に手を伸ばしながら言った。「今夜は忙しいんです」

「骨休めしたほうがいい。やっかいな一日だったんだ。いったい何をするつもりかね?」

「聖書の知識を詰め込むんですよ」ヘミングウェイは苦々しく言った。

第七章

ハナサイドがスコットランドヤードの執務室を出たのは夜遅い時間だったが、帰宅した頃にはアーネスト・フレッチャーの書類の吟味を終え、翌朝九時にはアブラハム・バッド氏のオフィスを訪問することができた。

バッド氏はハナサイドを待たせなかった。名刺を取り次いだタイピストは、ただちに戻ってきて好奇心に目をらんらんとさせ、ふさわしい聞き手が現れたらすぐに、このスリリングで不吉な訪問についてドラマチックに語ってやろうと心積もりしながら、そわそわした声でこちらにどうぞと言った。

バッド氏はハナサイドが案内されると同時に机の向こうの回転椅子から立ち上がり、いそいそと出迎えた。あまりにヘミングウェイの形容と合致しているので、ハナサイドは笑いを噛み殺さなければならなかった。バッド氏は小柄で太った男だった。肌は脂ぎっており、あまりに愛想が良いのでうっとうしいほどだ。ハナサイドの手を握り、椅子に押し込み、葉巻を差し出して、お会いできて光栄だとくどくど何度も言った。

「光栄ですよ、警視さん」バッド氏は言う。「なんとショッキングな悲劇でしょう！　なんと恐ろしい事件でしょう！　わたしはひどく動揺しておりますよ。スコットランドヤードで巡査部長さんにお話ししたとおり、肝をつぶしましたよ。全くもって」バッド氏は力をこめて繰り返した。「フレッチャーさんのことは尊敬しておりました。そうですとも、尊敬していたのです。頭の切れるお方でした。金融を理解しておいででした。たびたび申したものですよ。フレッチャーさんには天賦の才がある、とね。そういうお方です。なのに亡くなってしまった」

「そうです」ハナサイドは感情をこめずに言った。「仰る通りです。彼とはずいぶんと取引がおありだったようですが？」

バッド氏は、機敏そうな小さな目とうっかり育ちがわかる手の動きによって、肯定と否定が入り混じった返答をした。

「どのような仕事だったのですか？」ハナサイドは言った。

バッド氏は机に腕を乗せて身を乗り出し、秘密めかした口調で答えた。「極秘ですよ、ハナサイドさん！」とずるそうに相手を見る。「おわかりですか？　この世に、わたしが顧客の事柄を話そうと思う人間は一人もいません。フレッチャーさんのことなら、なおさらです。しかし、こたびのようなことが起きたからには、事情は違ってきます。わたしは慎重な男です。慎重であらねばならぬのです。さもなければ、わたしはどうなると思います？　あなたはおわかりにならない。わたしもわかりません。しかし、今日《こんにち》のわたしはないでしょう。さりながら、わたしは法と秩序を守る人間です。しかるべき時には警察を助けるのが義務であることは心得ております。市民としての義務ですからな。ゆえに、沈黙のルールに例外を作ろうと思います。あなたは心の広い方です、ハナサイドさん。経験を積んだ方です。〈ファイナンシャル・ニューズ〉紙に載るのがシティーのすべてでないことはご存知でしょう」バッド氏は愉快そうに体を揺すり、さらに言った。「断じてすべてではないのです！」

「確かに、フレッチャー氏の地位にあって、念には念を入れるということをしない人物――氏はいくつもの委員会に名を連ねていましたよね？　――自分が買ったことを知られたくない株については代理人を雇うのが好都合だと思うでしょうな」とハナサイドは答えた。

バッド氏の目が光った。「何もかもご存知なのですね、ハナサイドさん？　しかし、そこまでです。要するにそれだけですよ。あなたは認めるわけにはいかない、わたしも認めるわけにはいかない、ですが、結局我々となんの関係がありますか？」

「あなたにはおおいに関係がありますよ。フレッチャー氏がその件についてあなたを雇っていたからには」

バッドはうなずいた。「さよう。それは否定しません。判断なんてものがあるでしょうか？　わたしの仕事は、顧客の指示に従うことであり、それがわたしがやっていることです。ハナサイドさん。問答無用でね」

「いつもそうとはかぎらないでしょう」とハナサイド。

バッドは傷ついたような顔をした。「はあ、それはどういう意味ですかかな？　いまだかつて、そのようなことを言われたためしはないですよ。不愉快ですな、ハナサイドさん。不愉快ですよ」

「あなたは昨日ヘミングウェイ巡査部長に、フレッチャー氏のある指示に従わなかったと語ったはずですが？」

バッドの顔から消えていた微笑がよみがえった。安心したらしく椅子に寄りかかって言った。

「まあまあ、そういうことですか！　大袈裟に言ったのですよ。ええ、あれはいささか誇張しました、本当ですよ！　巡査部長さんに申し上げたのは、フレッチャーさんとわたしの間に誤解があったということです」

「どんな誤解ですか？」ハナサイドは質問した。

バッド氏は非難混じりの顔つきをした。「警視さん、勘弁してくださいよ！　わたしのような立場の人間が極秘の商取引の内容を明かすとは期待していらっしゃらないでしょうに。それは正しいことではありません。立派なことではありません」

「それは間違いですよ。こちらはまさに、期待しているのです。ここでフレッチャー氏の私的な書類は現在警察の手にあると言えば、時間の節約になるでしょうね。さらに、あなたが台帳について隠しても、早晩わかることです」

相手の顔はますます非難がましくなった。怒りよりも悲しみをこめて、バッド氏は穏やかに言った。「ねえ、警視さん、そんなふうに高圧的な態度を取ってはいけないことくらいおわかりでしょう。あなたは愚かではない、わたしも愚かではない。わたしを威圧してなんになるのです？　そこのところを伺いたいものですな！」

「どこまでもあなたを威圧してみせますよ」ハナサイドは容赦しない。「あなたの供述によれば、殺人の夜フレッチャー氏を訪問したそうですね。そして喧嘩があったと――」

「喧嘩じゃありませんよ、警視さん！　喧嘩なんかじゃ！」

「――あなた方二人の間に。あなたには、供述どおりの時刻に家を出たと証明する手立てはありません。これらの事実に加え、こちらの家宅捜索令状を請求するに充分な証拠書類が、フレッチャー氏の書類にあります」

バッドは片手を振り上げた。「言い争いはよしましょうよ！　こんな扱いをしなくてもいいでしょう、警視さん。わたしに反感を持っておられるわけじゃないでしょう。わたしは、ショッキングなニュースを読んですぐにスコットランドヤードに直行しませんでしたか？　おたくの巡査部長さんに事実をすべてお話ししませんでしたか？　こんなことになるとは予想もしませんでしたよ。ええ、断じてこんなことになると思っていなかった。法にそむいたことはない、人生でただの一度も。なのに、これはなんという報いでしょうか？」

こんな泣き言で、ハナサイドが顔色を変えることはない。愚痴には取り合わず、手元の書類を見ながら言った。「六月十日、フレッチャー氏はあなたに手紙を書いて、ハクストン・インダストリーズ社の株を一万買うように指示しました」

「そうです」バッドはいささか不審げな目つきで答えた。「それは否定しません。否定する理由なんかありませんから」

「それは、沈滞状態の市場とされていたはずですが、違いますか？」

バッドは頷いた。

「株を買いましたか、バッドさん？」

単刀直入に訊かれて、バッドはぎょっとした。しばしハナサイドを見つめてから、弱々しく答えた。「滑稽な質問ですな。わたしは指示を受けたでしょう？　賛成できないと感じたかもしれません。ハクストン・インダストリーズに投資するのは賢明でないと思えたかもしれません。しかし、フレッチャーさんに忠告するのがわたしの仕事でしょうか？」

「あなたはその株を買ったのですか？」

バッドは即答せず、ハナサイドに困惑した視線を注いでいた。明らかに途方に暮れている。フレッチャーの書類で何が暴露されたのか、見当がつかないのだろう。バッドはぎこちなく言った。

「買わなかったとしたらどうなります？　そんな大口の株がまたたく間に買われるものでないことはご存知でしょう。はたから見ておかしい、違いますか？　わたしは自分の仕事をもっとよく心得ておりますよ」

「フレッチャー氏から買い付けの指示を受けたとき、ハクストン・インダストリーズには値がつかなかったのですか？」

「死に体の会社でした」バッドはそっけなく言った。

「あなたの意見では、株は無価値だったと？」

バッドは肩をすくめた。

「そのような大口の株を買うよう指示を受けて、驚いたでしょうね？」

「かもしれません。驚くのはわたしの仕事ではありません。フレッチャーさんは内部情報を得ていたのかもしれません」

「しかし、あなたの意見ではフレッチャー氏は誤りを犯したのですね？」

「だとしても、取るに足らないことです。もしフレッチャーさんが株を欲するとして、それはわたしとは関わりのないことです。わたしは株を買いました。事情通なら、ハクストン・インダストリーズで活発な動きがあったとわかるはずです。あれは、わたしがやったことです」

「買い付けを？」

「他にやるべきことがあるなら、教えてほしいですよ」バッドはまるで寛大そうな口ぶりだった。

「では率直に申し上げましょう、ハナサイドさん。わたしには隠すことなど何もなく、できるかぎり警察の力になりたいと思わない理由はこれっぽっちもありません。わたしとフレッチャーさんとの取引が警察の助けになるという意味ではなく、わたしはわきまえのある人間で、警視さんがこのささやかな取引について知りたがっていると理解するからです。事実は、フレッチャーさんとわたしとの間の不和は、その指示をめぐるものだった、ということです。警視さんには驚くべきことに思われるでしょうな――驚くべきと言っていいでしょう――フレッチャーさんが死にかけの会社から一万株も買い付けようと考えたなんて。わたしもそう思いましたよ。誰が聞いたって同じに思うのではありませんか？　お願いです、警視さん。わたしはいったいどうしたらいいのですか？　タイプミスではないかと思いました。ゼロを一個余分に打つなんていかにもありそうでしょう？　そこで、確認のためにお客に電話したのです。千株買えということですか？　とわたしは訊きました。そうだ、とフレッチャーさんは言いました。いらいらしていました。なぜ指示について質問する必要があるのかと言うのです。でも答える機会をくれませんでした。こちらが説明している最中に、電話を切られてしまいました。それはわかっています。わたしは失策を犯してなんの意味があるでしょう？　全くありません。それはわかっています。わたしは失策を犯しました。ええ、ハナサイドさん、失策ですよ。二十年で初めて、わたしは自分の不注意を責める破目になりました。それを認めたくはありません。わたしの立場なら、あなただってそうでしょう。まさしく一万株を欲しているという確認の書面を、お客からもらうべきだったのです。わたしはそれを怠りました。フレッチャーさんの代理として千株を購入しました。結果として株は値上がりしました。そして、お客から電話がかかってきました。あちらはチッカーで取引の記録を読んだのです。わたしの行動の成果だと知りました。わたしが指示を実行したかどうかたしかめるべく、電話をかけてきました。イエスとわたしは答えました。あの人は上機嫌でした。あの人とわたしは何年もビジネスをやってきました。命令に従うからこそ、わたしに秘密の仕事を任せてきたのです。それがあの人のやり方でした。意地の悪いところはありませんでした。全然そんなふうではなかった！　あの人は、ＩＰＳコンソリデーテッド社がハクストン・インダストリーズを乗っ取ると言いました。もし買いたいのなら、すばやくしかし慎重に買えと言いました。わかりますか？　株価は十五シリングに値上がりするだろうと言ったのです。絶対確実だ、もっと高くなるかもしれない。で、何が起こるか？　冗談めかした口調で一万株も買えと言われて気が狂ったと思ったかと訊いてきました。実際、こんなふうに淡々とした口調でした。一万株。わかります？　一万ですよ。なのにわたしは一千株を買い付けて株価は半クラウンから七シリング六ペンスになりました。下がりそうもありません。そうなんです、ハクストン・インダストリーズは上がる一方です。わたしはどうなります？　どうすればいいでしょう？　なすべきことはただ一つ。フレッチャーさんに面会するしかありません。あの人はわたしという人間を知っています。信用しています。わたしの言うことなら信じてくれるでしょう。本当のことなんですから。あの人が喜んだかって？　いいえ、ハナサイドさん。喜ぶはずがありますか？　しかしあの人は紳士でした。完璧な紳士だったのです。誤解の結果だと考えてくれました。立腹はしても公平な人です。我々は機嫌よく別れました。許して忘れてやる、ということです。簡潔に言えば、そういうことです」

　この率直な説明にも、ハナサイドは期待されたような感銘を受けなかったらしく、相手の気をくじくように言った。「そうでもないのではありませんか？　チッカーに現れた記録を見たフレッチャー氏が、なぜあなたが一万株買えば上がったであろうほどの高値を記録していないことを見落とすのでしょう？」

　気詰まりな沈黙が流れた。バッド氏は落ち着きを取り戻すとべらべら喋り始めた。「フレッチャーさんには、チッカーを眺めるより他にすることがないとでもお思いじゃないでしょうね、警視さん？　とんでもない、わたしがあの方のためにしていた仕事は、あの方にとってはあくまで副業でしたよ」

「帳簿を見せていただきたい」ハナサイドが言った。

　気どった声を出していたバッドは、初めて語気を鋭くした。「帳簿は誰にも見せません！」

ハナサイドは眉をひそめて相手を見た。「そうですか?」

バッド氏はいくぶん青ざめ、生気のない笑みを浮かべる。「誤解しないでくださいよ! 公平になってください、ハナサイドさん! それだけはお願いします。公平に! 社外の人間に帳簿を見せたことが知れたら、お客の半数を失ってしまいます」

「そんなことにはなりませんよ」ハナサイドは言った。

「へえ、そんなことがうけあえますか!」

「うけあえますとも」

「考えてもみてくださいよ、ハナサイドさん、わたしは道理をわきまえた人間です。令状があるのなら、何も申しません。でも令状なしなら、帳簿はお見せしませんよ。なぜ見せなくちゃならないんです? 理由がありませんよ。しかしながら、令状を持ってきてくだされば、わたしは文句を言いません」

「あなたに分別があれば、どんな状況でも文句を言わないはずですよ」とハナサイド。「今帳簿を見せていただきます」

「無理です」バッドは頑固に見返してくる。「わたしの事務所で、そんな高圧的な態度を取っていただきたくない。我慢なりませんな」

ハナサイドはきびしく言った。「ご自分の立場がおわかりですか? 疑いを晴らすチャンスをあげようというのに――」

「わたしは殺人とはなんの関係もないんだ! あなただってわかるでしょう、ハナサイドさん!

わたし、行ったじゃないですか、スコットランドヤードに来たことは、事件とはなんら関係がない。あなたはたった今、子どもでも信じないような話をして聞かせ、あなたなりの理由によって帳簿でその話を証明することを拒否しました。他に方法はありませんよ――」

「ちょっと待ってください!」バッドはすかさず言った。「性急になるのはやめましょうよ! あせっても仕方ない! わたしはそんなふうに思わなかった、それだけです。わたしを逮捕したって時間の無駄ですよ。それはしたくないでしょう? わたしは暴力的な男ではない。わたしが人の頭をかち割るなんて想像できますか! 絶対無理だ! できっこないんだ! お話ししたことについて言えば――まあ、事実そのものではなかったかもしれません、でも誓いますが――」

「誓ってくださらなくてけっこうですよ。事実はどうだったのですか?」

バッド氏は椅子の上でもぞもぞと体を動かしながら、唇をなめた。「わたしの計算違いでした。誰にでもあることですよ。IPSがハクストン・インダストリーズを乗っ取るなんて夢にも思わなかったのです。ちょっとした儲けのチャンスに見えました。人間は最善を尽くすべきではありませんか? そういうものです。犯罪めいたことは何もありません」

「続けてください!」とハナサイド。「再び株価が下がると思ったのでしょう?」

「まさにそれですよ!」バッドは熱心に言った。「フレッチャーさんがもっと早くに秘密を明かしていたら、あんなことにならずにすんだのです。あんなことには」

「指示通りに一万株を買うのではなく、自分の得になることをしたのではありませんか?」

「人間、ときには賭けをしなければなりません」バッドは弁解した。「どういうことかおわかりでしょう！　悪いことをするつもりはなかったのです」

ハナサイドは、このはなはだしく説得力を欠く言葉を無視した。「買って売り、また買っては売り、利益があなたのふところに転がり込んでいった。それがあなたのやったことでしょう？　チッカーは取引を記録したが、フレッチャーはあなたのたくらみを知るはずもなかった。それからあなたに秘密を洩らし――その部分は信じますよ――あなたは指示された一万株のうち千株だけを手にしており、株価は順調に上がりつつあった。それが本当のところでは？」

「あなたは――あなたこそビジネスをなさるべきでしたな、ハナサイドさん」バッドはみじめったらしく言った。「みごとなご指摘ですよ！」

「そしてフレッチャー氏が殺害された夜、あなたは氏から指示されたとおりの株を渡せないことについて、ある種のほら話をしにいきましたね？」

バッドはうなずいた。「その通りです。ちょっと運が悪かったのですよ、ハナサイドさん。自分が愚かな真似をしたことは認めますが、でも――」

「フレッチャー氏は激怒しましたか？」

「怒っていました。わたしはあの人を責めたりしませんでした。あの人の言いたいことはわかりましたから。でも何もできはしませんでした、ことを明るみに出すことはできないのですから。そんな真似はしないでしょう。わかるでしょう？　ひそかにハクストン・インダストリーズの株を買っていたなんて世間に知られるわけにはいかなかったのです。あなたはわたしについて、不利な証拠を握ってはいませんん、ハナサイドさん。軽率な行動を取っても、後悔するだけですよ。わたしの言うことを信じてください！」

話しながらバッドは心配そうにハナサイドを見た。眉に玉の汗が浮いている。どうやら逮捕される気遣いはないとわかると、大きく安堵の息をつき、大きな絹のハンカチで顔をぬぐった。

ネヴィル・フレッチャーの経済状態の調査を進めるべく、ハナサイドは部屋を出た。

その間へミングウェイ巡査部長は早めにマーレイに到着し、いつものむっつりした非難がましい顔で待ちかまえているグラス巡査に会った。へミングウェイは上機嫌だったので、部下のわびしい雰囲気に異をとなえた。「どうしたんだね？」と訊く。「腹でも痛いのか？」

「わたしに不具合はありません、巡査部長」グラスは答えた。「いたって健康です」

「ふむ、具合のいい時にそんな顔をしているのだったら、ちょっとでも気分の悪い時のきみの顔は拝みたくないものだな」とへミングウェイ。「きみ、笑うことがあるのかい？　声を出して笑えとは言わん！　笑顔くらい作れよ！」

「笑いより悲哀のほうがましです」グラスは堅苦しく言った。「悲しげな顔によって、精神はよくなります」

「ぼくの精神の話をしているのなら、それは間違ってるぞ！」すかさずへミングウェイが言った。

「浮かれる理由が見つかりません」グラスは言った。「わたしは困っております。打ちひしがれているのです。きょう一日、喪に服すつもりです」

「おいおい、これだけは言わせてもらうぞ！」ヘミングウェイは頼んだ。「喪に服すような理由が本当にあるのか、それともそうやってるのが楽しいのかい？」

「男が一人死んだことによって、次から次へと罪があらわになります。人間がいかにいまわしい汚れた存在かがわかります。まさに、罪をとること水を飲むがごとし（『ヨブ記』十五章十六節）」

「今朝ぼくがここに来た時」ヘミングウェイは懸命に自制心を働かせた。「気分は良好だった。いい日和で鳥はさえずり、事件は面白いことになりつつある。だがこれからそんな話をさんざん聞かなければならないと思うとぞっとするし、それでは我々どちらのためにもならんよ。罪のことは忘れて、任されている事件について考えるんだ」

「自分もそう考えておりました」とグラス。「邪悪なる人間が殺されましたが、その死によって隠されていた罪が白日の下にさらされました。事件の関係者で『わたしは潔白だ。一点の曇りもない』と言える人物は一人もいません」

「本日の名言か」ヘミングウェイは言った。「自分には落ち度がないと言い切れる人間などおらんよ！　いったい何を期待していたのだ？　いいか、きみの問題はものの見方がきびしすぎることだぞ。だいたい、他人の〝曇り〟ときみとなんの関係があるんだ？　ぼくはきみほど聖書にくわしくはないが、〝人の目のほこり（『マタイ伝福音書』七章三節。自分の欠点を忘れて人に見出す小欠点のこと）〟はどうなんだい？」

「たしかに」グラスは言った。「わたしをとがめるのは正しい行いです。わたしは罪深い人間ですから」

「もう、その件で揉めるのはよそう」ヘミングウェイは提案した。「仕事にかかろうじゃないか。

新しい発見はなかったんだろう？」

「何もありません」

「一緒にグレイストーンズに来るといい。ぼくが自分で鈍器を探そうと思う」

「あそこにはありません」

「それはきみの考えだ。警視からネヴィル青年がいかにもあやしそうな文鎮を持ち込んだと聞いたが、いったいどういうことだ？」

グラスは表情を曇らせた。「よこしまなる心ある者は神を冒瀆する者です」と冷たく言う。「ネヴィル・フレッチャーは虚栄に生きています。つまらない人間です」

「彼の何を知っている？」ヘミングウェイは問いただした。「少しは知っているのか、それとも何も知らないのか？」

「彼は不信心な人間です。神の言葉を軽蔑しております。しかし、それ以外は欠点を知りません」

「ノース夫妻はどうだ？」

「夫は高潔な人間だと言われていますし、わたしもそう思います。妻は嘘つきですが、アーネスト・フレッチャーを殺害した一撃は彼女によるものではありません」

「そうだ、彼女が大きなハンマーを振るったのでないかぎりはな」ヘミングウェイは同意した。

「チャーリー・カーペンターを見つけ出したら、誰がフレッチャーを殺したか聞けるとにらんでいる。彼のことは聞いただろう？」

「聞いておりますが、理解できませんでした。そのカーペンターについて何がわかっているのですか？」

「けちな犯罪者だよ。一年前、刑期を終えて出所した。アーネストの机から彼の指紋を検出した」

　グラスは眉をひそめた。「そのような人間がこの事件と関わるのですか？　正直なところ、道筋が暗すぎて状況が飲み込めません」

「きみが思うほど暗くないさ」ヘミングウェイは応じた。「カーペンターは、アーネストのささやかな失敗に関わりあった。きみは写真の娘についてニガヨモギのごとく苦い末路をたどると警句を吐いたが、それは当たっていたぞ。あれはアンジェラ・エンジェルだった。十六カ月前に自殺した娘だ。アーネストに捨てられて、生きる希望をなくしたらしい――彼はボーイフレンドだったと考えられるし、確証もある。たしかに愚かな娘だが、彼女には同情を禁じえないね」

「罪を犯せる魂は死ぬべし（『エゼキエル書』十八章二十節）」グラスは辛辣だった。「カーペンターはアーネスト・フレッチャーを殺害したと考えられるのですか？」

「そうは言い切れない。彼をつかまえるまでは言い切るべきでもない。一見したところ犯人のようにも思えるが、我々が知る彼の人物像とは合致しないのだ。アンジェラが死んだことで、カーペンターはアーネストをゆすろうと思いついた、というのがぼくの見方だ」

「それはありえます。しかし、その場合フレッチャーを殺しはしないでしょう」

「そうだ。だがぼくと同じくらい現場を踏んだ頃には、きみだってありそうもなく思えることほど、事実だったという結果が出ることが多いのだと思い知るだろうよ。それでも、きみが大事な意見を述べたことは否定しない。カーペンターは真犯人を目撃したかもしれない、というのが警視の考えだ」

グラスは冷ややかな視線をヘミングウェイに注いだ。「なぜですか？　それが事実なら、なぜカーペンターは黙っているのですか？」

「そりゃ簡単さ。彼は警察に駆け込むタイプじゃないんだ。だいたいグレイストーンズに居合わせた理由を説明しなくちゃならんしな」

「なるほど。彼の居住地をご存知ですか？」

「もし、君がわかりやすい英語を使ってくれたら、我々はもっとうまくやれると思うがな」ヘミングウェイは言った。「いや、ぼくは知らない。だがすぐにわかるだろう。当面はノースについて調べなくては」グラスのもの問いたげな目を見て、ヘミングウェイは付け足した。「ああ、きみは例の問題劇を知らないのだったな？　警視によれば、ミセス・ノースは庭で見た男は自分の夫だと思っているらしい。だから彼女としてはあらたな展開に合わせて証言をひるがえさざるをえなかったわけだ。嘘をつくしかないのだ」

「なぜ彼女はそう考えるのですか？」

「なぜなら、夫はその時間アリバイなしに動き回っていたからだ。夫については今警視が調べている。それからバッドもいる。彼は悪だくみをしていた、それは断言してもいい」

二人はもうグレイストーンズに達していた。正面の門を入っていくと、突然グラスが言った。「炉のごとくに焼くる日きたらん。すべてたかぶる者と悪を行う者は藁のごとくにならん（『マラキ書』四章一節）」

「かもしれん。だがきみが生きているうちはそうはならないよ。そんなことを考えるのはやめろ！」ヘミングウェイはぴしゃりと言った。「さあ、行って役に立ってこい。執事はきみの友人なんだろう？」

「彼のことは知っています。友人とは呼びません。友人はほとんどおりませんから」

「驚いたな！」ヘミングウェイは言った。「それでも、執事と知り合いになってくれたら、それで充分だ。彼とおしゃべりしてこい——世間話をするだけでいい」

「怠惰な者は飢ゆべし（『箴言』十九章十五節）」グラスは厳格な口調で言った。

「執事と怠惰に接する時は別だ。飢えることも喉が渇くこともないぞ」ヘミングウェイはやり返した。

「汝の舌は悪しきことをはかり、鋭き剃刀のごとくいつわりを行う（『詩篇』五十二篇二節）」グラスは言った。

「シモンズは、光の道筋を行くよき人間です」

「そうだ、だからこそきみに任せるのだ」ヘミングウェイは言った。「それから、口答えはもうたくさんだ！　執事を喋らせて、情報を集めてこい」

三十分後、ヘミングウェイは庭の一番奥の塀の前に立ち、垣根仕立ての樹木が一本伸びているのを眺めていた。彼の沈思黙考は、ネヴィル・フレッチャーとミス・ドルーの登場によって破られた。

「おや、巡査部長さんだ！」とネヴィル。「いい人だよ、サリー。きっと好きになるよ」

不吉な予感を覚えながらヘミングウェイは振り向いた。ミス・ドルーの目にある片眼鏡を見て、不安は強まった。危惧するように相手を見たが、礼儀を心得た人間なのでおはようございますと挨拶した。

「凶器を探してらっしゃるのね」とミス・ドルー。「それは、わたしもさんざん考えました」

「ぼくもだ。ねたを提供しようとすらしたんだ」ネヴィルが言った。「なのにマラキが神を畏れうやまえ、罪を犯すなと言うんだ」

ヘミングウェイは唇をひきつらせたが、そっけなく言った。「わたしが聞いたところでは、あなたが種をまいた結果のようですが」

「ええ、でも彼はさらにベッドで自分の心と会話してじっとしてろと言いました。でも昼の三時にそれは理不尽じゃありませんか」

「わたし、マラキの研究をしようかと思うくらいですよ」ミス・ドルーが言い出す。「たいへん興味深い症例ですね——心理学的に言って。彼は精神分析を受けるべきだったんだわ」

「仰る通りですよ、受けるべきでした」ヘミングウェイは前より優しい目をしてミス・ドルーを見た。「十中八九、幼児期に何かがあったことが判明するでしょう。そのせいであんなふうに歪んでしまったんでしょう」

「頭から落とされたとか？」ネヴィルが訊く。

「いいえ、一見ささいな出来事が潜在意識に影響しているのよ」とサリー。

「お嬢さん！」ネヴィルはうわべだけの愛情をこめて言った。「やっこさんにそんなものはないさ」

ヘミングウェイは、この言い草を見逃すことはできなかった。「それは違いますな。誰にでも潜在意識はあります」

ネヴィルはたちまち興味を喚起された。「座って話し合おうじゃありませんか。あなたがミス・ドルーを支持するのはわかっていますし、ぼくはこの話題に明るくはないにせよ、大変鋭敏な頭脳を持っておりますし、あなたの主張にはことごとく反論できる自信がありますよ。わくわくするような議論ができそうじゃありませんか？」

「そうでしょうとも、大変けっこうですな」とヘミングウェイ。「ですが、わたしは議論をするためにうかがったわけではありません。それは時間の浪費になります」

「折れた枝を眺めている半分の時間程も無駄にはならないというのに」とネヴィルは言った。「ぼくと議論すれば脳はすこぶる刺激を受けますよ。実のところ、何かの糸口に見えるあの枝はつまずきのもとです」

ヘミングウェイはまじまじと相手を見た。「そうですか？　ではなぜ折れたのか説明できるのでしょうな？」

「できますとも。でもたいして興味を引くことではないですよ。あなたはきっと——」

「わたしにとっては大変おもしろいかもしれません」ヘミングウェイはさえぎった。

「そりゃ違いますね」とネヴィル。「垣根を足場にして誰かが塀をよじ登ったとお考えなんでしょ？」

「はい」ヘミングウェイは答えた。「その可能性が高いと思いますがね」

「あなたは大変賢明だ」ネヴィルは言った。「まさにその通りなんです」

「その通り、ですか?」ヘミングウェイは疑念をむき出しにして相手を睨めつけた。「わたしをからかうおつもりですか?」

「いいえ。そんなつもりはありません。そんなふうに思っちゃいけません。でもあなたは怖いな。ぼくののんきそうな態度を誤解しないでくださいよ。内なる不安を隠すための仮面なんですから」

「それは信じてもいいですよ」ヘミングウェイはむっつりと言った。「でも、この枝についてもっとうかがいたいですな。誰が塀に登ったのですか?」

「ああ、ぼくですよ!」ネヴィルは天使のような微笑を浮かべて答えた。

「いつですか?」

「伯父が殺された夜です」ネヴィルはヘミングウェイの表情を窺い、そして言った。「収穫がありそうだと思っているんでしょう。殺人事件で頭がいっぱいだったら当然です。廊下で待機していた警官も含めて皆からベッドに入ったと思われていた時間、ぼくは塀を乗り越えたんですよ。ええ、ついでに言うと寝室の窓から外に出ました。お見せしましょう」

「なぜそんなことを?」ヘミングウェイは質問した。

ネヴィルは目をぱちくりさせた。「廊下の警官のせいですよ。出かけることを彼に知られたくなかったんです。彼に不適切な考えをいだかせてしまうかもしれない——現にあなたが今もてあそんでいるような考えをね。警官とは汚れた心の持ち主だという証拠ですが。なぜってぼくは無実だからです。共犯者に相談しにいかなくちゃならなかったもので」

「あなたって人は――いい加減にしてくださいよ！」

サリーが遮った。「降参するわ。あなたは頭がいいだけじゃなくて、むかつく男ね、ネヴィル」

「下品な口をきくなよ、お嬢さん。巡査部長さんは婉曲なもの言いをする人じゃないが、若い女性が粗野な言葉を吐くのは聞きたくないはずだ」

「わたしが聞きたいのは」ヘミングウェイは言った。「あなたがごまかそうとしている話の真実ですよ」

「そりゃそうでしょうとも」ネヴィルは同情するように言った。「で、あなたのことは好きだから、お話ししますよ。ぼくはこっそりミセス・ノースのところへ行って、伯父が殺されたと告げようとしました」

ヘミングウェイは驚いて大口を開けた。「わざわざ出ていくとは――なぜそんなことをしたのか、お訊きしたい」

「そりゃあ、どう見たって彼女が知ることが大事だったからですよ。彼女とアーニー伯父との浅ましい金銭取引ゆえにね」ネヴィルは説明した。

「では、あなたはご存知だったのですね？」

「ええ、明言しませんでした？　ぼくは彼女の共犯だったって」

「しかも最悪の共犯者！」サリーが急に割り込んだ。

「彼女、ぼくをおどしてこの件に巻き込むべきじゃなかったんだ。あなたが驚くのは別に不思議じゃありませんよ、巡査部長さん。あなたは全く正しい、あれはぼくの得意分野じゃなかった。それでも、借用証書を引き渡すよう伯父に説得をこころみました。夕食前、伯父がぼくに地獄に落ちろと言ったのをシモンズが聞いた、というのはそのことです」ネヴィルはここで言葉を切り、長いまつ毛越しにヘミングウェイを見た。「あなたはおそろしく頭の回転が速いですね。今、それはぼくが殺人を犯す動機になると考え終える間もないうちに、あなたの知性はその理論の欠陥を把握しているんだ。伯父を殺したとしても、ぼくが借用証書を入手できたとはかぎらない。ぼくは金庫を開けようとはしていません。できっこないことは確信しています。ミス・ドルーならできたらしい——少くとも、彼女はできると言いましたが、肝心の点になると支離滅裂でしたよ。それが女性の欠点です。頭の中にしまっておけないんだ。彼女が犯罪メモを持っていたとしたら、〝スープ〟という危険なしろものをこさえて金庫を爆破したでしょう。ぼくがそそのかしたなんて考えてもらっちゃ困りますよ。女々しく見えるかもしれませんが、ぼくの本質は違うんですから。女性の精神を特徴づける原始的な粗野な思考には吐き気を催しますよ」

この驚くべき演説を注意深く聞いていたヘミングウェイは、訊いた。「ではいったいなぜ、ミセス・ノースが伯父上の死を知ることが大事だと考えたのですか？」

「そりゃ当然大事でしたよ」ネヴィルは辛抱強く言った。「あなた方警察は借用証書を見つけるに違いないし、伯父の金庫にそれがあるのが有罪の強力な証拠になると考えないのなら、なぜ警視さんは哀れな女性をきびしい尋問にかけたのですか？」

ヘミングウェイはしかるべき返答をすぐには思いつけないまま、ネヴィルを見つめていた。彼は答える必要性をまぬがれた。

「猛き者よ、汝いかなれば悪しきくわだてをもて、みずから誇るや？（『詩篇』五十二篇一節）」グラス巡査の断罪的な声が問いつめてきた。

第八章

部下が芝生を近づいてくる足音に気づいていなかったヘミングウェイは飛び上がったが、ネヴィルは一刻の躊躇もなくこう言い返してグラスに対抗しうることを示した。「我、あに海ならんや鰐ならんや、汝はなにとて我を守らせおきたもう（『ヨブ記』七章十二節）」

傷ついたような驚きの口調で発せられたこの問いに、グラスはたじろぎ、ヘミングウェイはネヴィルに対して優しい気持ちになった。

サリーが動じずにこう言った。「悪魔は自分の都合のいいように聖書を引用できるわ。それでも、とてもいい文句ね。どこに載っていたの？」

「『ヨブ記』だ」ネヴィルは答えた。「他にもいい文句を見つけたけど、あいにくそれはお上品じゃなかったんでね」

「御言葉を軽んずる者は」聖書の文句でやり返されたショックから立ち直ったグラスは言い放つ。

「ほろぼされる！（『箴言』十三章十三節）」

「もういい！」ヘミングウェイが割って入る。「きみは車道で待っていろ、グラス！」そしてグラスが引き取るのを待ってから、こう言った。「さて、あなたは大変率直な話を聞かせてくださいました。ですが今わからないのは、なぜもっと前に教えてくださらなかったのかということです」

「前は、あなたは垣根仕立てに気づかなかったからです」とネヴィル。

「質問されるまで待たずに、殺人が起きた夜の行動を話してくだされば、あなたのためにもよかったのに」ヘミングウェイは痛烈な口調で言った。

「そりゃあ違います！　そこまで包み隠さずしゃべったら、あなたはうさんくさいと思うはずでしょう」

この考察に、ヘミングウェイは心中で同意した。それでも、ネヴィルには警察を出し抜こうなどと思わないほうが利口だと言ってやった。

「仰る通りなんでしょう」ネヴィルは答えた。「でも、警視さんはぼくに新聞記者なんかに親切にしてもろくなことにならないと言ったけれど、それでいいことはおおいにありましたよ。ぼく、新聞に写真が載ったんです」

「新聞に？」ヘミングウェイは思わず話に乗ってしまった。「まさか、これからあなたの国際的陰謀の話が載ると言うのではないでしょうね？」

「違います」ネヴィルは残念そうに言った。「そっちじゃなくて、熱心な記者諸君の一人がぼくを靴磨きだと思い込んでいるのです」

サリーは浮かれたように笑った。「ネヴィル、そんな話をしたの？　ねえ、お願いだから会見記事を見せてよ」

「いいよ、もし巡査部長さんがぼくの逮捕を十分ほど遅らせてくれればね」

ヘミングウェイは言った。「あなたを逮捕する証拠を握っていないことなどご存知でしょう」

「でも、逮捕したくてうずうずしてるんでしょ?」ネヴィルは呟いた。

「さっさと行ったらどうですか」ヘミングウェイはうながした。

ヘミングウェイがほっとしたことに、ネヴィルはこの忠告に従い、サリーの腕を取って屋敷のほうへと歩み出した。巡査部長から聞こえないところまで来ると、サリーは言った。「あそこまで喋るとは予想外だわ」

「彼の気をそらすためだ」

「喋りすぎたのでなければいいけれど」

「うん、ぼくもそう願うね」ネヴィルは同意した。「ありがたいのは、まもなくわかるってことだ。この作品のヒロインは何をしているんだい?」

「ヘレンのことだったら――」

「そうとも、ダーリン、もし姉らしい激情に駆られそうなら、ぼくをうんざりさせずに家に帰ってくれよ」

「ほんとに、あなたっていけ好かない人!」サリーは叫んだ。

「まあ、そう思ってるのはきみ一人じゃないさ」ネヴィルはなだめるように言った。「実のところ、ぼくはすこぶる嫌われ者になりつつある。ルーシー叔母さんはぼくを見るたびに鳥肌が立つみたいだよ」

「意外じゃないわね。言わせてもらうけど――」

「なんで言わずにいられないんだい？」ネヴィルは訊いた。

「ねえ、黙って！　靴磨きとして写真を撮られるなんてすごく安っぽい行為だと言いたいのよ。あなたがふざけた真似をしなくったって、ミス・フレッチャーはすでにたいへんな苦労をしょい込んでいるのに」

「それは全然違う」ネヴィルは応じた。「哀れな叔母は涙もろくなっていて、彼女もぼくもちっとも楽しくないんだ。ぼくの話が載った新聞は用心深く家に持ち込んでおいたから、気晴らしの種がふえた。激怒したって得にはならないが、漫然と嘆き暮らしているよりはましさ。ヘレンはどうしてる？」

「彼女は大丈夫よ」サリーの声にはよそよそしさがあった。

眠たげだが利口そうな目がサリーに向けられた。「こりゃ、ちょっとばかり緊迫した空気になってきたね？　きみ、なぜここに来たの？」

「そんなつもりじゃなかったのよ。もう一度屋敷の間取りを見たかったの。それに、ちょと蒸発するのもいいかと思って。昼食がすむまでジョンは町に出かけないから」

「いちゃいちゃしようってんじゃないだろうね！」ネヴィルは疑い深そうに言った。

サリーは短く笑った。「違うわ。でも、一か八かやってみようと思う。ジョンがあんなに――あんなに馬鹿みたいに近寄りがたい人でなければいいのに！」

「強き男たちよ！　ねえ、教えてくれないか！　ジョンがアーニー殺しの犯人だとなったら、ぼく達は有罪の証拠を隠そうとするだろうかね?」

サリーは答えなかったが、客間の窓に達するとネヴィルの腕から自分の腕を抜いていきなりこう言った。「あなた、本当のことを話すことができる、ネヴィル?」

「ついさっきのぼくの話を聞いてなかったの? 巡査部長に真実を話したのに」

「それは違う。わたしが知りたいのは一つだけ。あなた、ヘレンを愛しているの?」

「おお、神よ我に強さを与えたまえ!」ネヴィルはうめいた。「椅子と――ブランデーと――洗面器を! サリー・ドルーが描くロマンスか! ねえ、ほんとにきみの作品を読んだ奴なんているのかい?」

「もうけっこう」サリーはネヴィルをまじまじと見た。「でもあなたはたいした役者よ、わたし、あなたがアーニーから借用証書を奪い取ってみせると約束したことを頭から払いのけることができない。あなたが他の人を助けるために奮闘するところなんて、見たことがないのに」

「うん、見たことないだろ。言っておくけど、今後もそんなことはないよ。ぼくはそんな真似はしない。もし人のために何かするとしたら、無理強いされた時だ。ジョンのおつむに、そのむかつくような考えを吹き込んだりしてないだろうな!」

「まさか、そんなことしないわよ。でもジョンがそんな考えを持ったとしても、驚かないわ。間違っているかもしれないけれど、一つだけわかってると思う。ジョンは極端に用心深いの――冷淡とは言わないけれど」

「人殺しの罪でムショにぶちこまれそうだとなったら、誰でも用心深くなるさ」

サリーは片眼鏡をはずした。「ネヴィル、そんな危険があると思うの？」

「もちろん思ってるさ。それだけじゃなくて、ヘレンが付け足した運命の夜の冒険譚は、ジョンを助けることにはならないだろうね。ヘレンは役に立っていると思い込んでいるが」

「そうね」サリーはぶっきらぼうに言った。「わたしも同感だわ。ヘレンが余計なことを言いさえしなければ――ところで、ジョンはヘレンと警視との二度目の面会のことは一切知らないの。だから喋らないでね」

「友達さえいなければ、どれほど人生は単純になるだろうな！　意志薄弱なる者すべての名において――」

「彼はなぜヘレンが書斎に戻ったかと訊くに決まっているから。それですべてが明るみにさらされてしまう。ヘレンは借用証書のことを話す破目になるもの」

「洗いざらいぶちまけた匿名の手紙をジョンに送ろうじゃないか」ネヴィルは言い出す。「夫婦双方にとって親切になるよ。自分がなんの代償も払わなくてすむのなら、人に親切を施すのはこれっぽっちも嫌じゃないね」

サリーはため息をついた。「ジョンが戻ってきた時、わたしあやうく喋りそうになったのよ。ヘレンがあんまりびくびくしていたものだから、やめておいたけれど。それ以来……ああ、わからない！　ヘレンが正しいのかもしれない。ジョンて人がよくわからない。ネヴィル、なぜ彼は帰ってきたの？」

「お願いだよ、ぼくが謎々が得意だなんて考えは捨ててくれないかい？」

「彼、ヘレンがアーニーと関係していたとは疑っていないの。すくなくとも、ヘレンにはそう言ったんですって」

「そうか、彼がおおかたの人間に与しなかったのはいいことだね」

サリーは鋭いまなざしを向けた。「世間はそう思っているの？　さあ、おっしゃいよ！」

「世間の連中は色恋沙汰が好きなのさ」ネヴィルは呟いた。

「噂があったの？　すごい噂？」

「そうじゃないさ！　時間つぶしのための気軽なゴシップだけだ」

眉をひそめ、しばしサリーは口をつぐんでいたが、やっとこう言った。「残念だわ。すぐに嗅ぎつけられて、ジョンに動機があることになってしまう。ジョンが聞きつけたら……ばかばかしい！　彼はアーニーの頭を殴りつけるために家に飛んで帰ったりしない！　そんなの時代遅れだもの」

ネヴィルはサリーに煙草を渡し、自分の分に火をつけた。「がんばれば、まことしやかな話をでっちあげることはできるさ」とネヴィル。「ベルリンにいた間、ジョンはゴシップのしっぽを耳にしたんだろう――」

「なぜベルリンで？」サリーが遮る。

「そりゃわからんよ。自分でいくつか魅力的な答えを考えつくことはできるだろう。ジョンはアーニーに抗議しに行った――」

「ジョンが抗議するとは思えない」

「うん、そうだね。ジョンが抗議するところを見ていたとしたら、きみが容疑者だ」

「わたしが言っているのは――」

「わかってる、わかってる！　好きにしろよ！　ジョンは最後通牒をつきつけるために帰宅した。アーニーに苛立って、たいした考えもなしに頭を殴りつけた」

「いくつか欠陥があるわね」サリーが言った。「事前にたくらんでいたのでなかったら、なぜ脇の門から入ったの？」

「玄関から入ったら執事の証言によって望ましくない噂が立つだろう。召使たちのゴシップ、ルーシー叔母に出くわす可能性。答えは山ほどあるさ」

「わかったわよ。彼は凶器をどうしたの？」

「フェアな質問じゃないな。ジョンだけに当てはまるわけじゃない。誰にせよアーニーを殺した犯人は、巧妙に凶器を処理したから事件は不可解な様相を帯びているんだ」

「大変けっこう」サリーは言った。「あなた、わたしの本を読んだのね。でもね、わたしは殺人犯達がすばらしいひらめきを得るなんて信じていないの。犯人にわくわくするような天才的な資質を与えた時は、たいてい何時間も頭をかきむしって悩む破目になるだけ」

「恐怖によって研ぎ澄まされた思考は――」

「くだらない！」サリーは煙草の灰をとんとんと落としながら言った。「わたしの経験からすれば、恐怖にさらされた時の人間の思考は狂ったように堂々巡りするものよ。せっかくだけど、あなたの説は全然受けつけられない。わたしが見るところ、アーニーを殺す時間と動機と機会があって、かつ凶器を処分する暇がたっぷりあった人間が一人いるわね」

　ネヴィルはかすかに笑いの混ざった目つきで相手を見て、片手を上げた。「勘弁してくれよ！

『我が手はいまだ汚れを知らぬ乙女の手。真紅の血のしみはついておらぬ（シェイクスピア作『ジョン王』第四幕第二場）』」

「観衆は拍手喝采。でも引用したってなんの証明にもならないわよ。あなたには可能だったでしょ、ネヴィル」

「おお、でもなぜぼくのところで止まるのかな？　ルーシー叔母さんの仕業かもしれないじゃないか、彼女のインディアンクラブでさ。叔母なら馬鹿力で棍棒を振り回せるに違いないね」

「くだらないこと言わないで。なぜ叔母さんがそんなことするのよ？」

「さあね。叔母が駄目なら、シモンズはどうだい？」

「もう一度言うけど、なぜ？」

「もう一度言うけど、わからないね。なんだって頭脳労働をぼくにばかり押しつけるのさ？　きみも考えろよ」

「いいわよ、ミス・フレッチャーとシモンズに関してとっぴな動機をでっちあげることにはなんの意味も感じない。だってあなたがこうしてここにいて、あえて探す必要もない完璧な動機があるのだから」

　ネヴィルは退屈そうな顔をした。「ま、きみがぼくを本命にするつもりなら、ぼくの興味は雲散霧消だ。犯罪はたちどころに陳腐で平凡なものと化す。おや、かわいそうな叔母さんのお出ましだ。謎解きを手伝ってくださいよ、ルーシー叔母さん。ぼくの説ではあなたが犯人なんですよ」

　客間に入ってきたミス・フレッチャーは窓辺まで行ったが、憤慨した声で言った。「あなたの恐ろしい口の悪さがどこからきたのか、見当もつきませんよ、ネヴィル。立派なお父様からでないことは確かかね。ただの考えなしのおしゃべりだってことはわかっているけれど、あなたの言うことは悪趣味きわまりないわ。おまけに、喪章も買ってないのね！」

「そうですよ。喪章なんかしたら崇高から滑稽へ転落したみたいに見えるだろうと思ったもんでね」叔母の喪服姿に向かって片手をひらひら振ってみせながらネヴィルは説明した。

「人は死者に敬意を払おうとするものです」叔母は言った。「おおミス・ドルー、妹さんからご丁寧にきれいなお花を頂戴しまして！」彼女はサリーの手を握りしめてさらに言った。「何もかも大変興味深いとお思いでしょうね。ご本をお書きになるなんて、とても頭がおよろしいのだと思っていました。それも複雑なご本を。拝読したから言うんじゃありませんのよ、わたしのお粗末な頭じゃ探偵小説なんて理解できませんもの。それでも図書リストにはいつも書き込んでおりますの」

「彼女がこれからやろうとしていることを知ったら、そこまで激励したくはなりませんよ」とネヴィル。「彼女、ぼくがアーニーを殺したと証明する気でいるんです」

「ええそんな、まさか！」ミス・フレッチャーは苦しげに言った。「ネヴィルはあまりに無分別なふるまいが多いと思いますけれど、そんなことはいたしません」

「頭で考えたことをそのまま口に出すから推理が台無しになるのよ！」サリーは激怒した。

「この子のかわいそうな父親はおしゃべりでした」ミス・フレッチャーが言い出した。「いとしいアーニーもいつもよい話し相手になっていました。でもあいにくと、ネヴィルは口の中でぶつぶつ言うよくない癖を身に付けてしまいました。何を言っているのか聞き取れないのですよ。ネヴィル、また捜査が行なわれるはずだと聞いたのだけれど、なんとかして食い止めることはできない？」

「いいえ。嫌なんですか？」ネヴィルは尋ねた。

「それはあなた、あまり結構なことじゃないでしょう？　うちでは今までこんなことはありませんでした。品位がそこなわれます！　ローレンスさんならなんとかできないかしら？　電話してみましょう」

「でも、ミス・フレッチャー――」サリーが口を開いたが、ネヴィルに足を踏まれて思いとどまった。

ミス・フレッチャーは、お客様のお相手をしてねとネヴィルに言い残し、ふらふらと出て行った。ネヴィルは柔らかな口調で言った。「全く困った人だな。叔母のことはぼくに任せておいてくれないかな？」

「でも、捜査は必要ないなんて思い込ませておいて、どうなるの？　あなただってよく考えないと――」

「そりゃあ考え深くはないさ！　今朝着るのにぴったりのシャツも穴の開いていない靴下もないとわかったのは、よく考えなかった結果だ。新たな厄介ごとを思いつくのもよく考えなかった結果だろうさ。この捜査の件が退屈になったらきっと思いつくね。きみは、身内を亡くした人間は機嫌を取って甘やかして悲しみにふける時間をたっぷり与えられるべきだっていう、うんざりするほど感傷的な考え方に取りつかれているんだろう。きみが、無私の精神のかたまりっていうぞっとする連中の一人だと聞いても驚かないね。自己犠牲が大好きで、他人の重荷を肩代わりしたくてうずうずしてる連中の仲間だとしてもね」

サリーは驚きで息が止まった。「続けなさいよ！　最高に下品なたわごとだけど、どうやってその説の正しさを証明するのか興味があるわ」

「人間には義務を負わせるべきじゃないんだ」ネヴィルはあっさり言った。「つねに耐え難い思いをさせるから。おおかた人格を破壊するような影響をおよぼすのが落ちだ」

「なぜ？」

「精神的欺瞞だからだ！」

サリーは片眼鏡をふいた。「あなたの言うことにも一理あるわね」と譲歩した。「大いにあるわけじゃないけれど、ひとかけらの真実はあるわ。あなたがミス・フレッチャーを慰める計画を邪魔しようとしてごめんなさいね。ヘレンとジョンの喧嘩にも口をはさみそうになったっけ。心の中の小さな声が沈黙せよと命じたからよかったようなものの」

「女性の直感か！」ネヴィルは深く心を動かされて言った。「ぼくはね、手さぐりで進む霧を消散させたいというしごくもっともな欲求には共感しないんだ。霧の中で立派にお祭り騒ぎができる人間もいることを忘れちゃあいけないよ」

「ヘレンはお祭り騒ぎなんかしてません」サリーはやり返す。「仲が悪い夫婦っていうのには人並みにうんざりさせられるし、ヘレンは賞品のロバみたいに跳ね回ってきたけれど、あの子が抱えた問題には少し心が痛むわ。本当に、ヘレンにどんどん難題が押し寄せてくるようなんだもの。最悪なのは、ジョンが真実に気づいたとき、どんな反応を示すか見当がつかないことよ」

「人を困惑させる男だな――ジョンは」ネヴィルは賛成した。

「ええ、そういう人よ。考えてもみて！　予想外のときにイングランドに戻ってきたんだから。アーニーが殺された日に。そして翌朝ここに現れた。庭で発見された足跡はヘレンのものかもしれないと考えてね」

「え、まさか、そうだったのかい？　それじゃあ、彼は何か知っていると考えられるな」

「そうよ、でも何を？　ヘレンは、ジョンはアーニーとの密通など疑っていないと言うの。それでも、きのうジョンがいきなりここに来たとき、氷山が流れてきたような印象を受けたわ。実のところ、彼は冷たい怒りを抱えていた、そしてわたし達の誰のこともたいして好きじゃないようだった」

「悪いけどちょっといいかな。ヘレンが殺人事件に巻き込まれたと考えたとして、ジョンには強情を通す言い訳ができるんじゃないかな。旧式なことを言いたくはないが、名うての女ったらしの家に妻が招き入れられたとなったら、たいがいの男はいささかでも不機嫌になるものだろう」

「わかってる、もしジョンがヘレンに怒りをぶつけたとしたのなら、理解できるのよ。でも彼はひどく丁寧だった」

「ヘレンとしてはまさに改悛の情にひたる妻を演じていたんだろう」

「わたしはそうしてほしいけれど、ヘレンはすべてに憔悴しきっていて、自分を制御できないみたい。もちろん、ジョンが『ダーリン、全部話してごらん』と言ったなら、ヘレンだってそうしたと思う。でも、ジョンはそういう人じゃないの。二人はすっかり心が離れてしまったのよ」

この瞬間、ヘレンも正に同じことを考えていた。書斎に入ってみると、夫が机で書き仕事をしており、ヘレンはドアを閉めないうちから部屋に入らなければよかったと後悔していた。

ジョンは顔を上げた。間違ってもヘレンの心を楽にさせるような目つきではない。「何か用かね、ヘレン?」ジョンはそっけなく訊いた。

「わたし――いいえ、別に用では。忙しいの?」

ジョンはペンを置いた。「話があるなら、かまわないよ」

この答えは話をうながす意図で言われたのかもしれないにせよ、ヘレンはますますジョンから遠ざかった心地になった。部屋を横切って窓辺の椅子のところへ行き、腰を下ろす。「二人で話すなんて久しぶりね――本当に話をするなんて――どうしたらいいか忘れてしまったみたい」ヘレンは気軽な調子をよそおうと努める。

ジョンは顔をこわばらせる。「ああ」

ヘレンは下手な台詞だったと気づき、夫の顔を見ないまま言った。「わたし達――このことについて話すべきじゃないかしら?　二人に関わることでしょう?」

「たしかに。何を言いたいのかね?」

ヘレンは頭の中で文章を組み立てようとした。ジョンは身じろぎもせず、また口もきかず、ただ座って妻を見つめていた。ヘレンはいきなり目を上げて切り出した。「なぜあんなふうに帰ってきたの？　あんまり思いがけなかったし、前もって何も言わなかったでしょ？」

「ヘレン、きみはその答えをすでに知っているはずだ」

「わたしが？　なぜ知っているのよ？」

「知っていると告げたのはきみだ。ぼくが帰ってきたのはきみを監視するためだ、と言っていたじゃないか」

ヘレンは赤くなった。「そんなつもりじゃなかったのよ。わたし、気が動転していたものだから」

「ヘレン、ぼくの帰宅に動転したというのは、あまり説得力のある話じゃないね」

「そうじゃないの！　アーニーが亡くなって――警官は恐ろしいことを訊いてくるし！」

「我々はもっとうまくやれたはずなんだ」ジョンは言った。「きみが嘘などつかなければな。きみのことはお見通しだ。ぼくを見てぎょっとしたのだろう」

ヘレンは絶望したように夫を見た。「まあ、そんな言い方してなんになるの？　誤解と憎しみが生まれるだけだわ」

一瞬沈黙が流れたが、ジョンは冷静に言った。「よくわかった。いったい、ぼくと何を話したかったのかな？　フレッチャー殺人事件のことか？」

ヘレンは頷いた。「そうよ」

「ずいぶんぴりぴりしているようだが」

「あなたはそうじゃないの?」

「それは、ぼくが感じているのが悲しみか恐怖かによるな」

「悲しみですって! ご冗談でしょ! でも、あの晩わたしはあそこにいたのよ。引きずり込まれたくないわ。わたしの立場がどれほど恐ろしいものかわかるでしょう!」

「ぼくに、ありのままを話すべきだったんじゃないのか?」ジョンは言った。

「話したわよ。警視さんには、わたしに目撃した男を識別させようとしても無駄だと思わせることができたと思うわ、でも——」

「ちょっと待ちなさい、ヘレン。いい加減意志の疎通をはかるべき時だ。本当のところ、きみはその男が誰だかわかったのか?」

「いいえ!」ヘレンは即答した。「顔を見なかったのだから」

「だが、男の正体の見当はつくんだろう?」

ヘレンは低い声で答えた。「だとしても、誰にも言うつもりはないわ。それだけはわかってちょうだい」

「それなら、これ以上その問題を追及しても無駄だな」ジョンは言った。「目下の状況では、きみに忠告できることといえば、静かにしてできるだけ口をきくなということだけだ」ジョンはふたたびペンを取り上げ、二、三行書いたのち、顔を上げずにこう言った。「ところで、殺人の夜、ネヴィル・フレッチャーがきみに会いにきた理由を告げることに異存はあるかね?」

ヘレンは動揺のあまりよろめいてしまった。「どうして知っているの？　誰に聞いたのよ？」

「彼が屋敷を出るところをベーカーが見ていて、今朝ぼくに話してくれたのだ」

「わたしを訪ねてくる人のことを報告するように、使用人をそそのかしているの？」

「していない」ジョンは冷静だ。

「ネヴィルは、アーニーが殺されたと言いにきたの」

ジョンはそれを聞いて顔を上げた。「そうかい！　なぜ？」

「わたしがアーニーの友だちだと知っていたからよ。わたしなら知っておきたいだろうと思ったんでしょう。彼っていつもわけのわからないことをするの。彼が言ったりしたりすることは、説明なんてできやしない」

「今回の件について、彼は何を知っている？」

「何も。わたし達が知っていることだけよ」

「なら、なぜ真夜中にきみの所へ来て、数時間もすれば耳に入るに決まっていることをわざわざ告げる必要があると思ったんだ？」

「わたしの足跡を見たからよ」ヘレンはやけくそになって言った。「足跡はわたしのだと思ったんですって。それを確認しにきたのよ」

「足跡がきみのだという結論に飛びついたということは、ぼくの予想以上にネヴィルはきみと秘密を共有しているわけだな。きみ達の間には、何があるのだ？」

ヘレンは、ずきずきするこめかみに両手を押し当てた。「ああなんてこと、わたしをなんだと思っているの？　ネヴィルだなんて！　そんなの――そんなの、滑稽だわ！」

「勘違いしているね。きみたちの間に恋愛感情があるなんて言ったつもりはない。だが彼の訪問についてのきみの説明は、あまりに説得力がない。彼はひょっとして、きみがあの晩グレイストーンズにいたということを知っていたのではないか？」

「まさか、そんなはずないわよ！　なぜネヴィルが？　当てずっぽうを言っただけよ」

「ネヴィル・フレッチャーといえども確たる根拠もなしにそんな推量はしないさ。きみはたびたびフレッチャーを訪問する習慣があると理解すべきなのだろうな――人目につかない訪問と呼ばせてもらおうか――そんなふうだったから、ネヴィルもそんな推量に達したのではないかな？」

「まあ、違うわよ！　ネヴィルはいつだって、わたしがアーニーに友だち以上の感情を持っていないと知っていたわ」

　ジョンは眉を上げた。「フレッチャーとそんな関係があったかどうかに、ネヴィルは興味を持ったのか？」

「いいえ。そんなことないわよ。でも、ネヴィルのことは何年も前から知っているもの」ヘレンの声はおぼつかない様子で途切れた。

「それはよくわかっている。ぼく自身、ネヴィルと知り合ってから――つきあうようになってからと言うべきかな？　――何年にもなる。あの極端に超然とした青年が、自分の伯父とのきみの取引について説明してほしいと頼んだなんて、ぼくが信じると思うのかい？」

　ヘレンは思わず微笑みを見せたが、その目には激しい驚きが浮かんでいた。「いいえ。本当はわたしのほうから話したの」

「きみがネヴィル・フレッチャーに話した……わかった。なぜだね？」

ヘレンは小さな声で言った。「理由はないわ。ただ――自然に口から出たのよ。説明はできないわ」

「それだけはわかるよ」ジョンの口調は辛辣だった。

「わたしの言うことは何も信じないのね」

「それが意外なのか？」

ヘレンは握った両手を見おろして口をつぐんだ。

「ネヴィルはきみを愛しているのか？」

ヘレンは心から驚いて言った。「ネヴィルが？　まさか、それは絶対ないわよ！」

「無知ですまないが」ジョンは言った。「きょうまで、きみのことはろくに監視してこなかったのだ。目下、魅入られた恋人は誰なんだ？　ジェリー・メイトランドはまだ候補に挙がっているのかい？」

「誰も候補に挙がったことなんかないと言っても、他の話と同じように信じないんでしょうね」

「他の話をまだ聞いていないから、その質問には答えられないね。なあ、聞いたことがあるはずだなんて言って、ぼくの知性を侮辱するのはよしたまえ！」

ヘレンの唇は震えていた。「もしそう思うのなら、これがあなたに真実を打ち明けさせるための方便なの？　あなたは、まるでわたしが――犯人であって妻ではないみたいに扱うのね！」

「ぼくの妻か！」ジョンは短く笑った。「それはいささか茶番めいた言い草じゃないか？」

「だとしたら、それはあなたのせいよ！」ヘレンは喉を詰まらせた。

「ああ、疑いの余地はない！　ぼくはきみを満足させることができなかった、そうだな？　きみは、ぼくとの結婚から得られる以上の刺激を求めた。一人の男の愛だけでは充分でなかった。ヘレン、教えてくれ。ぼくが金持ちでなかったら、きみは結婚したか？」

まるでジョンの言葉を押しのけるような仕草をヘレンはした。ぎこちなく立ち上がり、夫に背を向けて窓の外を見る。しばらくののち、ヘレンは締めつけられたような声を出した。「わたしがアーニー殺しのかどで逮捕されなかったら、わたしと離婚したほうがいいわよ」

「警察はきみを逮捕しない。そんなことで思い悩む必要はないよ」

「わたしにはとても不利な状況に思えるわ」ヘレンは疲れきったように言った。「もう、何がどうなろうとかまわない」

「不利に思えるのは、決定的に重要なことをぼくから隠してきたからだろう。それがなんなのか、話すつもりはあるのか？」

ヘレンは首を振った。「いいえ。事件が終わったら――わたし達が無傷で切り抜けられたら――離婚できるようにしてあげる」

「離婚するつもりはない。ただし……」ジョンは言葉を切った。

「ただし、何？」

「ただし、きみが他の誰かに本気で惚れたのなら話は別だが――そんな男がいるとは思えない。

ヘレン、きみは本気になりはしない。次々と恋愛遊戯をしたいだけなのだ。だが、今きみを助けられるのなら――」

「なぜあなたが？」ヘレンが口をはさんだ。

「きみは、ぼくの妻だからだ」

「それこそ夫たるものの義務よね。ありがとう、でもあなたには立ち入ってほしくないわ」

「そんなわけにはいかない」

「帰ってくるなんて、馬鹿だったのよ！」ヘレンは言った。

「かもしれない、だがきみが事件に関わりがあるとなったら、そうせざるをえなかった」

ヘレンは振り向いた。「自分の名誉を守るため？　ジョン、わたしを憎んでいる？」

「いいや」

「無関心ね、つまり。わたし達、たがいに無関心なんだわ」ヘレンは窓から離れた。「わたし、離婚したくない。この滅茶苦茶な状態は――アーニーの死も、スキャンダルも、何もかも！――私のせいだったのよ、ごめんなさい。今後はもっと慎重になります。これ以上言うべきことはないということね？」

「ありのままを話す意志がないのなら、何もないね」

「あなたが信じてくれないから、わたしもあなたを信じないのよ！」ヘレンは激しい口調で言った。「どういうことかよくわかっているでしょ！　ねえ、お願いだからこの話題はよしましょうよ。今夜はうちで夕食を取るの？」

ジョンは妻をじっと見るだけで、答えなかった。ヘレンは質問を繰り返した。ジョンはいつもの冷たい口調で答えた。「いいや、街で食べるよ。遅くなるかもしれない。いつ戻るかはわからない」

第九章

ヘミングウェイ巡査部長は考え込んだ様子でグレイストーンズをあとにした。徹底的な捜査にもかかわらず、凶器の隠し場所はわからずじまいだ。ただ、彼をいたく喜ばせる事実が一つ、浮上した。

「なぜ嬉しいのか自分でもうまく言えないが」ヘミングウェイはグラスに言った。「そのせいで事件全体がこれまで以上にねじれて見える。だが自分の経験では、えてしてそういうものなのだ。始まりは簡単な事件に見える、それがいっこうに進展しないように思えてくる。もう二、三日捜査していくうちに、殺人自体存在しなかったと言わざるをえないような証拠が集まってしまう。それから何かが起こり、なんとかなる」

「事件が困難になるほど、解決は容易だということですか？」グラスは辛抱強く訊いた。

「そんなところだ」ヘミングウェイは認めた。「自分が集めた事実がそれぞれ矛盾し合うほどぐちゃぐちゃになったら、しまいには浮かれた気分になってくるよ」

「理解できません。周囲には愚行と罪と虚栄しか見えないのです。そんなもので正しき者が喜ぶというのですか？」

「ぼくは正しき者ではないから、何も言えない。一介のおまわりとしては、この世に愚行も罪も虚栄もなかったら、ぼくはこの仕事をしていないし、きみだって同じだ、と言えるよ。それから、ぼくを攻撃するために聖書を学んで時間を無駄にするのをやめれば――言っておくが、そもそも部下にあるまじき行為だが――そしてこの問題に健全な興味を持つならば、おそらくきみ自身のためにもなる。昇進だってかなうかもしれん」

「現世の名誉には重きを置きません」グラスは陰気に言った。「されど人は誉れのなかに永く留まらず。ほろびる獣のごとし（『詩篇』四十九篇十二節）」

「きみに必要なのは」ヘミングウェイは口調を荒げる。「胆汁の異常を治す薬だ！　これまでも暗い奴には何人かお目にかかってきたが、きみは度を越しているぞ。友人の執事から何を訊き出した？」

「彼は何も知りません」

「冗談じゃない！　執事というのはいつだって何か知っているものだ」

「それが違うのです。彼が知っているのは、殺人の夜、故人と甥の間に激しい言葉の応酬があったということだけです」

「ネヴィル青年の説明を聞いたよ」ヘミングウェイは愉快そうに言った。「彼の言うことに重きを置くわけじゃない。彼の言うことは嘘八百だよ」

「偽りを言う唇はただまばたきの間のみなり（『箴言』十二章十九節）」グラスは憂鬱な満足感を漂わせて言った。

「そんなふうに考えているなら、世間を知っているとは言えないぞ。今でも、殺人のあった夜きみが目撃した男は何も持っていなかったという意見なのか？」

「証言をくつがえさせようとしても」グラスは咎めるような視線をヘミングウェイに注いだ。「偽りの証を立つる人は斧、刃または鋭き矢のごとし（『箴言』二十五章十八節）、ですぞ！」

「誰もきみに偽りの証言をしろとは言っていない」ヘミングウェイは苛立つ。「すくなくともぼくに関するかぎり、きみはすでに鋭き矢であり、おそらくは斧でもある。斧がぼくの考える通りのものならな。すでに一回、生意気な口をきくなと言ったが、本当にこれ以上聞きたくないぞ。ちょっと待て！」ヘミングウェイは舗道の真ん中でふいに立ち止まり、手帳を取り出すとせわしなくページをめくった。「待て！」ヘミングウェイは陰気に言った。「特別に全部書き写したものがある。そのうち役に立つとわかっていたんだ。そうだ、ここだ。〝しばしば責められてもなお頑なる者は、にわかにほろぼされん〟」ヘミングウェイはこの反撃がどう受け止められたか見るべく目を上げ、深い満足の念とともにさらに一撃を加えた。「〝しかして救わるることなし（『箴言』二十九章一節）〟」

グラスはぎゅっと口を結んでいたが、しばらくの心の葛藤ののちこう言った。「たかぶりは滅亡に先立ち、誇る心はたおれに先立つ（『箴言』十六章十八節）。己の邪悪を言明します。己の罪を悔います」

「よろしい」ヘミングウェイは手帳をポケットに戻しながら言った。「そこから始めようじゃないか」

グラスが重いため息をつき、「己の邪悪が頭上にのしかかります。重い荷物のように、わたしには重すぎます」と考え込んだ調子で言う。

「そんなものをしょい込む必要はない」ヘミングウェイは気分をやわらげて言った。「ただ、きみの悪い癖になっているのだ。捨てるべきだぞ。言い方がきつかったらあやまるよ。もう忘れろ！」

「あからさまに戒むるは」グラスはあいかわらず陰気だった。「密かに愛するに勝る（『箴言』二十七章五節）」

ヘミングウェイは反論の言葉を探したが、冒瀆的な言葉しか思いつけず、グラスがためらうことなく聖書からの警句で反論するに違いないと確信したので、自制して無言のうちに大きな足音をたて非難の意を表明しながら歩いた。

グラスは、ヘミングウェイを怒らせた自覚もないような顔つきで並んで歩いた。警察署がある通りにくると、グラスは言った。「凶器は見つからなかったのですね。見つけられないだろうと申し上げましたが」

「そうだ」ヘミングウェイは言った。「凶器は発見しなかったが、きみにシラミほどの頭脳があれば二日前に発見したはずのものを見つけたよ」

「その唇を慎む者は知恵あり（『箴言』十章十九節）」グラスはやり返した。「わたしは何を見逃したのですか？」

「厳密には、それがきみに関わりのあることかどうかわからんね」いつでも公平なヘミングウェイは言った。「だが、廊下にあった大時計はアーネストの書斎の時計より一分遅れていた。書斎のはきみの時計と一致していた。それから、ミス・フレッチャーから、ここしばらくそうだったたのだと聞きだした」

「事件にとって重要なことですか？」グラスは訊いた。

「重要だとも。それで解決が容易になるとは言わんよ、そうじゃないんだから。だが、前にもきみに言ったとおりだ。今回のような事件ではつねに、それまで頼りにしてきた説をくつがえしそうな新しい証拠に行き当たる。きみが目撃した男が――カーペンターと仮定しよう――殺人を犯したように見えるのだな？」

「そうです」グラスは同意した。

「廊下の時計が一分遅れていたという事実は、それをぶちこわすぞ」ヘミングウェイは言った。「才能あふれる二幕目の演技で、ミセス・ノースは廊下を玄関に向かっていた時に時計が打ってそれが十時だったと供述した。きみはカーペンターが十時二分に退出するのを見た。その二、三分の間に、彼はアーニーを殺し、凶器を捨て、門に到達したわけだ。ぼくに言わせればそれは不可能だが、それでも万が一という可能性はある。ミセス・ノースが書斎を出たのは十時ではなく十時一分だと判明したが、それは混乱材料だ。まるでカーペンターは殺人事件になんら関わりがなく、ためしにアーニーをゆすりに行って、ミセス・ノースが言うように見送られた、という様相を呈してくる。実のところ、カーペンターはことをややこしくするために突然現れた全く無関係な存在だったと判明しても、ぼくは驚かないね。真犯人は機会をうかがいながら庭にひそんでいたに違いない。そしてきみがカーペンターに目を留め尋問しようと決心した間に、目的を果たしたのだ」

グラスはしばしこの意見について考えた。「可能性はありますが、彼はどうやって逃げたのですか？　庭には誰もいませんでした」

「きみは誰も見なかったと言ってもいいが、すべての茂みの陰を探したわけじゃないだろう？　懐中電灯であたりを照らして、庭には誰もいないと考えた。いた可能性はあるのだ。きみが書斎にいる間に、犯人の逃亡をさまたげるものはなかっただろう」

二人はすでに警察署まできていた。グラスは階段で立ち止まってゆっくり言った。「そんなふうにことが起きたとは思えません。不可能だとは言いませんが、ミセス・ノースが屋敷を出た十時一分とわたしが遺体を発見した十時五分の間に、人が隠れ場所から出てきて書斎に入り、アーネスト・フレッチャーを亡き者にして隠れ場所に戻った、と考えることはできます。わたし自身書斎に入ったのは十時五分ですが、小道から書斎に向かうとちゅうで男が逃げるところを見るはずではありませんか？」

「なあ、きみは仕事に思考を集中させているときはそれほど抜け作でもないんだな」ヘミングウェイは励ますように言った。「それでも、その問いにぼくは答えることができるよ。誰が殺人犯は脇の門から逃げたと言った？　犯人がミセス・ノースと同じ経路で――正面玄関から出て行くのをさまたげるものがあったか？」

グラスは信じられないという顔をした。「そんなことをするのは狂人です！　屋敷の人間に見られる危険を冒すでしょうか？　一分か二分前に書斎から廊下に出たミセス・ノースが目撃する可能性があるのに。巡査部長が仰るように隠れていたなら、犯人はミセス・ノースの動きを知っていたはずです」

「きみが小道を来る足音を聞いて、危険を冒さねばならなかったのだ」ヘミングウェイは言った。

「無知なる者は愚かなることを喜ぶ（『箴言』十五章二十一節）」グラスは軽蔑したように言った。

「まあ、ことによると彼は愚かだったのかもしれんな」ヘミングウェイは応じた。「晩飯を食ってこい。終わったら報告に戻ってくるんだ」

ヘミングウェイは階段を登って建物に入った。グラスの視界から消えないうちに、ヘミングウェイは部下の最後の発言は見知らぬ殺人犯に向けられたわけではないかもしれないと考えた。憤激の言葉が口元まで出かかる。グラスを追いかけようとするように半分振り返ったが、やめておこうと考え直した。署の巡査部長と目が合って、ヘミングウェイは言った。「あんな厄介者を押しつけるなんて、ここの誰かに恨まれてるに違いないな」

「グラスのことか？」クロス巡査部長は同情するように言う。「まるで持病だろう？　聞けよ、奴もいつもは今回の件ほどひどくはないんだ。当然だと思わないか？　言ってみれば、ああいう手合いは目の前に罪がないと、気持ちが引き締まらんのだ。彼をお払い箱にしたいかい？」

「そんなことはない！」ヘミングウェイは皮肉たっぷりに答えた。「巡査連中に叱りつけられるのは好きだね。いい気分転換だ」

「なあ彼を担当からはずせよ」クロスは提案した。「奴は殺人事件に慣れていないんだ。そういうことだ。興奮しすぎなんだ」

ヘミングウェイは気持ちを落ちつかせた。「いや、彼のことは我慢するよ。すくなくとも良心のある男だし、聖書を引用する嫌な癖さえなければ、気に触るところもない。奴には粘着的な性分があるな、気の毒に」

一時間後、食事を取っていい気持ちになったヘミングウェイは、この説をハナサイド警視の前で開陳した。のんびりした夕食から戻ったヘミングウェイと同時に、ハナサイドも署に到着したのだった。

「いいですか?」ヘミングウェイは言った。「彼は子どもの頃何かショックな経験をしたということがわかるでしょうよ、そのせいでああなんです」

「わたしはグラスの過去などにかまって自分の時間を無駄にする気はないし——きみの時間を無駄にさせる気もない。だが、おおかたそんなところだろう」ハナサイドの返事はいささかそっけない。

ヘミングウェイは抜け目ない視線を投げかけた。「こんなたいへんな事件にはならないだろうとお話ししましたね、ボス。しょっぱなはそう言ったんです。午前は収穫なしですか?」

「ああ、なんの結論も出なかった。バッドはフレッチャーをあざむいていたんだ。ネヴィル・フレッチャーは借金で首が回らないらしい。そしてノースは十七日の晩をフラットで過ごしていない」

「それはいいことじゃありませんか?」ヘミングウェイは言った。「わたしの予言どおり、舞台は容疑者だらけです! 我らがバッドについてもっと教えてください」

ハナサイドはブローカーの手柄について手短に説明した。ヘミングウェイは顎をかきながら言った。「気に入りませんな。全く気に入らない。もちろん、手中になかった九千株を譲り渡す破目になり、破産に追い込まれそうになった場合、アーネストを殺害する動機ができます。一方、アーニーがバッドの罪を明るみに出して起訴することはできなかったという話も本当らしく聞こえます。実に真実味があります。奴は気に入りませんね。ノースはどうです?」

「わたしの見方が大きく間違っているのでないかぎり、ノースは深いたくらみをしている。クラブで食事を取ったあと、フラットに戻って早く寝たそうだ。現実には、フラットには八時三十分直後に戻り、九時前にまた外出したのだ。最終的には十一時四十五分に戻ってきた」

「そりゃすごい話ですね!」ヘミングウェイは言った。「なんの策も弄さずに? 全くおおっぴらに行動したのですか?」

「そのようだ。八時三十分に帰ってきた時には守衛と言葉を交わした。外出する時には守衛がタクシーを呼びましょうかと言ったが、ノースは歩いていくからいいと断った」

「その後の帰宅は誰が目撃したのですか、ボス?」

「夜間の守衛だ。ノースがエレベーターに乗るところを見たと言っている」

「じゃあ、警視に賢明だという印象を与えた男にしては、あまりうまく立ち回ったと思えませんなあ」ヘミングウェイは言った。「警視ならやすやすと事実を突き止めることができるとわかっていたはずなのに、ひと晩じゅうフラットにいたと言い張ることになんの益があるのでしょう?」

「わからんね」ハナサイドは答えた。「あれがバッドなら、パニックを起こして理性を失ったと考えるところだ。しかしノースはパニックに陥っていなかったし、理性を失ってなどいなかった。わたしとしては、なんらかの理由、彼だけが知る理由のために時間稼ぎをしていたのではないかとにらんでいる」

ヘミングウェイはその説を嚙みしめた。「妻と言葉を交わすための時間稼ぎをした。なるほど。わたしに言わせれば危険なゲームです」

「さほど危ういことだと思わなかったんじゃないかな」

「へえ、彼はそんなタイプですか?」ヘミングウェイは言った。「ちょっとばかりイカボドから講義を受けても痛くも痒くもなさそうですね」

ハナサイドは微笑んだが、うわの空のようだった。「彼は今朝オフィスにいなかった。秘書は出勤するとは思っていないようだった。ノースに会うためにわたしはここに来たのだ。だが彼は手ごわい。必要以上のことは喋らんからな」

「ネヴィル青年も手ごわいですよ」ヘミングウェイは言った。「でも、信じていただきたいのですが、理由は同じではありません。やっこさんは喋りすぎるので、追いつくのに骨が折れます。奴はずうずうしくも、アーネスト殺害の夜、ミセス・ノースに事件のことを話すべく寝室の窓から出て庭の塀を越えたと言いましたが、どうお考えですか? 借用証書の件で共犯者なのだと主張しています」

ハナサイドは眉をひそめた。「厚かましい。たぶん本当なんだろう」

「厚かましい! そうでしょうね! 鉄面皮というのは彼の行動の形容にふさわしくありません。

それでも、彼をひいき目に見たいところもあるのです。彼はイカボドの奴に、実に鮮やかなカウンターをお見舞いしましたよ」

「なんだって？」

「言葉の綾です」ヘミングウェイは説明した。「イカボドが予想しなかった聖書の文句を放って、あいつに吠え面をかかせたのです。でも、それはどうでもいいことです。己の都合しだいでは、彼が伯父を殺《や》れないとは思いません。ですが、考えてみると」ヘミングウェイは考え込みながら付け足した。「肋骨にナイフを突き立てるほうが彼らしいような。いや、凶器の痕跡がないという事実さえなければ、そして隠し場所が見つからないということがなければ、彼に殺人犯の役割を与えようとは思いません。そうなると、自分で発見した唯一の有益な証拠に行き当たります。廊下の時計は一分遅れているのですよ、ボス」

ハナサイドは部下を見た。「だとすると」とゆっくり言う。「ミセス・ノースの供述は事実上無価値となる」

「二回目の供述のことですか？　一見いかにもそうですよね？　警視からうかがった彼女の供述に重きを置くからではありません。いいですか、殺人はありえなかったと言っているのではありません。そうではなくて、グラスが見た男は――チャーリー・カーペンターと呼びましょう――やれたはずがないのです。あれはバッドだったはずです。ネヴィル青年でもノースでもおつむの弱いブロンドの女でもないと考えます」

ハナサイドは首を振った。「その説は飲み込めないな、ヘミングウェイ。ミセス・ノースの供述が本当だと仮定すると、フレッチャーは十時一分までふたたび書斎に入らなかったことになる。きみとしては、彼がまた机に向かい手紙を書き始めたのは、早くとも二分だったと見る。となると、殺人犯は二分間のうちに部屋に入り、彼を殺害し、部屋から出たことになる。グラスは十時五分まで書斎に入らなかったのだから、小道を進む間まる一分間、窓を見ていたことになる」

「はい、彼はそう言いました」ヘミングウェイは答えた。「いい説明だと思います。ボスはどうお考えですか？　ミセス・ノースの最初の話は事実でしょうか？」

「いいや」しばし考えたのちハナサイドは言った。「彼女は書斎に戻ったと思う。供述どおりに書斎から出なかったのなら、なぜ羽目板に彼女の指紋が付いたのか説明できない。だが廊下の時計が遅れていたという事実から、彼女の話の辻褄が合わないことが示唆される。九時五十八分に男Xがアーネストとともに書斎を出てから、彼女は書斎に戻り、廊下の時計が十時を打った時に出た、と彼女は言った。ここで我々が正しいと知っている時刻は、グラスがX退去を目撃した十時二分、そしてフレッチャーの遺体を発見した十時五分だ。となると、Xが出て行ったとミセス・ノースが主張する時刻とグラスがX退去を目撃した時刻の間に四分の誤差が生ずる。我々にはせいぜい、Xは書斎にとって返し、フレッチャーを殺害し、ふたたび出て行ったと説明することしかできない。だがフレッチャーが十時ではなく十時一分に書斎に戻ったのなら、Xが書斎に戻って殺人を犯しふたたび門に達した可能性はなくなる。同様に、Xが九時五十八分に脇の門から出て、四分以内に第二の男――Yとしてもいい――が入った可能性もなくなる。さもなければ、第一の人物Xはミセス・ノースがでっちあげた架空の存在ということだ」

「待ってください、警視！　紙に書いて確認しないとついていけません」ヘミングウェイが言った。彼は一、二分書き、うんざりした顔で眺めた。「これは、先行き明るい混乱ですな」と言う。「わかりました――Xは除外。だからなんです？　ノースの奥さんが庭に隠れたことはわかっています、足跡を発見しましたからね。そう、それはわかった。Yは明らかにノースですが、アーネストと一緒にいた。ミセス・ノースは声で夫だとわかった――あるいは、わからなかったのかもしれない。その点は答えが出ていません。とにかくミセス・ノースが庭にいる間にYはアーネストを殺し、逃亡した。それからミセス・ノースが様子を見に書斎に入り――その理由は知りたくもありませんが――正面玄関のドアから逃げた。いろいろ操作すれば時刻の辻褄を合わせることはできます。Yが門に到達したとき、誰かがメイプル・グローヴからやってきたかもしれません。そうなると、その人間が誰であれ、相手が立ち去るまでYは逃亡するのを待たなければなりません。あるいは、ミセス・ノースは十時一分よりも遅く出たと考えることもできます。そんな嘘をつく理由はわたしにはわかりませんが。そうなるとXは除外されます。そして我々が知る事実が不動のものとなります」

「Xを除外したければそれもいいさ」ハナサイドが口をはさんだ。「だがチャーリー・カーペンターを除外することはできんぞ。そのもっともらしい話のどこに、彼があてはまるのだ？」

ヘミングウェイはため息をついた。「そこなのですよ。彼を勘定に入れるとすれば、彼がY、ノースがXになり――そして除外されます。そう、それはかまわないのです。ミセス・ノースは夫の声を聞き分けられませんでしたが、姿を見かけて夫かもしれないと思いました。そこで嘘の供述をした。これでどうです?」

「悪くないな」ハナサイドは認めた。「だがもしノースを除外するとなると、なぜフラットでひと晩過ごしたなどとありもしないことを証言したのだ?」

「お手上げです」ヘミングウェイはやけになって言った。「答えはありません」

ハナサイドは笑顔になった。「そんなことないさ。ノース自身は殺人とは全く関わりがなく、妻がやったかもしれないと考えたという可能性はある」

ヘミングウェイは相手をじっと見た。「なんですって、そのうえアリバイを――あったとすればですが――おおっぴらにあきらめ、向こう見ずにも妻の罪をかぶるようなことをしたわけですか? まさか! 本気で仰っているんじゃないでしょう!」

「さあな。やりかねないよ。彼はそういうタイプだろう」

「まるで典型的な映画スターみたいに聞こえますよ」ヘミングウェイは反抗した。「勇ましくて胸毛が生えているのかと思ってしまいます」ドアが開いたのでそちらを見ると、グラス巡査の深刻な視線に出くわした。「ああ、戻ってきたんだね。事件に取り組んでいるのなら、入ったほうがいいぞ。きみに仕事を割り当てることができそうだ」

ハナサイドはうなずいた。「うん、入りたまえ、グラス。殺人の夜のことを思い返してもらいたい。ヴェイル・アヴェニューを巡回中、グレイストーンズの脇の門を出た男の向こうに誰か見たかね? 十時頃正面玄関からグレイストーンズに入った可能性のある人間は?」

グラスはしばらくじっと考え込んだあげく、こう言った。「いいえ。誰も思い出せません。なぜそんな質問をなさるのでしょう?」

「それは、十時一分にグレイストーンズの正面玄関を出たというミセス・ノースの供述を疑う理由があるからだ。わたしとしては、彼女を見たにせよそうでないにせよ、通行人の情報が欲しい」

「だとしたら、ことは単純です」グラスは言った。「彼女の住まいのあたりのヴェイル・アヴェニューとグリン・ロードの交差点に円柱形のポストがあります。ポストの郵便物は毎晩十時に収集されます。本当にその時間に帰宅したのなら、郵便配達夫が彼女を見たはずです」

「いいぞ、イカボド！」ヘミングウェイは大きな声を出した。「最後はスコットランドヤードの刑事部に行けるぞ」

冷たい視線が返ってきた。「その隣にへつらう者は彼の脚の前に網を張る（『箴言』二十九章五節）」グラスは言った。ヘミングウェイがびくともしないようなので、さらにつけ加えた。「その子どもらの目つぶるべし（『ヨブ記』十七章五節）」

「おい、うぬぼれた口をきくなよ」ヘミングウェイは言った。「それからな、ぼくは子持ちじゃないんだが、どうするつもりだ?」

「そんな話はどうでもいい」ハナサイドが凍りつくような声を出す。「いいかグラス、上司に向かって口をきいていることを忘れるな」

「人を偏り見るはよからず」グラスは真剣だ。「人はただ、一片のパンのために咎を犯すなり（『箴言』二十八章二十一節）」

「ふん、そうかい？」ヘミングウェイはかんかんだった。「人は——五十片のパンのためでも咎を犯さんぞ！　お次はなんだ？」

「もういい」ハナサイドの声はかすかに震えていた。「郵便配達夫をつかまえるのだ、グラス。何時にポストを空けたか、ミセス・ノースを見たかどうか、見たとしたら何か持っていたのか聞きだすのだ。わかったか？」

「わかりました」

「よし、以上だ。あとで報告しろ」

グラスは退出した。ドアが閉まるとハナサイドは言った。「なぜ彼をけしかける、巡査部長？」

「わたしが？　けしかけるですって？」

「ああ、そうしているじゃないか」

ヘミングウェイは言った。「身の程を知れというのをけしかけるとおっしゃるのなら——」

「彼のことをおもしろがっていたじゃないか」ハナサイドは責めるように言った。

ヘミングウェイはにやりとした。「はあ、彼の聖書の引用が尽きるのを待っていると、少しばかり事件におもしろみが増すことは認めます。そろそろ暗記した分は出しつくした頃だと思うでしょう？　ところが、そうじゃないんです。これだけは奴を褒めなくちゃならんですよ。これまで一度として同じ箇所を引用していないんです。これからどこへ行くのですか？」

「ノースの家だ」ハナサイドが答えた。「殺人の夜の行動を聞き出せるかどうかやってみなければならん。きみは使用人部屋でちょっと仕事をしてくれ」

しかしハナサイドがチェスナッツに着いてみると、ノースは昼食がすむとすぐに家を出たと知らされた。執事は主人の行き先を告げることができなかったが、自分で車を運転していったのだからロンドンの事務所に向かったのではないと考えていた。

一瞬考えてから、ハナサイドは名刺をミセス・ノースに取り次いでくれと頼んだ。執事は名刺を受け取り、奥様がお目にかかれる状態かどうか見てまいりますと威圧的に言い渡し、客を図書室に案内した。

間もなく、ミス・ドルーがやってきた。片眼鏡をぎゅっと眼窩にねじ込み、琥珀の長いホルダーに挿した煙草を手にしている。「妹は休んでおりますが、すぐに降りてきます」彼女は告げた。「妹にどんなご用ですの？」

「いらしたら、直接お話しします」ハナサイドは丁寧に答えた。

ミス・ドルーはにやりとした。「結構です。相手にされなくてもかまいません。けれど、もしネヴィル・フレッチャーがそちらの巡査部長さんに吹き込んだ冒険談のことでしたら、時間の無駄だと申し上げます。何も得られませんよ」

「冒険談ですって？　ああ、伯父上の死の晩の冒険のことですか！　いえ、その件でお邪魔したのではありません」

「てっきりその件かと思っていましたのに。わたしに会いたいと仰ったとしても、驚きませんでしたよ」

「そうですか？　あなたはその冒険に関わりがあるのですか？」

「本当はありませんけれど、あなたもお気づきのとおりネヴィルは卑劣ですから、わたしが稚拙な方法でアーニー・フレッチャーの金庫を開けるつもりだと、巡査部長さんに話したのですよ」

「で、そうだったのですか？」

「それは、はいともいいえとも言えます」サリーは用心深く答えた。「もし手元に犯罪ノートがあり、考える時間があるなら、くわだてることは可能でした。ですが、この件から学んだあるたいへん貴重なこととは、現実の生活では人間には充分な時間がないということです。もちろん、この話をわたしが書いているのでしたら、あなた方が〝スープ〟と呼ぶものを調合するのに、小説家としても自分が満足できるような理由を考え出したはずです。科学者の助手のもとへ走って、その人の研究所か何かに頼ったはずです。ところが、わたしはそんなタイプでありませんから、その案は役に立ちませんでした」

　ハナサイドは興味津々とサリーを見つめた。「では、フレッチャー氏の話は真実で、警察を楽しませるためではなかったと？」

「警視さんはずいぶんよく彼のことがおわかりですのね」サリーは感想を言った。「けれども、実際は彼はここに来てヘレンに言ったのです。その一、伯父が殺された。その二、自分は借用証書を手に入れることができなかった、と。当然わたしにはひどく悪い知らせに思えました。言うまでもなく、そもそも妹がネヴィルを選んだのが馬鹿でした。わたしに打ち明ければよかったのに。あなた方が手に入れる前に是非とも借用証書を金庫から抜き取りたかったとお話ししても、わたしを誤解なさらないでくださいい。あいにくと書斎を警官が見張っていて、わたしのやり方では無理だったのです」

「よくわかりました」ハナサイドは言った。「ですが、もし犯罪の研究をしてこられたのなら、殺害された人物の金庫から何かを抜き取るのは大きな罪になることをご存知だったでしょうに」

「理屈はそうですけれど、実際問題としては、違います」サリーは沈着に答えた。「借用証書が事件と一切関わりがないことは知っていました。当然警察は証書の存在を知らないはずでしたし、あれがどれだけあなた方にやっかいをかけていることでしょう！　時間の無駄は言うまでもありません」

「お考えはもっともです、ミス・ドルー、ですがすでにお気づきのように、わたしは同意見ではありません。借用証書は正に事件に直接関係があるように思えます」

サリーはくすくす笑った。「そうですね、少女じみた告白をしてもよろしいかしら？　ええ、わたしはいっこうにかまわないのです。もし妹が殺人犯かもしれないなんて空想にふけっていらっしゃるのなら、たちどころにその考えを捨てさせてあげますわ。人の頭を叩き割るなんて妹の柄ではないという明らかな事実はさておき、あの晩帰ってきたとき、妹のワンピースにもコートにも血の跡はありませんでした。妹にあんなことができて、しかも一滴の血も付けなかったと信じさせたいのなら、わたしに催眠術でもかけないと無理ですよ。もちろん、わたしの発言を重視なさるとは期待していません。妹の肩を持つ立場ですからね。それでも、メイドを尋問することはできるのではありませんか？　きっとこの一週間、妹の服は一着もなくなったり、クリーニングに出されたりしていないと言いますよ」サリーは言葉を切り、ホルダーから煙草の吸殻を抜き出し、火を消した。「でも、本当は妹が真犯人だと思ってはいらっしゃらないようですね。疑っていらっしゃるのはわたしの義弟でしょう。それを責める気は毛頭ありません。ただ、その点でもお力になれるかもしれませんよ。教えてさしあげますが、義弟は借用証書の存在を知らないのです。きっと馬鹿げた作り話に聞こえるでしょう、でも本当のことです。それから――ご存知なかったときのために言っておきますけれど――義弟は、妹がアーネスト・フレッチャーといわゆるふしだらな関係にあったとは露ほども疑っていません」サリーはそこまで言うと、批判がましくハナサイドを見た。「ちっともお気に召さないようですね。なぜでしょう？　信じられないのですか？」

「いいえ、あなたが本当だと思っていることを話している、というのは信じます」ハナサイドは答えた。「しかし、あなたが全真相を知らない可能性もありますからね。議論のための議論をするならば、もし義理の弟さんがわたしが探している男だった場合、たとえあなたにでも何も打ち明けないのはわかりきったことでしょう」

「それはもっともな話です」サリーは公平な態度で認めた。「けれど、もう一つ大事なことがあります。義弟は馬鹿ではないのです。もし彼がやったのなら、細心の注意を払って自分の足取りを隠すでしょう」彼女はふいに眉をしかめ、ホルダーにまた煙草を挿した。「ええ、今の論理には穴があります。彼は隠すつもりだったのに、ヘレンが巻き込まれたせいで仕事は台無しになったとお考えですね。警視さんの説が正しいのかもしれません。でも、わたしがあなたの立場なら、それを当てにはしません」

「こういう仕事をしていれば」ハナサイドが言った。「何かを当てにすることはなくなりますよ」

ドアが開いたのでハナサイドはそちらを見た。ヘレンが部屋に入ってきた。疲労し、かなり緊張している様子だったが、ハナサイドには冷静に挨拶した。「こんにちは。お待たせして申し訳ございません。横になっておりましたので」

「お邪魔して申し訳ありません、ミセス・ノース」ハナサイドは言った。「あなたの証言の中に一つ二つ確認したい点がありまして」

ヘレンは炉辺の椅子のところへ行った。「おかけください。これ以上お話しすることはありませんけれど、もちろんどんな質問にもお答えしますわ」

ハナサイドは彼女のそばのテーブル脇の座席に着き、手帳を広げた。「忌憚ないところを申し上げますよ、ミセス・ノース。当方がどんな事実を把握しているかを知っていただければ、時間の浪費も誤解も避けることができると考えますので。最初にお話ししたいのは、さる男が、と言ってもあなたが気にする必要はないのですよ、男の名前をお聞きになったことはなさそうですからね、まあその男がアーネスト・フレッチャーが殺害された夜のある時刻に彼を訪問したのです」

ヘレンは苦しげに、関心をむき出しにしたまなざしをハナサイドに注いだが、低い声でこう言っただけだった。「それはわたしが見た男の人に違いありません。どうぞ、お続けになって」

ハナサイドは手帳を開いた。「ミセス・ノース、九時三十五分と十時五分の間の出来事を順を追って読み上げます。あなたの供述とフレッチャーの遺体を発見した巡査の供述にもとづいたものです。時間に間違いがありましたら、わたしを止めてください。まず、九時三十五分、あなたはグレイストーンズの脇の門に到着した。門に達する直前、小柄で太った男が門から出てきてヴェイル・アヴェニューの方向に歩み去るのに気づいた」

かなり緊張した様子で、ヘレンは椅子の腕を摑んでいた。が、ハナサイドが読み上げるのを中断して興味津々のまなざしを注いでくると、落ち着いて答えた。「はい、その通りです」

「あなたはグレイストーンズの門を入り、小道を歩いていって、書斎に一人でいるアーネスト・フレッチャーを見つけた」

「はい」

「九時四十五分、フレッチャーと短い口論ののち、あなたは書斎を出た。来た時と同じ経路で、見送りはなし。家に帰るつもりだったが、小道を近づいてくる足音が聞こえた。そこであなたは、小道から数フィート離れた藪の裏に隠れた」

「はい。すべてお話ししたことばかりです」

「どうか、少しお待ちください。あなたは、その新来者が中肉中背で薄い色のハンブルグ帽をかぶり、杖はついていないのを見ることができた。それなのに、男が誰だがわからなかった」

ヘレンはおどおどと言った。「ごく普通の見かけの人だと思いました。でも、ちらとしか見ることができなかったのです。陽の光は消えたも同然でした。その人については、断定的なことは何も言えません」

「その件は今は追及しないでおきましょう。男は窓から書斎に入り、後ろ手に窓を閉め、九時五十八分頃までそこにいた。九時五十八分、フレッチャーにともなわれて書斎から出てきた。フレッチャーは門までゆっくりと送っていった。男二人が小道の曲がり角を曲がって見えなくなるやいなや、あなたは借用証書を探すべく書斎に戻った。フレッチャーが戻ってくる音を聞きつけて、彼が入ってくるよりもさきに書斎のドアから廊下へと逃げ出した。廊下にいる間、大時計が十時を打った。しかしミセス・ノース、その時計は書斎のものより一分遅れていたので、実際の時刻は十時一分だったことをお話しせねばなりません」

「どういうことか——」

「おわかりになりますよ。ここからが巡査の証言です。十時二分、彼はメイプル・グローヴがヴェイル・アヴェニューに合流する地点にて、グレイストーンズの脇の門から男が出てきてアーデン・ロードに向かうのを目撃した。不審に思った巡査はメイプル・グローヴを下り、脇門からグレイストーンズの庭に入り、小道を書斎の窓へと進んだ。そこでアーネスト・フレッチャーの遺体を発見した。頭を砕かれ、机に身を投げ出した格好だった。その時刻がですね、ミセス・ノース、午後十時五分だったのですよ」

ヘレンはひるんだ。「仰る意味がわかりませんわ」

「よく考えてごらんになれば、わかるはずですよ」ハナサイドは言った。「あなたの証言が事実なら、フレッチャーは十時一分には生きていたことになります」

「ええ」ヘレンはおずおずと言った。「ええ、もちろん生きていたはずです」

「それなのに、十時二分、巡査は謎の人物が庭の門から出てくるのを目撃したのです。そして十時五分にはフレッチャーは亡くなっていました。殺人犯の痕跡は一切残っていません」

「殺人はありえなかったと仰るのですか？」

「ご自分でお考えなさい、ミセス・ノース。もし自分が見た男が九時五十八分に立ち去ったというのなら、巡査が見た男は誰ですか？」

「どうしてわたしにわかるでしょう？」

「庭にいた男を説明する手立てがありますか？」

「まさか、ありません。その人がアーニーを殺したのでないかぎり」

「およそ一分にも満たない時間で？」

　ヘレンはわけがわからないというふうにハナサイドを見た。「そうは思いません。わからない。あなたは——あなたはわたしがアーニー・フレッチャーを殺したと告発しているのですか？」

「違います、ミセス・ノース。わたしは、あなたが偽証したと言っているのです」

「そんなことはありません！　たしかにアーニーがその人を門まで送るのを見ました！　もし庭にもう一人男の人がいたとしても、そのことは何も知りません。わたしが偽証したなんて言う権利はないでしょう！　なぜわたしがそんなことをするのです？」

「ミセス・ノース、もしもあなたが庭に入った人が誰だかわかったのなら、偽証するもっともな理由ができるからです」

　サリーの手がヘレンの肩に下りてぎゅっと摑んだ。「黙ってなさい！　答える義務はないのだから」

「だってわたし、偽証なんかしてません！　お話ししたのは本当のことです！　第二の男については何も知りませんし、わたしが廊下に出る直前アーニーが口笛を吹いたのが聞こえたのですから、十時一分には生きていたのだと思います。アーニーが男の人を見送らなかったと言わせたいのでしょうけれど、無駄ですわ！　確かに見送ったのですから！」

「もういいわよ」サリーが言った。サリーはハナサイドを見やった。「妹はいかなる質問に答える前にも弁護士に会う権利があると思います。もう、これ以上は何も話しませんよ。妹の証言はお聞きになったでしょ。それと巡査さんの証言と符合させることができないのなら、それはそちらの問題であって妹には関係ないことです」

サリーがかなり喧嘩腰だったにもかかわらず、ハナサイドは気色ばんだそぶりは見せなかった。

「たしかに、質問に答える前に弁護士に会う権利はあります。そうするのが賢明でしょうな。それにしても、ジョン・ノース氏にどこで会えるかお教え願えませんかね？」

「知りません！」ヘレンはぴしゃりと言った。「行き先を告げませんでした。わたしにお話しできるのは、夕飯には戻ってこないこと、帰りは遅いことくらいです」

「ありがとうございます」ハナサイドは立ち上がった。「では、これ以上お引止めしませんよ、ミセス・ノース」

ヘレンはベルのほうに手を伸ばしたが、サリーがそっけなく「わたしがお送りするわ」と言って、大股で戸口に進み、ドアを開けた。

サリーが書斎に戻ると、妹は両手でハンカチを揉み絞りながら室内を行ったり来たりしていた。

サリーは眉をひそめる。「今度は何？」

「わたし、どうしたらいい？」

「さあね。わたしに本当のことを話したくなった？」

「これまで話したのは本当のことだし、取り消す気はこれっぽっちもないわ！」サリーの目をじっと見つめながらヘレンは言った。

しばしの沈黙があった。「わかった」サリーが言った。「責めてるつもりはないのよ」

第十章

門の外で上司に合流しながらヘミングウェイ巡査部長は言った。「めぼしい収穫はありませんでした。美しきヘレン（ギリシア神話に登場する絶世の美女）に揺さぶりをかけましたか？」

「いいや。話したことは本当だの一点張りだ。そりゃそう言わなくちゃならんだろうさ。前言をひるがえすとは期待してなかったよ。わたしが望んだのは――そして、うまくいったと思いたいのだが――彼女を怯えさせることだ。使用人から何か聞き出せたか？」

「ほとんど何も。執事は、ネヴィル青年があの晩十二時半頃車道を歩いて行くのを見ていました。となると青年の発言内容は事実になります。さもなければ、わたしは時間の無駄をしたことになります。古風な使用人ですな。屋敷に長年勤めて、だんな様も妹様も好きなようだし、無駄口をきかない。考えてみれば、彼らのようなタイプがすくないのは嘆かわしいことです――警察側にとっての話じゃありませんがね。ミセス・ノースは夫と共謀したという印象ですか？」

「わからんね。彼女の姉が弁護士に相談するまで何も言うなと忠告したんだ。だからそれ以上押さなかったよ」

「いかにも片眼鏡のご婦人がやりそうな真似ですな！」感心しないというふうにヘミングウェイ

は言った。「わたしの若い頃は、女性はそんなことには疎かったもんです。女性解放ってやつには感心しません。自然じゃありませんよ。これからどうしますか？　ネヴィル青年を追いますか？」

「いや。わたしは署に戻るよ。ネヴィルと格闘しても無意味だ。彼に不利な証拠は銀行の当座借越ぐらいだし、本人もそれは心得ている。グラスが例の郵便配達夫と接触できていたらいいんだが。わたしの見るところ、めぼしいのはノースとカーペンターの二人だ。ノースの事務所に電話して、いるかどうか、あるいは出社したのかどうかたしかめてみるよ。運がよければ、ジェヴォンズがアンジェラ・エンジェルの情報を摑んだだろう。今朝一番にそれを言いつけたのだ。そう言えば、一つ手に入れたいものがあった。フレッチャーの写真なんだが。途中でグレイストーンズに寄って妹から一枚借りることにしよう。アンジェラ・エンジェルの所持品から写真は見つからなかったと思うが？」

「舞台の仲間のが数枚とチャーリー・カーペンターのだけです。ジミー・ゲイルに確認したのですが、彼女を囲っていた男の写真はありませんでした。晩年のアーネストの尻尾はなかなか摑めません。アンジェラは重要人物だと思われますか、ボス？」

ハナサイドは即答しなかったが、グレイストーンズの門にさしかかると言った。「見当もつかん。ノースが犯人だとすれば、答えはノーだ。だが、どうも彼女は今回の事件にからんでいる気がしてならない。彼女について調べてみても悪いことはあるまいよ」

ハナサイドが玄関のベルを鳴らすと、さほど待たせずにシモンズがドアを開けたが、お妹様はお出かけですと告げられた。ハナサイドが主人の写真を貸してくれないかと頼もうとしたその時、車道に臨む部屋から廊下にネヴィルがふらふらと出てきて、おずおずと笑みを浮かべた。「これはついてるなあ！　独りぼっちで退屈してた上に、監視されていたらと思うと外出もできません。叔母はぼくが目立つのを嫌がりますから。でも、漫画の主人公はどこに行ったのかな？　彼を連れてこなかったなんて言わないでしょうね？」

ヘミングウェイは片手で口を押さえた。ネヴィルの大きな目が咎める。「期待したほどぼくを好きになってくれないんですね」ネヴィルは間延びした喋り方をする。「彼に話せるネタを二つ覚えたんですが、長いこと記憶していられっこないんでね」

ヘミングウェイは、新しいネタとは何か訊きたい衝動を抑え、何気ない調子で「まあ、そうでしょうな！」と言った。

ネヴィル青年は人の心が読めるらしく、秘密めかしてこう言った。「ネタが何か言わせたいんでしょう。そうしたっていいけれど――でも人の知力を試そうとするもんじゃありませんよ――あいにく警視さんがご一緒ですからね。どういうことかおわかりでしょう。二つともひどくあけすけなんですよ。下品てほどじゃないんですが」

ヘミングウェイから哀願するような視線を向けられたハナサイドは、落ち着き払ってこう言った。「巡査部長にはまた別の機会に話せばいいでしょう、フレッチャーさん。叔母様にお目にかかりたくてお邪魔したのですが、代わりにあなたに力になっていただけそうです。二、三日拝借できるような伯父上の写真がありますか？」

「いいえ、全く！」ネヴィルは言った。「つまり、ぼくは持っていません。でも、持っていたとしても、お貸ししたくない。差し上げますよ」

「なんともご親切に、ですが――」

「いや、そんなことじゃないんです」ネヴィルは説明した。「写真が大嫌いなだけです。こうしましょう。客間のテーブルに一枚だけ載っている写真を差し上げます。実のところ、次に叔母を困らせるにはどうしたらいいかと思案していたところです」

「ミス・フレッチャーを困らせたいとは思いません。他に何か――」

「いや、ぼくは困らせたいんです」ネヴィルはあいかわらず優しげに言う。「差し上げたことは絶対言わないから。叔母は探索にかかるでしょう。そりゃ厄介なことになるでしょうよ。しかし善行の施しを始めて以来、それには自己犠牲がともなうことに気づいてしまいました。自己犠牲は人の品性をひどくそこなうのです」べらべら喋りながら、ネヴィルは二人を客間へいざなった。ネヴィルが言ったとおり、サイドテーブルの上にはスタジオ撮影した彼の伯父の大型写真がぽつんと立てられている。ネヴィルは写真の前で立ち止まり、呟いた。「お気に召しませんか？」

「ミス・フレッチャーが大切にしている写真を拝借したくないですな」ハナサイドは少々突っけんどんに言った。「他にもあるはずでしょう？」

「ああ、ありますよ。叔母のベッドの脇に！　でもそれはあげません、そんなのはぼくのやり方じゃない。誘導刺激薬と添加刺激薬の間には、およそ判別しがたいながらもたしかな一線があるのです」

「仰る意味をわかりたくもありません！」ヘミングウェイはがまんできずに言った。「気の毒な叔母様にたいそうな仕打ちをするんですな！」

ネヴィルはヘミングウェイをちらりと見た。「でしょう？　額縁は一緒にお持ちになりますか、それとも要りませんか、警視さん？」

「なしで持っていきます」ハナサイドは好奇心に駆られたような目つきで相手を見た。「わたしにはあなたの意図がわかりますよ。いささか独創的なやり方ですね」

「変人だと仰らなくて嬉しいですよ」額縁から写真をはずしながらネヴィルは言った。「変人と呼ばれるのは嫌いです。純粋な合理主義を形容するのに、凡庸な知性はそんな言葉を使うけれど。さて、ぼくは額縁を隠し、シモンズに口封じの賄賂をやります。今のところ大金の相続に見出せる唯一の利点は、賄賂という邪悪な権力を振るうのが可能になったことですよ」

「そして、あなたは写真立ての探索に加わるわけですね？」ヘミングウェイは不満の意と面白がる気持ちに引き裂かれながら言った。

「いいえ、それは偽善のにおいがします」ネヴィルは穏やかに言った。「ここでお別れしましょう、警視さん。もっと長居なさってお茶をどうぞとは言いませんよ、叔母が帰ってくるかもしれませんから」

ひとたび屋敷の外に出ると、ヘミングウェイは言った。「わかったぞ！　やっこさんの馬鹿みたいなほほえみから何を連想すると思いますか、ボス？」

「いや、何かね？」

「世間が大騒ぎするあの絵ですよ、わたしにはどこがいいのかわからないんですが。のっぺりした丸顔の女です、ずる賢そうな笑みを浮かべた」

「モナリザか！」ハナサイドはいきなり笑い出した。「ああ、きみの言いたいことはわかるよ。変わった若者だ。彼のことはどう解釈したらいいのかわからないな」

「ときどき」とヘミングウェイが言う。「無性に彼に殺人の罪をきせたくなることがありますよ。それでも、人殺しなんて彼にとっちゃ芸術的ではないのだろうと言わざるをえません。わたしに言わせれば、あのお坊ちゃまが全力を尽くすのは何かひじょうに微妙なことですから」

「きみの言うとおりだったとしても、いっこうに驚かんよ」ハナサイドは言った。

二人はまもなくバスに乗り込み、警察署前で降りた。グラス巡査は捜査から戻っていない。電話でノースが出社していないことを確認したハナサイドは、スコットランドヤードに電話をかけ、ジェヴォンズ警部が来たかどうか問い合わせた。警部にはすぐ繋がったが、ほとんど情報はなかった。ジェヴォンズは謎のパトロンがアンジェラ・エンジェルを住まわせていたフラットの建物を発見したものの、彼女のアパートメントだったところはスミスと称する男が借りている。守衛は問題の紳士をまた見ることがあったら見分けがつく自信があるそうだ。紳士は瘦せて色黒でたいへん身なりがよかったという。

ハナサイドは時計をちらと見て、ロンドンへ戻ることに決めた。ヘミングウェイには、グラスのつかんだ情報はなんでも聞き出すように命じ、署で落ち合う時間を決め、フレッチャーの写真をたずさえて署を出た。

グラスが姿を現すまでしばらく間があった。登場したときには、彼は憤怒の念に駆られているようだった。ヘミングウェイを見つけるやいなや、けわしい表情で言い放つ。「正しき者を悪しき道に惑わす者はみずから己の穴に陥らん！（『箴言』二十八章十節）」

「いったいどうしたんだ？」ヘミングウェイは言った。「一杯ひっかけたはずはないな、まだパブは開いていないんだから」

「願わくは我が魂たずねほろぼさんとするものの皆、恥じあわてんことを（『詩篇』四十篇十四節）。我が目を他に向けてむなしきことを見ざらしめ（同百十九篇三十七節）。しかはあれど、われは神の家にあるあおきオリーブの樹のごとし（同五十二篇八節）」

「おいおい、いったい何があったんだよ？」ヘミングウェイは詰問する。

グラスは陰気ににらみつけてきた。「わが目は下劣なものを、そして退廃的な女を見ました！」

「どこで？」ふいに興味が湧いてきたヘミングウェイは訊いた。

「けばけばしい汚れた家で目にしたのです。地獄の墓穴から逃げてきました」

「きみの言うのがぼくの考えていることなら、きみを恥に思うとしか言えないな」ヘミングウェイはきびしく言った。「いったいそんなたぐいの店で何をしていたのか訊きたいものだな。ボスは郵便配達夫を探せと命じたんだ。それがきみは命令に従うどころか――」

「わたしは命ぜられたとおりに行動しました。その男を見つけたのですが、わたしの脚は滅びの道へと導かれました」

「なあきみ、もうたくさんだよ。郵便配達夫の道徳観念をとやかく言う必要はないのだ。彼をどこで見つけようときみの知ったことではない、見つけさえすればいいのだから——しかし、郵便配達夫というものが郊外でその手のいたずらをもくろむとは夢にも思わなかったな」

「わたしは罪の家から彼を呼び出しました、そして彼の妻もまた——」

「なんだって?」ヘミングウェイは大きな声を出した。「おい、そのかわいそうな奴はいったいどこにいたんだ?」

「劇場です。悪魔の巣窟ですよ」

「おい、さっきからの大騒ぎは郵便配達夫が非番の時に女房を映画に連れて行ったせいなのか?」ヘミングウェイはあえぎながら言った。「きみは頭がいかれてるよ! いい加減にして、本題に戻ろう! 殺人の夜、彼はミセス・ノースを見たのか、見なかったのか?」

「我が心の不穏さのゆえにわめいてしまいました」グラスはうめきながら謝罪した。「しかし、報告はいたします」グラスは手帳を取り出し、激情は単調で事務的な声へと驚くべき変貌を遂げた。「六月十七日の夜、十時きっかりにグリン・ロードの角のポストを空けてしまうと、マーレイ・アストレー・ヴィラ十四番地在住のホレス・スマートなる郵便配達夫は自転車に乗り、グレイストーンズの門の前を通過して東に向かいました。スマートは、女性が車道を歩いてきたと供述しています」

「女性が何か持っていたかどうか、彼は気づいたか?」

「何も持っていなかった、片手で風に吹かれる髪を押さえていたと言っています。もう一方の手でスカートを持ち上げていたそうです」

「女性が誰だか――」ヘミングウェイは訊きかけたが、電話が鳴ったので受話器を取った。「スコットランドヤードだって？　そうだ！　繋いでくれ……もしもし。ヘミングウェイだ」

「カーペンターのことを摑みましたよ」受話器の向こうの声が言った。

「そうか？」ヘミングウェイの声に驚きがにじむ。「でかした！　奴はどこだ？」

「それはわかりませんが、今夜どこにいるかはお答えできます。〈手癖の悪いアレック〉から得た情報ですが、カーペンターは西バーンズレイ・ストリート四十三番地の地下室に出入りしているそうです。そこは――」

「ちょっと待て！」ヘミングウェイは鉛筆に手を伸ばす。「西バーンズレイ・ストリート四十三番地――地下室。バーンズレイ・ストリートの場所は？」

「いいですか。グラスメア・ロードをご存知ですか？　バーンズレイ・ストリートはそこからレッチリー・ガーデンズに走っています」

「レッチリー・ガーデンズだって？　我らがカーペンターにしては高級な場所だな」

「住むとすればそうですが、そこが自宅じゃありません。バーンズレイ・ストリートはそんなしゃれたところじゃありません。四十三番地は下宿屋のようです。カーペンターを連行しますか？」

「彼の居場所をきみは知らないと言ったんじゃなかったのか？」

「我々は知りませんが、下宿のおかみなら知っているかもしれません」

ヘミングウェイはしばし考える。「いや。どうかわからんが、彼に目をつけていることを知られたくない。自宅に帰るまで泳がせておこう。ここの仕事が片付いたらヤードで警視に会う。では、バーンズレイ・ストリートに行ってそいつに不意打ちを食わせよう」

「それが、〈手癖の悪いアレック〉がフェントンに言ったことによれば、夜遅くなるまで彼は来そうもないです。レストランで働いているので。他にご用は？」

「今のところはない。レストランで働いているのなら、朝になってから逮捕するようボスが決めるかもしれない。とにかく、これから会いにいくよ。じゃ！」ヘミングウェイは受話器を置くと満足そうに言った。「今度はうまく行くぞ、間違いない！」するとグラスが開いた手帳を手にし、顔をまじまじと見ながら待っているのに気がついた。「ああ、きみがいたんだ！　ぼくは何を話していたのだったかな？」

「スマートという男が、見かけた女性が誰だかわかったかとお尋ねになるところでした。そしてわたしの答えは『いいえ』です。彼は道路の反対側を歩いており、女性の姿を見ただけでした。片手で衣服を持ち上げ、片手で風に吹かれる髪を押さえていたそうです」

「そうか、なるほど。いずれにしても、それがミセス・ノースだと見て間違いはなさそうだな！」ヘミングウェイは書類をまとめて立ち上がった。グラスはどうやら自分がくぐり抜けた経験についてあいかわらず考え込んでいたらしく、ぶるっと震えてこう言った。「正しき者の光は輝き、悪しき者のともし火は消さる（『箴言』十三章九節）」

「言わせてもらうが」ヘミングウェイは書類をケースにしまいにかかる。「見た映画のせいでそこまでかっかするのなら、是非ともぼくも見てみたかったね。これまで本当の傑作に当たったたためしがないんだ――ぼくが傑作と呼ぶようなものにね」

「汝の悪しき思い、いつまで汝のなかにあるや（『エレミヤ書』四章十四節）」グラスは詰問した。「悪しき者、ほろぼさるれば、喜びの声起こる！（『箴言』十一章十節）」

「家に帰ってアスピリン飲めよ」ヘミングウェイはすすめた。「きょうは、これ以上きみにつきあいきれん」

「帰ります」グラスはポケットに手帳をしまう。「イナゴのように翻弄されました」

ヘミングウェイは返事をしてやらず、オフィスから立ち去った。あとでスコットランドヤードのハナサイド警視の執務室で上司に会った時には、ヘミングウェイはこう言った。「しくじりましたな、ボス。かわいそうなグラスをイナゴに変えてしまったんですからな。全くあんな騒ぎは聞いたことがありませんよ！」

「いったいなんのことだ……？」

「彼を地獄の巣窟に導いたのです」ヘミングウェイはおおげさに言った。「回復させるべく、もう帰っていいと言ってやりましたよ」

「何を言っているのかね？」ハナサイドは苛立つ。「グラスを忘れて事件に関心を向ければ――」

「彼を忘れるですって！　そうできれば嬉しいですよ！　警視のおかげで彼は映画に行き、それについてのやっこさんの言い草ときたら身の毛がよだちますよ。それでも彼は郵便配達夫を見つけ、そしてミセス・ノースは確かに十時頃目撃されていました――彼女だと認識されたわけではありませんでしたが――彼女は何も持っていませんでした。いずれにせよ、彼女はグレイストーンズを辞した時刻については真実を語っていたわけです。カーペンターのことはお聞きになりましたか?」

「ああ。その件でローソンと話した。なじみの〈手癖の悪いアレック〉から聞き出したところによれば、午後九時半すぎに自宅でカーペンターをつかまえられそうだ。奴のところに立ち寄るとしよう、巡査部長」

ヘミングウェイはうなずいた。「承知しました。時刻は?」

「ああ! 三十分の猶予を見よう、確実につかまえるためにな。十時にグラスメア・ロードとバーンズレイ・ストリートの角で落ち合おう。ところで、チャムレイ・マンションの守衛にフレッチャーの写真を見せたら、即座に彼だと認識したよ。やはり彼が〝スミス〟だったのだ」

「まあ、その点はさして疑いがなかったのではありませんか?」ヘミングウェイは言った。「守衛は他にも何か話しましたか?」

「意味のあることはたいしてない。フレッチャーと接した人間の例にもれず、ひじょうに魅力的な人物だと思ったようだ。あの娘については、亡くなった時にゲイルに話した以上のことは知らない」

「アンジェラ・エンジェルの自殺とアーネスト殺しは関係があるようですね」ヘミングウェイは思案する。「でも、そのどこにノースがはまるのか、さっぱりわからない」

「カーペンターの話を聞いたらわかるんじゃないかな」ハナサイドは応じた。

「いわゆるすべての謎を解く鍵ですね」ヘミングウェイは同意した。

夜、ヘミングウェイは十時より若干早く約束の場所に到着した。バーンズレイ・ストリートは、大通りのグラスメア・ロードとお高くとまったレッチリー・ガーデンズをつなぐさえない道のようだった。なじみのあるグラスメア・ロードは交通量が多く、バス停からほど近いバーンズレイ・ストリートの角にはコーヒーショップがあった。ヘミングウェイはコーヒーを注文し、店主と無駄話を始めた。ほどなく、数百ヤード向こうの地下鉄の駅からグラスメア・ロードをハナサイドがやってきた。

「やあ」ハナサイドは店主にうなずいてみせる。「書き入れ時じゃなさそうだね？」

「まずまずですよ」店主は答えた。肩越しに親指を向ける。「あとでリーガル・シネマからお客が出てきます。そりゃ今は静かですけど、まだ早い時間ですんでね。文句は言えませんや」

ヘミングウェイは空になったカップと受け皿をカウンターの向こうに押しやり、陽気におやすみと言って上司とともに店を出た。

空には雲が出ていた。日中の光が完全に消えたわけではないものの、あたりは暗くなりつつある。レッチリー・ガーデンズに向けて半円を描くバーンズレイ・ストリートは、街灯がとぼしく、うらぶれた家並みが続く陰気な通りだった。通りをなかほどまで行くと四十三番地が見つかった。一階の窓にアパート売り出し中と貼り紙されており、玄関まで六段、低い階段が続く。アパートの最上部には明かりがついているが、地下は暗闇に包まれている。「どうやら、早すぎたようですね」ヘミングウェイは呼び鈴を鳴らすための取っ手を引っ張りながら言った。「もちろん、彼が本当に一流レストランで働いているのなら、こんな時間には帰っていそうにありませんが」

「やってみるしかない」ハナサイドは応じた。

しばらくののち、ヘミングウェイはもう一度取っ手を引いてみた。三度目に挑戦しようとした
そのとき、ドアの採光窓に明かりが灯り、スリッパの足音が近づいてきた。

ドアを開けたのは、不機嫌そうな顔つきの太った女性だ。彼女は細目にドアを開けると嚙みついた。「はい?　なんの用?　下宿の申し込みなら、もうふさがってるよ」

「だとしたら、胸がつぶれる思いがしますね」ヘミングウェイが即答した。「あなたみたいに魅力的な人には会ったことがないなあ。ひと目見てくらくらきましたよ」

「失礼なこと言わないでもらいたいね」女性は嫌悪感をむき出しにする。

「じゃあ、教えてくださいよ。カーペンターさんはいますか?」

「あの人に会いたいんなら、なぜ地下階段を降りていかないんだい?　あたしがひと晩中一番上の階から下まで階段を駆け上がったり駆け降りたりする以外することがないみたいに、ガランガラン呼び鈴を鳴らすんじゃないよ!」

「走るですって?」とヘミングウェイ。「やってみなさいよ!　あなたには無理ですよ!　さあ、落ち着いて腹を割って話しましょうや。チャーリー・カーペンターは中にいるんですか?」

女性は苦々しげに言った。「ええ、いますよ。用があんなら、降りてってドアをノックすればいいんだ」

「そりゃご親切に」ヘミングウェイは言った。「走る芝居を見せてください。あなたとわたしで

下に降りましょう。あなたがノックして、ミスター・チャーリーに目を閉じてドアを開けろ、そしたら妖精が運んできたものを見せてやる、と言うんですよ」

「へえ、あたしが言うのかい?」女は猛烈に怒っていた。「で、誰がその通りにすると言った?」

ヘミングウェイは名刺を出して相手に見せた。「ぼくはこういう者だよ、クララ、だけどウィリーと呼びたきゃそう呼んでくれてもいい。ずいぶん、ぼくに惚れてるようだからね。さあ、行こう!」

女は苦労して名刺の字を読むと、ますますヘミングウェイが嫌いになったらしい。「あたしはちゃんとした女ですよ。おまわりなんかに家をかぎまわってほしくありませんね。だいたい、あんたらにうろつかれる筋合いはないんだ。あの若い人が犯罪に関わっているとしたって、あたしの知ったこっちゃないんだし、あんたに教えてますよ!」

「じゃあ、ぼくは知ったんだから、行ってみようや」ヘミングウェイは言った。

女はぶつぶつ文句を言いながら地下階段まで案内した。ハナサイドはヘミングウェイにうなずき、あたりを観察しながら戸口にとどまる。

女主人が地下室のドアをせっぱつまった様子で叩いても、返事はなく、なんの物音もしない。

「おかしいね。そんなに早寝はしないのに」彼女はさらにどんどんドアを叩く。「また出かけたんでしょ。ま、こういうことですよ、これであんたも満足したでしょ」

「おばさん、ちょっと待って!」ヘミングウェイは女主人を脇へ押しながら言った。「部屋を見ることに異存はないね?」

言いながらヘミングウェイがドアノブを回すとドアは開き、彼は明かりのスイッチを探った。「あんたの言うとおりらしいな」彼は部屋に足を踏み入れながら言った。

だが女主人の言ったとおりではなかった。チャーリー・カーペンターは出かけてはいなかった。完全に衣服を整えてドアと反対側の壁につけられたベッドに横たわっていた。死んでいることは一目瞭然だ。

ヘミングウェイの肩越しに覗き込んでいた女主人は金切り声を上げ、薄暗い廊下に引っ込んだ。「静かに！」ヘミングウェイはそっけなく言った。部屋を横切って転がった死体の上にかがみ込み、手に触れる。まだ温かい。

階段でハナサイドの声がした。「問題発生か、ヘミングウェイ？」と呼びかけてくる。

ヘミングウェイは戸口に行った。「いささか遅すぎたようですよ、ボス、それが問題です。こちらでご覧になってください」

ハナサイドは階段を降り、女主人の青ざめた顔をじろりと一瞥してから正面の部屋に入ってきた。

ヘミングウェイはベッド脇に立っていた。その明るい色の目は冷静に死者を観察している。ハナサイドが思わず声を発したので、ヘミングウェイは顔を上げた。「予想外のことが起きましたね」

ハナサイドはひどく深刻な顔つきで死体の上にかがみ込んだ。カーペンターは、アーネスト・フレッチャーと同じ手口で殺されていた。だが、フレッチャーは無防備なところを襲われたようだったのに、このみすぼらしい地下室には争った形跡がある。椅子が一脚ひっくり返り、敷物が皺になり、死者のくしゃくしゃのカラーの上に覗く白い喉にはどす黒いあざがある。

「同じ手口だ――おそらく凶器も同じだろう。だがこの男は犯行を予測していた」ハナサイドは呟き、肩越しに後ろを見た。「署に連絡だ、ヘミングウェイ。それからあの女を追い出してくれ。取調べに答える義務があると言うんだ。何か知っていそうだからじゃないぞ」

ヘミングウェイはうなずき、部屋から出た。一人部屋に残ったハナサイドは、遺体から周囲の状況へと視線を移した。ほとんど何もわからない。家具はとぼしかったが、壁には何枚もの写真と彩色画が飾られていた。額縁に入っているものもあれば、画鋲で留められているものもある。暖炉の上の汚れた鏡の枠にも数枚差し込まれていた。部屋の一角に引かれたカーテンは、安物のスーツ数着と靴数足を隠していた。窓の手前の鏡台には、ヘアオイル、シェーヴィング・ローション、マニキュア、香水がずらりと並んでいる。その光景にハナサイドは顔をしかめ、ハンカチを取り出すと手にかぶせ、鏡台の一番上の引き出しを二つ開けた。一つにはさまざまな色の靴下とハンカチが入っていた。もう一つのほうは、ネクタイの山の下に大量の手紙、古いプログラム、演劇のビラ、新聞の切抜きだ。

ヘミングウェイが戻ってきた時には、ハナサイドはすべてを一つにまとめ、立ったまま、新聞から切り抜かれた写真を手にして眺めていた。ヘミングウェイが部屋に入ってくると、ハナサイドは頭をめぐらし、無言のまま切抜きを部下のほうに突き出した。

ヘミングウェイはそれを手に取り、読み上げた。「『競馬場でのスナップ写真。ダン閣下令夫人、ミス・クローディン・スウィジン、アーネスト・フレッチャー氏』驚きましたな！　これでXは除外ですね、ボス？　他に何かありましたか？」

「まだだ。室内の指紋検出の結果を待つとしよう」ハナサイドは手をハンカチで覆ったまま、ドアから鍵を引き抜き、外側に差し込んで部屋を出た。

ヘミングウェイはあとに続き、上司がドアに鍵をかけてポケットにしまうのを見た。「おかみは台所です。次に何をしたらいいでしょう？」

「コーヒーショップの主人が三十分前くらいに通行人を見たかどうか訊いてくれ。待て、カーペンターが正確にいつ帰宅したか、わたしがおかみに訊いてみよう」

ハナサイドが奥の台所へと廊下を歩いていくと、女主人は気付けにジンをあおっていた。ハナサイドが姿を現すと、彼女はさっと瓶を隠し、まくし立てた。あたしは何も知らない。かわいそうな亭主は、このことを聞いたらショックで死んでしまうだろう、今はインフルエンザで上で寝込んでいる、あたしはさっきまで亭主と一緒だった。誓って言えるのは、九時三十分にはカーペンターは生きていた、ということだけだ。なぜって靴屋から靴の包みが届いていないか下から怒鳴るように訊いたからだ。まるで届いているのにあたしが部屋に持っていかなかったみたいな言い方だったもんだから、こっちも言い返してやった。

「落ち着いて！　あんたに知られずに誰かが家に入ることはできたのか？」ハナサイドは訊く。

「みんなそうしてましたよ、あたしの知るかぎりでは」女主人はむくれて言った。「入るとしたら、地下勝手口のドアですけど、あたしのせいじゃありません。カーペンターさんが入った時にかんぬきをかけるべきだったんです。あの人が面倒くさがって鎖をかけないのは、これが初めてじゃありませんよ。鍵は失くすし。新しい鍵を作ろうと思ってたとこです」

「彼はあのドアを使っていたのか？」

「ええ、そうです。そのほうが面倒じゃないからでしょ？」

「この家の住人は他に誰が？」

「あたしと亭主と娘のグラディスと、二階の正面の部屋の人です」

「それは誰？」

「すごくいい人ですよ。女優さんだけど、今は舞台を休んでます」

「一階には？」

「誰もいません。出かけてるんです。バーンズさんて人で。石鹼の行商をしています」

「カーペンターがここに下宿してどれくらいになる？」

「六カ月です。いい青年でしたよ。それに粋でね」

「彼とは親しかったのか？　自分のことを何か話していたか？」

「いいえ。何も質問しなければ、嘘も聞かされない、そういうことです。家賃を払ってくれさえすれば、他のことはどうでもいいんです。ちょっと問題を抱えた人だろうとは思いましたけど、あたしは自分に関係ないことに首を突っ込むたちじゃないんでね。人は人、自分は自分てのがあたしのモットーです」

「なるほど、今のところはこれだけだ」ハナサイドは彼女のもとを辞し、廊下を歩いて地下に通じるドアまで行った。かんぬきははずされ、壁際に鎖がだらりと垂れ下がっている。

数分後、家の外に警察の救急車が止まった。所轄の監察医、カメラマン、指紋の専門家がすぐに地下室で仕事にかかった。ヘミングウェイの目撃者探しの手伝いに、初々しい若い巡査部長が派遣されてきた。

ヘミングウェイ巡査部長は、カーペンターの遺体が搬送された直後に戻り、地下室のハナサイドのところへ行った。ハナサイドは警部補の助けを借りて死者の所持品を調べていた。

「で？」ハナサイドが言った。

「収穫はありましたよ」ヘミングウェイは答えた。「コーヒーショップの主人が店に着いた時は九時半になっていたそうです。その後彼が目にした通行人は、警視とわたしと当番の巡査を除けば、中背のタキシードを着た男だけです。グラスメア・ロードのタクシー乗り場を目指して道路の反対側を急ぎ足で歩いていたそうです。どうお考えになりますか？」

「男の人相は？」

「わかりません。よく見ていなかったそうです。暗くて顔まで見えなかったと言っています。でも主人が言うことには、その男はコートを羽織っておらず、手ぶらだったそうです。二度あることは三度ある、とはこのことですな！　凶器が見つかったかどうか訊くまでもないようですね。見つけたと仰っても信じませんよ」

「見つからなかった。コーヒーショップの主人の供述を裏づける人間は見つかったか？」

「もしこれを裏づけと呼べるなら」ヘミングウェイは嘲笑的に言った。「通りの向こう端でカップルが塀に寄りかかっていいます。想像つくでしょう。この一時間、キスしたりいちゃついたりしてたんです。二人の言うことはたいして当てになりませんが、女が言うことには、三十分くらい前にタキシードを着た紳士が通りかかったそうですよ。あの道は人通りの多いところじゃありません。道の向こうの家にラインをやりました。誰かが窓から外を見ていたかもしれませんから」

「向こう端のカップルは、タキシードの男が杖を持っていたかどうか気づいたか？」

「いいえ。最初、二人は誰も見なかったと言ったんです。連中がいわゆる〝ふいに思い出す〟まで、ちょっと問いつめなくちゃなりませんでした。すると女が道向こうの家の玄関から白いシャツを着た男が出てきたのを思い出したのです。ボーイフレンドは一生懸命考えてから、そういえば確かに誰かを見た、注意して見なかったけど、と言いました。それが巡査が通りかかった前かあとかは、はっきりしないとか。コーヒー屋が信用できるとすれば――わたしは信用できると思いますが――男が通りかかったのは巡査より少し前です。それだけでなく、二人の進行方向は逆でしたから、二人がすれちがった可能性もわずかながらあるのです。巡回していた奴をつかまえましょうか？」

「うん、できるだけ早くやってくれ。彼は疑わしいものを感じなかったのだろうが、もしもタキシードの男とすれちがっていたなら、人相を説明できるかもしれん」

「わたしの考えを言わせていただければ、男の正体は見当がつきますよ」ヘミングウェイは言った。「ノースに決まってます。ですが彼が凶器でやらかしたことには、とまどっちまいますね。手荒な真似なんてあの男に似合わない。何かご意見がありますか、ボス？」

「いや。男がノースだったとして、カーペンターを殺さねばならなかった理由も見当がつかない」

ヘミングウェイは相手をじっと見た。「ですが、簡単明瞭なことじゃありませんか、警視？　カーペンターはアーネスト殺害の現場を目撃したに違いありません。わたしの勘では、告発してやると言ってノースを脅迫していたと思いますね」

「なあヘミングウェイ、もし九時五十八分、カーペンターがフレッチャーから見送られたとして、どうやったら殺人を目撃できるんだ？」

「敷地から見送られなかったんでしょう」ヘミングウェイはゆっくりと言った。「ミセス・ノースの作り話じゃありませんか」いったん言葉を切ってから顎をかいた。「ええ、仰る意味はわかります。彼女も事件に関与しているということでしょう？　チャーリー・カーペンターは、我々が考えていた以上に今回の件をよく知っていたようですね」

第十一章

　警察署でハナサイドから取調べを受けた恋人たちは、大いに協力の姿勢を見せた。だが二人の供述は曖昧でしばしば矛盾しがちであり、どちらも貴重な証人とは考えがたかった。娘のほうは夜遊びが好きな見習い中のメイドで、タキシードの男を見たという事実が予想以上に警察から重要視されていると知った途端、最初に認めたよりも多くのことに気がついたと言い出した。

「その人変だと思ったわ」娘はハナサイドに言った。「そうよ、思ったもの、おじさんへんてこに見えるわって！　わかるでしょ、おかしいのよ」

「どんなふうにおかしいのかね？」ハナサイドは尋ねた。

「そんなの、わかんないわよ！　つまり、うまく言えないけど、なんか引っかかるとこがあったのよ、歩き方がさあ――すごく速くて。ギャングみたいに見えたわ」

　ここで恋人が口をはさんだ。「馬鹿言えよ！　そんなこと思わなかったくせに」

「あら、思ったもん、シド。本当のことなんだから！」

「そんなこと言わなかったじゃないか」

「言わなかったけど、そんな感じがしたのよ」ミス・ジェンキンズはわけありげに言う。

「きみの感じなんて！」

「ねえお嬢さん」ハナサイドが遮った。「男は黒髪でしたか、金髪でしたか？」

しかしミス・ジェンキンズはこの点については明言しなかった。重ねて問われると、あんまり暗くて見えなかったと答えた。恋人のシドニー・ポッターが甘やかすように言う。「きみは何も見なかったのさ。まあ、こういうことですよ。ぼくと彼女はおしゃべりをしてたんです。ぼく達、とくに誰かが気になったってことはないです。その、たしかにどういう人を見たなんてことはないんです」

「きみはタキシードの男を見たかね？」

ポッターは用心深く言った。「よく覚えていません。二人か三人通りかかりました。でもとくによく注意しなかった。こういうことです。道路の反対側を上流紳士風の男が歩いていたような気はするけど、誓う気はありません」

「そうよ、それからその人、おまわりさんとすれちがったはずだわ、それに」ミス・ジェンキンズが口をはさんだ。「男の人が通ったとき、おまわりさんを見てから一分しかたってなかったもの。おまわりさんの目と鼻の先で男の人が殺ったなんて。おお、神経の図太い人もいるものね！あたしの勘じゃギャングの仕業ね」

「馬鹿だなあ！　警官なんてとうの昔からいるじゃないか」ポッターが甘ったるい口調で言う。

「おいおい、そのくらいにしとけよ！　なんにも覚えてやしないんだから」

この意見にはヘミングウェイ巡査部長も同感で、恋人たちが帰ってからうんざりしたようにこう言った。「全くとんだ目撃者達ですよ！　あの二人がわたしが見つけた時の調子でひと晩中過ごしていたとして、一人でも人間に気づいたら驚きですよ。ありゃいちゃつき以外の何物でもありません。いったいどうしたら何時間もあんなことして過ごせるのか、知りたくもないですね。女のほうは新聞に写真が載ればいいと思ってるんですよ。ああいうたぐいの女を見たのは初めてじゃありません。ポッターだってまともとは言えませんがね。要するに、二人とも全く役立たずですよ」

「だが娘はタキシードの男を見た。それはコーヒーショップの主人の話の裏づけになる。おまわりさんの言い分が楽しみだな。タキシードの男が通った直後に警官を見たという娘の供述が本当ならば、進展があるかもしれない」

だがそばかすのあるまじめくさった若いマザー巡査が入ってくると、残念そうにバーンズ・ストリートを通った時、タキシードを着たような男は見なかったと言った。

「やれやれ！」ヘミングウェイは苛立たしげに言った。「言わんこっちゃない。ちょっとおもしろい話を作ってみる、それが馬鹿な連中のやることですよ」

ハナサイドは若い警官に言った。「現場を通った時、四十三番地の地下室に明かりがついていたかどうか見たかね？」

「それはミセス・プリムの家です」マザー巡査は言った。「すみませんが、一分ほど考えさせてください」

ヘミングウェイは鳥のような目を興味で輝かせてマザー巡査を見た。「知っているか知らないか二つに一つだ」

ヘミングウェイの顔に真剣な灰色の目が向けられた。「通りを歩ききるまでは無理です。それを今やっているのです――一分待っていただけませんか。思い出そうとすれば、思い出せますから」

「続けて」ハナサイドは、疑り深いヘミングウェイを黙らせるよう眉をひそめてみせた。

沈黙が流れる間、マザー巡査はバーンズレイ・ストリートに意識を投影しているらしかった。最後に決然とした口調で彼は言った。「はい警視、明かりはついていました。三十九番地――それがミセス・ダグデイルの家で――窓は開いていたけれどかんぬきはかけてあったから、問題なしでした。そして次の家、四十一番地ですが、そこは真っ暗でそれから地下室に明かりのついている家がありました。それが四十三番地です」

「わかった」ハナサイドは言った。「確信はあるのか?」

「はい、警視」

「部屋から物音は聞こえなかったか? 何か異常を感じなかったか?」

「いいえ、警視。ブラインドが下ろされていて、何も聞こえませんでした」

「明かりがついていたのなら、殺人犯が中にいたのかもしれません」ヘミングウェイが言った。

「わたしには、カーペンターを殺《や》った犯人が中にいて、逃げるためにきみが通り過ぎるのを待っていたと思えるな」

巡査は落胆したようだった。「はい、巡査部長。全く面目ありません」

「きみが悪いんじゃない」ハナサイドは言って、彼を放免した。

「結構な事件じゃありませんか？」ヘミングウェイが言った。「これでタクシーの運転手が男の顔をちゃんと見てなかったとなると、我々も楽になりますね」

彼はがっかりすることにはならなかった。しばらくののち、ハナサイドとともにスコットランドヤードに戻ると、伝言が届いていた。ヘンリー・スミスというタクシー運転手が、グラスメア・ロードで客待ちしていると、タキシードの紳士に拾われ、ピカデリー・ホテルまで行ってくれと頼まれた。その客がたしかにホテルに入っていったかどうかは、なんとも言えない。その紳士をしげしげ見たわけではないが、中肉中背の印象がある。顔はよく覚えていない。よくいる容姿の良い男だった。

「まあ、いずれにせよバッドじゃないですね」ヘミングウェイが言った。「まともな感覚の人間なら、彼を見た目がいいとは言わんでしょう。指紋の結果ははずれでしたよ、ボス。誰がやったにせよ、手袋をはめていたんです」

「そして凶器の痕跡がない」ハナサイドは眉をひそめて言う。「重量のある鈍器を力をこめて振るった。実際、フレッチャー殺害に使ったのと全く同じ凶器だ」

「とにかく、グレイストーンズでその点を見逃さなかったのは救いです」ヘミングウェイは陽気に言った。「殺人犯は帽子に隠して立ち去ったに違いありません。カーペンターの書類から何か得るものがありましたか？」

「大きな手がかりは何もない。これがあった」

ヘミングウェイは相手から折り畳んだくたくたの手紙を受け取って広げた。サインをひと目見て、叫び声を上げた。「アンジェラだって！　これはこれは！」
日付のない手紙は長いものではなかった。丸っこい下手な筆跡で、いきなり本文から始まっている。

チャーリー――あなたがこの手紙を受け取る頃、わたしはもう前の住所にはいません。あなたはたいして気にも留めないでしょうけれど、理由を告げずに出て行きたくはないのです。いろんなことがあったし、あなたは悪いことに手を染めてしまったし、悪い友だちとつきあっているけれど、愛しいチャーリー、過ぎた日々を忘れることはけっしてないわ。でも、今はあれは本物じゃなかったのだとわかります。なぜって、本物を見つけた今、すべてが違って見えるのですから。彼の名前は教えないわ。あなたがどんな人だかわかっているもの、チャーリー、あなたには誠実さってものがないし、名前を知ったら面倒を起こすでしょうからね。お別れするのは、あなたが恥ずべきことをしたからとは思わないでね、愛は死と同じくらい強いものだと知ったからなの。もしもあれが本物だったなら、わたし、あなたから離れなかったでしょう。どれほど大量の水も愛を消すことはできないし、洪水も愛を鎮めることはできないのですから。世間の人たちからよくそんなことを聞かされました、あとは教会についていろいろとね。でも、わたしも今は少し利口になりました。

ヘミングウェイは手紙を読み終えると、ハナサイドに返しながら言った。「この娘はのぼせあがっていますね？　アーネストにこんなふうになっている人間を考えてみてくださいよ！　チャーリーがムショにいる間に書いたんでしょうな。補強証拠にはなります。おそらく彼女はアーネストのために自殺して、チャーリーって奴は目をつけた相手をゆするような汚い小悪党だったんでしょう。で、我々の状況はどうなんでしょう？　カーペンターはアーネスト殺害の現場を見たと思われますか？」

「見た場合、二つ問題が生じる」ハナサイドは答えた。「殺人犯はカーペンターを見ただけでなく、誰だか認識したのか？　または、カーペンターは殺人犯が誰だか認識して、脅迫しようとしたのか？」

「ねえ、ボス、ノースを犯人とみなしていいのでしょうか、それとも全く目星をつけていないあらたな容疑者がいると考えるべきなのでしょうか？」

「わからんよ。わたしには、ほとんどすべてがノースを指しているように見える。だが、それは違うのだな。ノース説に有利なのは、ノースのイギリスへの予定外の帰国、殺人の夜の解明されていない行動、ミセス・ノースの奇妙な行動、そして彼の容姿と一応は符合する今夜のバーンズレイ・ストリートの男の存在だ。にもかかわらず、我々はノースの性格を第一に考えるべきだと思う。彼の義姉がノースは馬鹿じゃないと言ったが、その言葉は当たっている。しかし、一人目の殺し方と全く同じやり方で二人目を殺す以上に間抜けで愚かしいことがあるだろうか？」

「よくわかりません」ヘミングウェイが口をはさんだ。「それを考えてみると、心配になりませんか？　彼が警視の仰るほど切れ者なら、できるだけぎこちないやり方で被害者を殺そうと思いつくかもしれません。それだけでなく、この事件は見かけほど間が抜けてはいません。犯人は指紋を残さなかったし、奇術師よりもたくみに凶器を隠す芸当をやってのけたんですからね」

「うん、わたしもそれは考えた」ハナサイドは認めた。「だが、他にも問題がある。あのような地位にある男が、いつ、どこでカーペンターと知り合ったのだろう？」

「アーネスト殺害の夜、グレイストーンズででしょう」ヘミングウェイは即答した。「ボス！　ミセス・ノースの二番目の供述はとりあえず忘れましょうよ。彼女がアーネストのところにいる間、カーペンターは庭に隠れていたとして――」

「脅迫しにきたのに、いったいなんだって隠れるのだ？」

ヘミングウェイはしばし考えた。「ミセス・ノースと全く同じ理由で隠れたことにしては？　小道を進んでいた時、彼女が後ろで門を開けた音がしたのかも――」

「ありえない。だとしたら、彼はバッドと出くわしてしまうが、会わなかったのだから」

「わかりました」ヘミングウェイは辛抱強い口調で言った。「彼はずっとグレイストーンズにいたことにしましょう。バッドがまだアーネストと一緒の時にやってきた。バッドが立ち去った瞬間に隠れ場所から飛び出したりせず、確実に危険がなくなるのを待った。そこへミセス・ノースが庭に入ってきたので、彼はそのままひそんでいた。彼女がアーネストのもとを辞したところへ、ノースがやってきた。彼女は我々に話したとおり隠れ、夫が来たと知り、逃げた――いや、逃げたんじゃない！　十時直後に、郵便配達夫が彼女が正面玄関から出るところを見たんだ！　ちょっと待ってください！　そうだ、わかったぞ。ノースは、九時四十五分と十時の間にアーネストを殺害し、庭の門から立ち去り、それをミセス・ノースと我らがチャーリーに見られた。チャーリーの存在を知らぬまま、ミセス・ノースは書斎に忍び込み、刺激的な光景が繰り広げられていたのかを知った。アーネストを見つけ、パニックに陥って屋敷から逃げ出した。その間に、カーペンターは庭の門から出て行った――それが十時二分――そこをイカボドに目撃され、ノースと同じ方向に逃げていった。ノースの姿に目を留め、あとをつけていって――」

「どこまでだ？」

「町までだと思います。相手の正体を突き止めるために、フラットまでつけていったに違いありません。その後、ノースを脅迫し、ノースとしては当然カーペンターを消さねばならなかった。お気に召しましたか？」

「そうでもない」とハナサイド。

「まあ、わたし自身あまり気に入っていません」ヘミングウェイは白状した。「問題は、どの方向で考えてみても、ノースの奥さんの話ですべてが台無しになることです。我々は、彼女がいつのまにか茂みに隠れたと信じるようになりました。足跡があったからです。同様に、郵便配達夫の証言があったから彼女が屋敷に戻ったと信じるようになりました」

「その通りだ」とハナサイド。「そして、きみの最新の理論によれば、フレッチャーが死んでから彼女は書斎に戻った。きみ、現場の写真は見ただろうあんなに神経が張りつめた女性が窓からあのような光景を目撃して、わざわざ書斎に入ると思うかね？」

「女というのは、その気になったら何をするかわかりゃしませんよ、ボス。彼女は自分の借用証書がほしかったんです」

「それは甘いぞ、ヘミングウェイ。彼女は、フレッチャーの死体を動かさないかぎり引き出しを開けることができなかった。室内に入る以前にそれがわかっていたはずだ。応急手当を試みるために部屋に入ったのではない、と考えて差し支えないだろう。手当てする気があれば、黙って屋敷から抜け出したりせず、助けを呼んだはずだからな」

「殺人犯が自分の夫だと知っていたら、助けようとしたかもしれません」

「知っていたなら、そもそも書斎に入るとは思えんぞ。夫婦が共謀しているのでないかぎり、まあその仮定はあらゆる証拠に反するものだが、彼女が殺人を目撃したとは思えないな」

「待ってください、警視！　わかりました！」ヘミングウェイが言った。「植え込みの陰にいるのに書斎を覗き込むのは無理じゃありませんか？」

「ああ」

「でしょう！　ノースは十時二分に出て行きました。彼がイカボドが見た男です。ミセス・ノースは、何が起きているか知らぬまま、書斎の窓まで忍び寄りました。それで説明がつくのではありませんか？」

「そこまではな」ハナサイドは同意した。「カーペンターはどうなる？　まだ待ち伏せ中ということか？」

「まさにそうですよ。ミセス・ノースが書斎を通り抜けたはずはないと仰ったでしょう。でも、そうせざるをえなかったんですよ！」

「なぜだ？」

「イカボドですよ！」ヘミングウェイは勝ち誇ったように言った。「彼女が小道を通って姿を消そうとした時には、イカボドは門まで来ていたはずです。書斎にアーネストの死体が転がっているのに庭に隠れるような危険は冒さないわけです。なんとか逃げなければならない状況で、最善の手段は屋敷から出ることでした」

ハナサイドは強く興味を引かれたような目つきで見あげた。「おいおい、巡査部長君、それもありえるかもしれんな！　だがカーペンターはどうなったんだ？」

「もし小道沿いの植え込みに隠れていたのなら、イカボドが書斎に向かう途中で追い越されたとしても門までこっそり戻ることはできたでしょう。そうしたはずです」

「その可能性はあるが、もう一人の男が十時二分に門から出て早足でアーデン・ロードに向かい、角を曲がるところをグラスに目撃された事実をふまえるなら、カーペンターはどうやって、まず相手の行った方向の見当をつけ、さらに相手に追いついたのだ？」

「そこなんですよ」ヘミングウェイは白状した。「よほどついていたのでなければ、追いつくことはなかったでしょう」

「なら、彼がノースを知っていたことの説明はどうする？　ノース家はこれまで新聞に出たことはないんだ」ハナサイドはいったん言葉を切り、鉛筆で机を軽くとんとんと叩いたが、ようやく「我々は、何か見落としているのだ、ヘミングウェイ」と言った。

「だとしたら、それが何かを知りたいものです！」ヘミングウェイは応じた。

「それを我々は摑まねばならない。むろん、ノースから聞き出す手もあるかもしれんが、無理な気がする。頑として口を割らないんじゃないかな」

「昨夜とアーネスト殺害の晩の行動について、彼は説明する義務がありますよ」

「ああ。だが彼が立証できないアリバイを証言したのにそれを崩すことができないようなら、自分が情けないよ。彼とカーペンターの関係をたどるか、彼が昨夜バーンズレイ・ストリートにいたと証明できるまでは、彼を容疑者扱いする気は毛頭ない。彼の妻に揺さぶりをかけて喋らせるか――妻を揺さぶることで彼を喋らせることができるまでは」と、最後にひと言付け足した。

「ノースには、チャーリーが働くレストランで食事を取った可能性だってないことはないと思いますが」ヘミングウェイが自信なさそうに言ってみた。

「その可能性ははなはだしく低いな」がハナサイドの答えだった。「ノースはかなりの資産家だ。なぜそんな男がわざわざフルハム・ロードのうらぶれたレストランに行かなきゃならなかったのか教えてくれたら、きみに感謝してもいいよ。あのレストランを訪問した時、きみも一緒だったろ。ノースがあんなところにいるのを想像できるか？」

「いいえ、ですがソーホーのレストランに行くのはそれ以上に想像できません」ヘミングウェイは言った。「それでも、ソーホーのどこかで食事したと見るほうが賢明でしょうな」

「ソーホーは別だ」ハナサイドは目の前に散らかった書類をまとめ、机にしまった。「もう帰る時間だ、巡査部長。ノースに会うまでこれ以上やることはない。朝一番に彼のところへ行くつもりだ――彼が家を出る前ということだ。今回の件の始末についてはきみに任せる。審問には出なくていい。カーペンターの過去を洗ってくれ。ノースの家にはグラスを連れて行く。部下が必要になった場合のためにな」

「どちらにしても、奴がいれば場が明るくなりますよ」ヘミングウェイはぬけぬけと言った。「奴が審問で証言するところを見られなくて残念です。きっと見ものですよ」

ハナサイド警視は翌朝八時半にマーレイに着いたが、チェスナッツへの訪問者第一号とはならなかった。八時四十分、ミス・ドルーが一人だけ朝食の席に着くと、すらりとした姿を薄汚いグレーのフランネルのズボン、革の継ぎを当てたツイードの上着、垂らしたタイに身を包んだ男がいささか憮然としたおももちの執事に案内されてきた。

「あら！」サリーは言った。「何か用なの?」

「朝飯さ。すくなくとも、うちよりはましなものがあるかと思ってね。あるんなら、ここにいたいな。ないなら、出てくさ。うちはケジャリー（調理した魚、米、固ゆで卵、香辛料をクリームで煮た料理）なんだ。よりによってこんな朝にさ！」

「あなた、審問に行くの?」ホットプレート上の皿の中身を吟味しているネヴィルに向かってサリーは訊いた。

「いや、行かないよ。でも、きみは行くんだろうね。ニシンとキドニーとベーコン、そしてハムもある！　きみは面目を施したな。隅から隅までいただくとしよう。いいかな?　たらふく朝飯を食う人間を見るのは、嫌なもんだろうね？」

「わたしは健啖家の女として有名なの」サリーは応じた。「ロールパンにする、それともトースト？　紅茶がいい、コーヒーがいい、それともそれだけ食べるんならココアがいいかしら？」

「なんと怠惰で裕福なことだ！」ネヴィルはテーブルにゆっくり戻りながらため息をついた。

「コーヒーだけでけっこうだよ」

「あなただって怠惰なお金持ちじゃないの」サリーは思い出させた。「見苦しくないスーツを買い、髪を切ることができるくらいお金持ちでしょ」

「ぼく、結婚しようかな」ネヴィルは考え込むように言った。

「結婚ですって？」サリーは驚いた。「なぜまた？」

「叔母がぼくには面倒を見てくれる相手が必要だって言うんだ」

「あなたの身づくろいをしてくれる人なら必要ね」サリーは応じた。「でも、あなたの面倒を見るということに関してはね、ネヴィル・フレッチャーさん、あなたなりに気骨のないやり方で自分の人生を処する術を心得ていることくらいお見通しよ」

ネヴィルは皿から弱々しい笑顔を上げた。「人生か。処置なしだよ。ヘレンは証人なのかい？」

サリーは一瞬とまどった。「ああ、審問のことね！　いいえ、今のところ召喚は受けてない。それはもちろん、警察は延期を申請しているということよね」

「彼女、喜んでるだろうね」ネヴィルは言った。「でも、ぼくはがっかりだな。人生の謎が一つ未解決ということだ。彼女、どの話をしたのかな？」

「知らないわ、でもジョンには本当のことを話して、これっきりにしてほしい。わたし達が暮らしている陰謀と謎に満ちた雰囲気は、とてもあなたにはわからないわよ。自分の意見を言いたくても、喋る前に考えなくちゃならないんだもの」

「きみには辛いだろうね」とネヴィル。「ところで、二人はどこにいる?」

「ベッドでしょ。ジョンはゆうべ遅くまで帰らなかったし、ヘレンは朝食の時間より前に起きてくることはめったにないし。ミス・フレッチャーは審問に行くんでしょうね?」

「それが違うんだな」

「本当に? 見識がおありなのね、でも行くって言い張ってらしたのに」

「今日開かれると知っていたら、行くだろうがね」とネヴィルは言った。

サリーはしげしげと相手を見た。「叔母さんから隠したということ?」

「造作もないことさ」ネヴィルは答えた。「ぼくの叔母は、うっとりするほど女らしい女でね。男が言うことはなんでも信じるんだ」

「でも、新聞があるじゃない! 新聞を読まないの?」

「そりゃあ、読むさ! 〈タイムズ〉紙の一面と真ん中のページをね。三流紙は機敏な甥によって没収され、下劣な用途に向けられたのさ」

「あなたには負けたわ、ネヴィル」サリーは率直に言った。「あなたはミス・フレッチャーの重荷だったのに」

ネヴィルは苦しげな声を出した。「そんなんじゃないよ! なぜそんな話になるかなあ! ぼくにそんな嫌なレッテルを貼らないでくれ！」

そのとき、ヘレンが部屋に入ってきた。寝不足のような、ややはれぼったい目をしていた。ネヴィルを見たとたんぎょっとした声を出したので、神経がぴりぴりしているのがわかった。「まあ！　あなたなの！」とヘレンはあえいだ。

「なんとも返事に困るなあ」ネヴィルは言った。「同じくらい芝居がかった対応をしたいものだが、ぼくは朝食の席では芝居がかることができないたちでね。座りたまえよ！」

「ここで何してるの？」ヘレンは尋ねた。

「食ってる」ネヴィルは答えた。「降りてこなければよかったのに。一日の最初の食事にともなうべき神聖なる平穏をぶち壊しにするつもりだな」

「あら、ここはわたしの家でしょ、違う？」ヘレンは憤然として言った。

立ち上がってサイドテーブルに行っていたサリーが、カップと受け皿を手に戻ってきて妹に渡す。「ずいぶん気分が悪そうね」サリーは言った。「なぜ起きたのよ？」

「休んでいられないのよ！」ヘレンは激しい感情を抑えて言った。

「夜の渇きだな」ネヴィルはため息をつく。

ヘレンは激怒のまなざしをネヴィルに向けたが、言い返す前に執事が部屋に入ってきて厳粛に言った。「失礼いたします、奥様、ハナサイド警視がお見えで、だんな様にお目にかかりたいそうです。ノース様はまだ降りていらっしゃらないと申し上げました。だんな様をお起こしいたしましょうか、それとも警視さんにお待ちいただきましょうか？」

「警視さん?」ヘレンはぼんやりと言った。「ええ。ええ、もちろんだんな様に言ってちょうだい。警視さんは図書室にお通しして。わたしが行きます」

「なんのために?」執事が下がるとサリーが訊いた。「あなたに会いにきたんじゃないのに」

「かまわないわ。わたし、会わなくちゃ。彼の目的を見きわめないと。ああ、わたしに考えることができたら?」

「できないのかい?」ネヴィルが案ずるように言った。「全然?」

「お願いだから、お茶を飲みなさい。引っかき回さないで」サリーが言った。「わたしがあなたなら、ジョンに任せるけど」

ヘレンは耳障りな音を立ててカップと受け皿を置いた。「ジョンはあなたの夫じゃないわ!」激しい口調で言うと部屋から出て行った。

「これでぼく達らしい穏やかなやり方を再開できるな」ネヴィルは安堵の吐息をついた。

「できません」サリーは急いでコーヒーを飲み干すと言った。「わたしも行って馬鹿なことをさせないようにしなくちゃ」

「見込みのないことのために必死になる連中はたまらないね」とネヴィル。「きみも白バラ同盟(十九世紀末、スチュアート王朝の復活を望んだ人々が結成)の一員なのかい?」ネヴィルが言った。

サリーは相手にせず、勇んで部屋から出て行った。彼女が図書室に着いたちょうどその時執事もやってきて、だんな様は髭を剃っていらっしゃるけれどじきおいでになる、とハナサイドに告げているところだった。

ヘレンはサリーを見ると眉をひそめた。「大丈夫よ、サリー。お姉さんはいなくていいわ」

「それはあなたの考えよ」とサリー。「おはようございます、警視さん。あら、マラキじゃない！　すてき！　足りないのはハーモニウム（英語圏ではリード・オルガンとも呼ばれる楽器）だけだわ」

「僻める心は」いかめしくグラスが言った。「我より離れん、悪しきものを知ることを好まず（『詩篇』百一篇四節）」

　グラスと初対面のヘレンはぎょっとしたが、サリーは陽気に応じた。「その通りね。悪しき交わりはよき慣わしを損なうなり（『コリント前書』十五章三十三節）」

「黙れ、グラス！」ハナサイドが高圧的に言った。「ミセス・ノース、なぜご主人に会いたいのかとお訊きになりましたね。率直に申し上げれば、わたしはアーネスト・フレッチャーの死の晩のご主人の行動を説明していただきたいのです」

「公平きわまりない答えだわ」サリーが言った。

「でも、主人はお話ししたでしょう！　覚えていらっしゃるはずです。そのはずですよ！　主人はひと晩中フラットで過ごしたのです」

「ご主人はそう仰いましたよ、ミセス・ノース、でもあいにくとそれは事実ではなかったのです」

　サリーは片眼鏡を拭くのに余念がなかったが、貯水池に投げ込まれた石のようなこの言葉を聞いてさっと顔を上げた。「嘘ですね」とサリー。「もう一度やってごらんなさいよ」

「嘘ではありません、ミス・ドルー。午後九時と十一時四十五分の間にノース氏がフラットにいなかったという証拠を握っています」

ヘレンは唇をなめた。「まさか。主人はいたに決まっています。事実と違ったことを言う理由なんてあるわけありませんわ」

ハナサイドは静かに言った。「そんな言葉を信じるとは思っていらっしゃらないのでしょう、ミセス・ノース?」

サリーはシガレットケースに手を伸ばした。「そのようですね。警視さんのお考えでは、義弟はグレイストーンズにいたかもしれないのでしょう」

「まさしく」ハナサイドは頷いた。

ヘレンの瞳が怒りにかっと燃えた。「黙っててよ、サリー! どうしてそんなことを言い出すの?」

「頭を冷やしなさい。警視さんがすでに考えていること以外、何も言い出してやしないわよ。ものごとを正気で見ましょうよ」

「出て行ってほしいわ! お姉さんは必要ないって言ったでしょ!」

「出て行けと思っていることくらいわかってるわよ」サリーは動じなかった。「警視さんもそう思ってらっしゃる。警視さんはあなたを怖がらせて喋らせるのが目的だってことは、一目瞭然よ。あなたにひとかけらの分別でもあったら、口をつぐんでジョンに話をさせるでしょうに」

「ご明察ですな、ミス・ドルー」ハナサイドが割り込んだ。「しかし、それではまるで妹さんが正直に話されたら危険だというふうに受け取れますが」

サリーは煙草に火をつけ、深く吸い込んで鼻から煙を出した。「ごもっともですわ。でもわたしは警視さんと同じくらい、本当のところは知らないのです。何も知らないとは申しません。自分の妹とその夫を知っているという利点はありますから。おたがい正直になりましょうよ！ 状況が義弟に不利だということは、子どもにだってわかります。明らかに、義弟にはアーネスト・フレッチャーを殺す動機がありました。ベルリンからの突然の帰宅は予想外で疑いを招くものでした。そして今、警視さんは義弟が申し立てた六月十七日のアリバイが虚偽だったという証拠を摑んだようですね。妹への忠告は、黙っていろということです。もしここに弁護士がいたら、わたしに同意するでしょう。なぜならハナサイド警視、あなたは一杯食わせようとしているからです。本当に義弟に不利な証拠があるのなら、今頃妹相手に話をして時間を浪費しているはずはありませんもの」

「大変鋭いですな、ミス・ドルー。しかしながら、一つ言わなかったことがありませんか？」

「そうは思いませんけれど。なんのことです？」

「あなたはノース氏が罪を犯したかもしれないという先入観にとらわれています。妹さんが極度に疑わしい状況にあると考えないのは、まあ自然なことですが」

サリーは軽蔑をこめて笑った。「妹が関わったなんて思ってらっしゃらないでしょうに！」

「かもしれません。でも、妹さんはこれまで話したことよりずっと多くをご存知だと思いますね。正直になることをお望みだから申しますが、ミセス・ノースの証言はわたしが事実だと知っていることと一致しないのですよ」

ヘレンは姉を黙らせるために片手を上げて前に踏み出した。「ええ、前にいらした時にも、そんなことを仰いましたね。わたしは姉の言ったことに賛成します。もう正直になるべき時ですわ、警視さん。わたしが目撃した男は夫で、わたしは夫だと気づいたと思っていらっしゃる。違いますか？」

「ええ、ミセス・ノース、その可能性はありますよ」

「そして、わたしはそれは違うと言っているのです！」

「その点をわたしは解明しましょうと申し上げているのです」ハナサイドは言った。「あなたは十七日の晩の行動について、二つ別々の話をしました。第一は、ご主人が殺人の日の翌朝到着する前の話。第二は、明らかに、まずあなたが目撃した男はフレッチャーによって屋敷から見送られ、次にフレッチャーは午後十時には生きていたとわたしに思わせるための説明で、ご主人の到着後に話されましたね。当然ながら、わたしは考え込みましたよ。さらに、ノース氏が十七日の夜九時にフラットを出て、十一時四十五分まで戻らなかったことを掴みました」

ヘレンは巧妙な化粧の下で青ざめたが、落ち着き払ってこう言った。「ご立派な見解ですわね、警視さん。けれど、主人が殺人に関与していたなんてお考えは間違っています。もし主人が十七日の晩フラットにいなかったという証拠をお持ちなら、それは警視さんが正しいのでしょう。わたしはそんなことは何も知りません。でも、主人はアーニー・フレッチャー殺しに関わっていなかったということだけは知っています」

「そうですか、ミセス・ノース？　その件についてご主人の言い分を待ちませんか？」

「無駄ですよ。わたしの知るかぎり、十七日の晩主人はグレイストーンズ付近にはいませんでした。主人ならきっと――警視さん、主人は妻を守ろうとする男なのです、どれほど――どれほどいたらない妻だったとしても」

ヘレンの声は震えていたが、表情には確固たるものがあった。サリーはうっかり肺一杯に煙を吸い込み、咳き込んでしまった。ハナサイドはいとも優しげに言った。「そうですか、ミセス・ノース？」

「そうです」ヘレンはハナサイドの目を覗き込んだ。「なぜって、わたしがやったのですから」

ハナサイドは何も言わなかった。ヘレンを見ていたグラスが重々しく言った。「聖書に書かれています。汝ら各々たがいに真実《まこと》を言うべし（『ゼカリヤ書』八章十六節）。すべて鳥の目の前にて網を張るは徒労《いたずら》なり（『箴言』一章十七節）」

「この鳥は違う！」サリーはやっとのことで言った。「ヘレン、馬鹿な真似はやめなさい！　気をしっかり持つのよ！」

ヘレンの唇がかすかに笑みを作った。視線はハナサイドに注いだまま言った。「わたしの証言は本当です。アーニー・フレッチャーはわたしの知らない人を屋敷から見送りました。わたしはたしかに借用証書を探すために書斎に戻りました。本当でないのは、彼が部屋に戻ってくる前に自分が書斎から出たという点です。そうじゃなかったのです。彼は、書斎にいるわたしを見つけました。彼は机の前に座りました。わたしを笑いました。あざけりました。彼に嘆願しても無駄だ、とわたしは悟りました。わたしは――きっと気が狂っていたのでしょう。わたしは彼を殺したのです」

この時には咳の発作から立ち直っていたサリーは高圧的に言った。「あなたの小さな手斧でね。これはピストルを撃つような事件じゃないんだってわからないの、お馬鹿さん？　アーニーを殺した人間は暴力を振るったのよ。あなたが彼の頭を殴ろうとしたとして、全く傷つけることができないとは言わないけれど、頭蓋骨を割るような力はあなたにはないわよ」

「彼の不意を襲ったのよ。彼をたじろがせたはず。あの瞬間、わたし──わたしかっとなって、殺してやりたいと思ったの。何度も何度も殴って……」ヘレンの声は消えた。全身を震わせると、ヘレンは口にハンカチを当てた。

「ものすごく説得力に欠ける話だわね」とサリー。「ねえ、それ以上グロテスクな話を続けたら、気分が悪くなるわよ。あなたが誰かの頭を叩いてつぶしているところが、目に浮かんでくる！」

「おお、やめて、やめてよ！」ヘレンはささやいた。「わたし、どうかしてたんだって言ったでしょ！」

「ミセス・ノース」ハナサイドが遮った。「男を一人殺したと申し立てるだけでは足りないのだとお教えしなければならないようですな。わたしを信じさせたければ、殺したことを証明しなければなりませんよ」

「それはあなたのお仕事じゃありませんか？」ヘレンは言った。「なぜわたしが自分の有罪を決めなければいけませんの？」

「馬鹿を言うのはやめなさい！」サリーが言った。「あなたは殺人犯だって告白したんだから、有罪になりたいはずでしょう。わかったわ、もうちょっと聞かせて！　どうやったの？　なぜあなたのドレスに血痕が付いてなかったの？　血しぶきを浴びたはずなのに」

ヘレンは真っ青になり、手さぐりで椅子のほうに歩んだ。「お願いだから、静かにしてちょうだい！　わたし、我慢できない！」

壁際に不賛成の意を表明する彫像のように立っていたグラスがいきなり大きな声を上げた。

「女よ、汝偽りの噂を言いふらすべからず！（『出エジプト記』二十三章一節）」

「黙ってろ！」ハナサイドがぴしゃりと言う。

グラスは氷のような青い瞳に軽蔑の色を浮かべてハナサイドを見、それからヘレンのほうを向いた。ヘレンは頭を上げ、恐怖と疑惑のまなざしを向けてくる。グラスはさっきよりは穏やかな口調になった。「悪しきことを図る者の心にはあざむきあり（『箴言』十二章二十節）。人を畏るれば、罠に陥る、エホバをたのむ者は守られん（『箴言』二十九章二十五節）」

ハナサイドが怒気を含んで言った。「もうひと言でも口をきいたら――」

「続けてちょうだい！」サリーが遮る。「わたし、彼に賛成します。この人の言うことはしごくもっともですもの」

「かもしれませんが」ハナサイドは応じた。「それでも、彼は口をつぐむべきなのです！　ミセス・ノース、もしあなたがアーネスト・フレッチャーを殺したのなら、使用した凶器が何か、そしてどのように使ったかを話していただけますね？」

短い間があった。ヘレンの視線が疑ぐり深げな顔を一つ一つ見ていく。沈黙を遮ったのはネヴィル・フレッチャーだった。この瞬間、片手にカップと受け皿、もう一方の手にトーストを持ちながら、開いた窓のところへ姿を現したのだ。「ぼくのことは、お気になさらずに」といつもの甘い笑顔を浮かべる。「最後の示唆に富んだお言葉は聞こえましたよ、警視さん。是非とも答えを聞きたいなあ。おや、マラキじゃないか！」ネヴィルは、無反応なグラスに向かってトーストを振ってみせると、低い窓枠に腰かけた。「どうぞ、続けて！」とヘレンにうながした。

ハナサイドは一瞬ネヴィルを凝視したが、またヘレンに向き直った。「そうですよ、続けてください、ミセス・ノース。凶器はなんでしたか？　そして凶器で何をしましたか？」

「お話しします」ヘレンは息を殺して言った。「ご覧になったでしょう――凶器を。小さな彫像がついた、重い青銅の文鎮です。フレッチャーさんの机に載っていました。わたし、それを取り上げて彼を殴ったのです、何度も。それから、お話ししたように玄関ドアから逃げました。文鎮はコートの陰に隠しました。家に着くと――それを洗って、あとで、あとで――ネヴィル・フレッチャーさんがきたときに――彼に渡して、ご存知のとおり彼はもとのところに戻したのです！」

ヘレンの目は懇願するようにネヴィルに注がれたが、ネヴィルは口をあんぐり開けて見返していた。ネヴィルは目をぱちくりさせると口を閉じ、ぐっと唾を飲み込んでから弱々しく言った。「おお、マラキに喋る許可を与えてくださいよ！　彼ならぼくよりずっと巧みに表現してくれるでしょう。一人の人間の罪が別の罪を見つけ出すってたぐいのやつを。もうこんなトーストなんてどうでもいいや。ぼくに力を与えたまえ！」

サリーはやっと口をきけるようになった。「ヘレン！　駄目よ！　あきれるわね、あなたは事件のあとでネヴィルを共犯に仕立てているのよ！　ひどすぎる！」

「どうもありがとう」ネヴィルが打ちひしがれた様子で言った。「このカップと受け皿を取り上げてくれ。まるで葦のように手が震えているよ。女どもときたら！」

「はて、フレッチャーさん？」ハナサイドが言った。「ミセス・ノースの告発に対する言い分は？」

「ご心配なく！」ネヴィルは言った。「騎士道なんてぼくにとっちゃなんの魅力もありませんよ。これはよこしまな嘘です。ぼくは、ちょっとした気晴らしのために文鎮を持ち出しました。そのことを、ミス・ドルーが妹に話したんでしょう。それだけです」

「ええ、話しました」サリーは認めた。「ごめんなさいね、ネヴィル。ヘレンがこんな作り話をするとは夢にも思わなかったものだから」

「〝か弱き性〟と呼ばれる人々のなんと冷酷なことか！」ネヴィルは言った。「でも、反証できますよ。その文鎮はアーニーの机に置かれたことはありません。ビリヤード室にあったのです。誰でも使用人に訊いてごらんなさい。叔母に訊いたっていい」

「それは本当です！」ヘレンが緊張した不自然な声で言った。「ネヴィルは殺人とは一切関係ありません。彼はわたしのために文鎮を戻しただけです。ネヴィル、誰もあなたがアーニーを殺したなんて思わないわよ！　ただ――ただ、文鎮を戻したと認めるくらいたいしたことじゃないでしょう！」

「お断りだね！」ネヴィルは強硬だった。「犠牲になればぼくも高貴に見えると思いこんでいるようだが、そんなふうに見られたいと思ったことなんかないし、これからもそうするつもりはないね」

「ネヴィル――」

「ぼくと言い争って言葉を無駄にするのはよせよ！」ネヴィルは懇願した。「きみの亭主が逮捕されるのを阻止すべく、ぼくは必死にならなきゃいけないんだろうが、まあきみには不思議かもしれないが、そんな気にはなれないね。実のところ、もし彼が殺人で逮捕されるか、ぼくが共犯にされるかとなったら、彼が逮捕されたほうがよっぽどましだね」

「きみが責められるいわれはない」戸口で冷ややかな声がした。「しかし、いったいどんな根拠でわたしが殺人犯として逮捕されるのか聞かせてほしいものだな」

第十二章

夫の声にヘレンは仰天して立ち上がり、警告するような苦悶の表情を声の主に向けた。夫はかすかに眉をひそめて妻を見たが、慎重にドアを閉めると部屋の中へ入った。

「絶好のタイミングで登場したわね、ジョン」サリーが言った。

「そのようだね」ジョンは答え、グラス、ハナサイド、ネヴィルを見回した。「なぜわたしの家に、このはなはだしく不適切な時間に他人が殺到しているのか説明してほしいものだな」

「ジョン！」ヘレンがか細い悲鳴を上げた。「わたしが話すわ。この人たちに訊かないで！　お、お、二人だけで話をさせていただけません？　警視さん、お願いです――おわかりでしょう――五分ください、ほんの五分でいいですから！」

「駄目です、ミセス・ノース」

「不人情な方ね！　こんな知らせを人前で主人に――こんなところで話すなんて無理です。わたしは嫌です。絶対に嫌です！」

「もしお姉さんとフレッチャーさんが退出するなら、そうしてくださってけっこうですよ」ハナサイドが言った。

「あなたもです！　おお、お願いです！　わたし、逃げたりしません。ドアと窓を見張っていればいいじゃありませんか」

「駄目です、ミセス・ノース」

「落ち着きなさい、ヘレン」ジョンは部屋を横切ってヘレンのところへ来ると、片手を差し伸べた。「ぼくに話すのに、怖がることはない。さあ、いったいなんなのだ？」

ヘレンは両手をぎゅっと握りしめ、哀願するように目を見開いて夫の顔を見上げた。「いいえ、怖いのではないの。ただ、あなたがどう思うか、それだけが！　何も言わないで！　お願いだから何も言わないで！　ねえ、たった今警視さんに打ち明けたところよ――アーニー・フレッチャーを殺したのはわたしだって！」

沈黙が流れた。ヘレンの手を握るジョンの手に、少し力が加わった。ジョンは妻を見おろした。ジョンの顔は蒼白で、いかめしくこわばっていた。「いや」突如としてジョンは言った。「それは事実ではない！」

ヘレンの指がジョンの手に食い込む。「事実なのよ。あなたは知らないだけ。あの場にいなかったのだから。あなたには知りようがないのよ！　わたし、机の上にあった文鎮であの人の頭を殴りました。なぜなら――」

ジョンはあいたほうの手ですばやく妻の口をふさいだ。「黙りなさい！」ときびしく言う。「きみは理性を失っているんだ！　ヘレン、黙っていなさい！」ジョンはハナサイドのほうに顔を向けた。「家内は、自分で何を言っているかわかっていないのです。家内の話には一片の事実もありません」

「わたしを納得させるには、あなたの請け合い以上のものが必要ですよ、ノースさん」ハナサイドは相手を見つめながら答えた。

「家内がやったとお考えなら、あなたは頭がおかしい！」ジョンは言った。「なんの証拠がありますか？　家内を疑うどんな根拠がありますか？」

「奥様は、生前のアーネスト・フレッチャーの最終目撃者なのですよ。ノースさん」

「戯言だ！　家内は、まだ謎の男がフレッチャーとともに書斎にいた間に、グレイストーンズの庭から出たのですよ」

「残念ながら、あなたは誤解しておられます」ハナサイドは言った。「奥様が告白されたところによりますと、その男がアーネスト・フレッチャーとともにいた時は、まだ庭から出ていませんでした」

ジョンのまぶたがぴくりと動いた。「家内の告白によれば、ですか！」と相手の言葉を繰り返す。ヘレンを見おろしたが、その頭はうなだれたままだった。ジョンはヘレンを椅子に連れていくと、そっと座らせ、自身はその後ろに回って片手を肩に載せた。「とにかく黙っていなさい、ヘレン。お願いですから、事実を教えてください、警視さん」

「わかりました、ノースさん。ですがわたしもいくつか事実を知りたい。最後に聞き込みをした時、あなたは十七日の晩をフラットで過ごしたと仰いました。それは嘘だとわかっています。午後九時から十一時四十五分まで、どこにいたのですか？」

「返答はお断りしなければなりませんよ、警視さん」

この答えを予期していたかのように、ハナサイドはうなずいた。「そして昨夜は、ノースさん？　九時十五分から十時までどこにいましたか？」

警戒するように、ジョンは相手を見た。「その質問の意図はなんですか？」

「意図など気にしないでください」とハナサイド。「お答えになりますか？」

「どうしてもと言われるなら、もちろんです。オックスフォードにいました」

「立証できますか、ノースさん？」

「昨夜のわたしの居場所がさほどの最重要事項ですか？　いささか要点からそれていませんか？　わたしは、どの事実が家内の不利になるのかお尋ねしたのです。なぜかわかりませんが、答えたくないようですね」

それまで張り出し窓のところに引っ込んで耳を傾けていたサリーは、すぐそばでネヴィルの柔らかい声がするのに気づいた。「なんて愉快な状況だろう！　きみ、これを活用するかい？」

ジョンへの返答を用意するのに、ハナサイドは一分かかった。ようやく口を開いた時は、感情のかけらもない声を出した。「あなたにも事実をお知らせしたほうがよさそうですね、ノースさん。奥様は、殺人の夜の九時五十八分、アーネスト・フレッチャーが謎の訪問者を庭の門まで見送ったと仰いました。その間に、奥様はフレッチャーが所有していた自分の借用証書を手に入れようと、ふたたび書斎に入りました。フレッチャーが戻ってくると鉢合わせになったそうです。口論が発生し、奥様によれば机の上にあったという文鎮でフレッチャーを殴って口論は終わりを告げました。それから奥様は廊下に続いたドアから逃げ出し、ドアの羽目板に指紋を残したとか。その時刻は十時一分。十時五分、ここにいるグラス巡査がアーネスト・フレッチャーの遺体を発見しました」

張り出し窓から、サリーがすばやく言った。「何かお忘れではありませんか？　十時二分、庭から出て行くのをグラス巡査が目撃した男はどうなります？」

「忘れてはおりませんよ、ミス・ドルー。ですが、妹さんの話のどちらかが信じられるものならば、その男はフレッチャー殺しと関わりのあるはずがありません」

「どちらかが？」ネヴィルが抗議した。「一つ、お忘れですね。これまでに彼女は三つの話をしてますよ」

「最初の話は考慮に値しないと思います。フレッチャーが戻る直前、十時一分に書斎を出たという二番目の話が正しかった場合、巡査が目撃した男には殺人を犯す時間がありません。一方、自分で殺したという話が正しければ――」

ヘレンが頭を上げた。「それは本当です。まだお話を続けなければいけませんの？　なぜわたしを逮捕しないのです？」

「忠告しておくがね、きみの破廉恥な話に出てくるぼくの関与なるものには、断固抗議するよ」ネヴィルが言った。

「わたし、けっしてあなたが――共犯者だなんて言ってない！」ヘレンは言った。「文鎮をもとに戻してと頼んだ理由を、あなたは知らなかったでしょ！」

「そりゃそうさ、知るわけないだろう?」とネヴィル。「よりによって、まずい時にグラス巡査にきみの共犯者だったなんて話したと思うとぞっとするね! 今にも残酷な刑務所の鉄格子が迫ってきそうだよ。サリー、お願いだ! あの記憶すべき夜、きみの言語道断な妹は、ぼくに文鎮を手渡したっけ?」

「わたしがいるところでは、そんなことなかったわ」サリーは答えた。

「あなたがいるところでそんなことはしないでしょう、ミス・ドルー」ハナサイドが言った。

「なんてことかしら、今の話を信じていらっしゃるの?」サリーは驚いた。「ネヴィルもからんでいるということですか? お次はわたしも手を貸したと言い出すんでしょう! あなたの馬鹿げた疑惑から逃れられる人間は一人もいないのですか?」

「いささかでも事件に関わりがあれば、疑惑の対象からはずされません」ハナサイドは静かに答えた。「それはおわかりのはずです」

「もっともです! しごくもっともな話です!」ネヴィルが言った。「ぼくらの誰一人として、自分以外の人間を疑わない者がいない。愉快なほど簡潔明快じゃありませんか?」

「まさしく!」黙って耳を傾け一同を見つめていたグラスが義憤に駆られた声を上げた。「あなた方が抱く思考を読み取りながら沈黙を守ってきました。汝らは、いずれのときまで人に押し迫るや。汝ら、あいともに傾ける石垣のごとく、揺るぎ動ける垣のごとくに、人を倒さんとするか(『詩篇』六十二篇三節)」

「ぼくはすでに揺るぎ動ける垣の気分だよ」ネヴィルが言った。「だがね、きみだって『イザヤ書』二十八章十五節の〝漲りあふるる災い〟のようだぜ。なぜ巡査部長がいない？」

「おお、お願いですから！」ヘレンが叫んだ。「警視さん、何が起きたかは、もうお話ししました！　もうおしまいにしていただけませんか？」

「ええ、それはできますよ」ハナサイドが言った。

「ちょっと待ってください！」ジョンが遮る。「警視さん、あとで悔やむような段階に移行する前に、あなたの推定から抜け落ちたとおぼしき、あることを調べたほうがよくはありませんか？」

「で、あることとは、ノースさん？」

「フレッチャー殺しの晩のわたしの行動ですよ」ジョンが言った。

ヘレンが椅子の中で身をよじる。「駄目よ、ジョン！　やめて！　そんなことしては駄目！　お願いだから言わないで！　ジョン、わたしの心をずたずたにしたくないでしょう！」ヘレンは哀れっぽい涙声になった。ジョンの両手を取ると、ぽろぽろ涙をこぼしながらその手を握りしめた。

「あっぱれだな！」とネヴィル。「まことに記憶すべき朝として、このことはぼくの人生年代記に書き記されることになるだろう」

「ヘレン！」ジョンが妙な声を出す。「ヘレン、全くきみは！」

「十七日の晩、あなたは何をしたのですか、ノースさん？」

「それが問題ですか？　わたしはフレッチャーを殺しました。警視さんの知りたいことはそれだけでしょう？」

「いいえ！」ヘレンはあえいだ。「わたしを救うために言っているだけです！　警視さんだっておわかりでしょう！　主人の言うことに耳を貸さないで！」

ハナサイドは言った。「ノースさん、それはわたしが欲する情報からほど遠いですよ。グレイストーンズには何時に着きましたか？」

「言えません。時計でたしかめませんでした」

「何をしたか正確に話していただけますか？」

「書斎に通じる小道を通り、室内に入り、フレッチャーに訪問の理由を告げ――」

「訪問の理由は、ノースさん？」

「お話ししたくありませんな。それからフレッチャーを殺しました」

「凶器は？」

「火かき棒です」

「本当に？　ですが、火かき棒からは指紋も血痕も検出されませんでしたよ」

「もちろんふき取りました」

「それから？」

「それから、屋敷を出ました」

「どうやって？」

「来た道を通って」

「庭か道路に誰かいましたか？」

「いいえ」

「きのうは、なぜオックスフォードに行きましたか？」

「仕事の会議のためです」

「あなたの秘書が何も知らない会議ですか？」

「そうです。極秘の会議なので」

「あなた以外に、あなたがオックスフォードに行くことを知っていた人は？」

「共同経営者は二人とも知っています」

「昨夜たしかにオックスフォードにいたと証明できる手立てがありますか？」

「いったいオックスフォード行きとフレッチャー殺しとなんの関係があるのですか？」ジョンは詰め寄る。「もちろん証明できますよ！　どうしてもと仰るのなら言いますが、母校で食事を取り、昔の指導教官と共に夜を過ごしました」

「指導教官と別れた時間は？」

「午前零時少し前です。他にご質問は？」

「何もありません、ありがとうございました。近々指導教官の名前と住所を伺いますよ、あなたの話の裏を取るために」

ヘレンがぎこちなく立ち上がった。「主人の話を鵜呑みにしないでください！　真実じゃないんですから！　違うと誓います！」

「いや、わたしはただ、ご主人が昨夜オックスフォードに行かれたことを信じているだけですよ、ミセス・ノース。しかしながら、これ以上何も誓わないほうが身のためですよ。ただでさえ法の正当な手続きをさんざん妨害してきた上に、これはれっきとした捜査妨害です。ノースさん、あなたのほうはと言えば、フレッチャー殺しの説明は事実と符合しません。あなたが彼を殺したと信じるならば、初めてあなた方夫婦の取調べをした日に奥さんが警察署で話したことも信じなければなりません。奥さんは、十時直後に正面の車道からグレイストーンズを出ました、その姿を目撃されています。となると、あなたはフレッチャーを殺害し、顕微鏡でも見抜けないほど入念に火かき棒の血痕をふき取り、脇の門に到達する、という行動をわずか一分でやりとげたことになります。作り話をでっちあげた動機には同情しますが、わたしの邪魔をするのはやめていただきたい」

「え、結局ジョンはやらなかったんですか？」ネヴィルが口をはさむ。「まさか振り出しに戻るっていうんじゃないでしょうね？　なんて非芸術的なんだ！　つまんないなあ！　これ以上興味を持続できないな。いい加減、わくわくするクライマックスに達していい頃なのに」

「どこかに盲点があるのに、それがなんなのかわかりません」ハナサイドに向かって眉をひそめながらサリーが言った。「なぜ、そこまで義弟の無実を確信できますの？」

「昨夜はロンドンにいなかったという事実のためですよ、ミス・ドルー」

ヘレンが震える手を伸ばして椅子の背もたれを摑んだ。「主人はやらなかったということ？」まるで相手の言葉が理解できないように言う。「わたしに何かを、何かを言わせようと罠にかけているのでは――」

「いいえ」ハナサイドは答えた。「ご主人が十七日の晩本当はどこにいたか話されたとき、ご夫婦のどちらもアーネスト・フレッチャーを殺していないことがわかって満足しました。少くとも、あなたにはとても無理でした」

ヘレンは奇妙な小さなため息をついて失神してしまった。

「ひどいわ、警視さんたら！」サリーが大声を上げ、すばやく前に動いた。

サリーはいささか無作法に押しのけられた。ジョンが膝をつき、ヘレンを腕に抱きかかえて立ち上がり、「ドアを開けて！」とぶっきらぼうに命じた。そして肩越しに言った。「十七日の晩は友人に会いに行きました。裏は取れますよ。クロンビー・ストリート十七番地のピーター・マラードです。いいよ、サリー。きみの助けは要らない」

次の瞬間ジョンは姿を消し、サリーはおとなしくドアを閉めた。

ネヴィルは両手で目を覆った。「家庭内演劇か！　くそっ、なんたることだ、驚いたね？　夫は妻がやったと思い、妻は夫がやったと思っていた。まるで芝居だよ。飢えたる我々の面前でふざけたふるまいにおよんだわけだ！」

「我、悩みと憂いとにかかれり！（『詩篇』百十九篇百四十三節）」出し抜けにグラスが言った。「彼らは各々その隣を欺き、かつ誠を語らず、その舌に偽りを語ることを教える！（『エレミヤ書』九章五節）」

「マラキを評価しないとは言いませんがね」ネヴィルが批判するように言った。「彼がいると会話が停滞するのは事実ですよ」

ハナサイドがあっさり言った。「グラス、廊下で待っていろ」

「そむくことは魔術の罪のごとく、逆らうことはむなしきものに仕うるごとく偶像に仕うるがごとし（『サミュエル前書』十五章二十三節）。しかるに、わたしは命じられたとおり退出いたします」

ハナサイドは全く相手にせず、グラスが部屋を離れるまで氷のように沈黙を保っていた。ネヴィルが言った。「巡査部長さんを連れてくればよかったのに。警視さんは、マラキの機嫌の取り方がわかってないですね」

「彼の機嫌を取るつもりはありません」ハナサイドが応じた。「ミス・ドルー、妹さんが回復してわたしに会えるようになったら、手短にお話をしたいのですが」

「わかりました」サリーはまた煙草に火をつけながら言った。

ハナサイドはサリーを見る。「いつ頃お会いできるか、見に行っていただけませんか？」

「行かないでくれ、サリー、ぼくを置いていくなよ！」ネヴィルが哀願した。「ぼくを助けてくれ。疑惑がぼくのほうに向けられているんだ。おお、ジョンがやったんならよかったのに！」

「行かないわよ」サリーは答えた。「第一に、そこまで無神経じゃないもの。それから、事件がおもしろくなってきたわ。わたしを気になさらないで、警視さん。お続けになって！」

「お次がなんだかわかってるぞ！」とネヴィル。「昨夜は誰と一緒だったか、でしょ？」

「そのとおりですよ、フレッチャーさん」

「だけど、とっても気まずいなあ。どれほど気まずいか、あなたには想像できませんよ！」ネヴィルは真剣だった。「意味深な質問をしていることくらいわかりますよ。でも、昨夜の秘密がなんなのか教えてくださったら、ぼくもずっと楽になるんですがね」

「なぜです?」ハナサイドが言った。「わたしが望むのは、あなたが昨夜の居場所を教えてくださることだけですよ。こう尋ねる意図をご存知かいなかにかかわらず——あなたには回答を拒否することはできません」

「しごくもっともらしく聞こえますが」ネヴィルは言った。「自分がまっさかさまに罠に落ちていくのがわかりますよ。マラキは、いつだっておそろしく正しかったんだなあ! 再三に渡って嘘をつくなと忠告されましたからね」

「あなたは嘘をついてきた、と理解していいのですか?」

「ああ、そうですよ! ぼくは叔母に嘘をつきました。だから何もかも気まずくなるんです。叔母に、ゆうべはミス・ドルーに会いにここに来たと話しました。ぼくの話のすべてがはなはだしく旗色悪くなるのが、嫌でもわかりますよ」

「実際には来なかった、と?」

「ええ」ネヴィルはみじめに言った。

「どこに行ったのですか?」

「正直に話したほうがいいんだろ?」ネヴィルはサリーに訊く。「人間、警察を前にするとここまで立場が弱いんだ。連中はいつだって口で言うより多くを知っている。他方、仮に事実を話したら、今後はなかなか嘘をつきづらくなる」

「フレッチャーさん、この手のことが愉快でたまらないのでしょうが、わたしのほうは愉快どころではありませんよ！」ハナサイドが言った。

「ぼくが歪んだユーモアのセンスを持っていると思い込んでますね！」ネヴィルが言った。「違いますよ。ぼくはちっともアブノーマルじゃない。ぼくがおもしろがるのは、他人のトラブルだけです。今は網にかかって身もだえしているんです」

「まだ質問の答えをいただいてないですよ、フレッチャーさん」

「ぼくのやり方を通させてもらえるなら、永遠に待ってもらうことになりますよ」ネヴィルは率直だった。「ああ全く、なぜオックスフォードに行ってぼくの指導教官に会わなかったんだろう？　先生だってぼくに会えたら喜んだだろうに。嘘だと思うでしょうけど、オックスフォードじゃ将来を嘱望されてたんですよ。奨学金をもらうやらなんやらで。ぼくは、知性の持ち主だと思われてたんです」

「それを聞いても、ちっとも驚きませんよ」ハナサイドはそっけない。

「そうですか、でもそれって結局古典的な教育は役立たずだってことじゃありませんか？　二科目最優等――ええ、ほんとに取ったんですよ！――そんなものは、現実にはなんの役にも立ちゃしません。さあ、こんなむやみに気を揉む状態は終わらせましょうよ！　昨夜はロンドンにいました」

「陰謀ね！」目を光らせながらサリーが言った。「叔母さんに嘘をついて邪悪な大都会に行ったとは。白状しなさいよ、ネヴィル！　どんな悪徳の巣に行ったのよ？」

「行きやしないさ。行けたらよかったのに。ぼくが求めたのはまともな交際相手だけだ」

「人でなし！　ここでだって見つけられるでしょうに」

「いやあ、無理だね。絶対嫌だ。ヘレンがそばにいるようじゃ！」

「どこでそのまともな交際相手を見つけたのですか？」ハナサイドが遮った。

「見つけませんでしたよ。フィリップ・アグニューという男を訪ねたのです。クイーンズ・ゲートに住み、サウスケンジントン博物館で実に学究的で無益な仕事をしている男です。ところが彼はいなかった」

「そうですか？　で、あなたはどうしました？」

「雲のように孤独にさまよいました。フィリップ以外でなんとかつきあえそうな人間を思い浮かべようとしながら。でも、駄目だったんで、うちに帰って寝ましたよ」

「ありがとうございます。グレイストーンズを出たのは何時ですか？」

「ああ、それがわからないんですよ！　夕食のあとです。八時半と九時の間じゃないかな」

「あなたの服装は？」

「恐ろしい、足元で大きな穴が口を開けているのがわかるぞ！　答えは叔母かシモンズ達から聞き出せるはずでしょ？　タキシードですよ、警視さん。かなり高級なやつです。叔母でさえ喜んでました」

「コートを着ましたか？」

「なんですって、六月のなかばに？　いいえ、まさか着ませんよ」

「帽子は？」

「かぶりました」

「帽子の種類は?」

「黒いフェルト帽です」

「何よそれ?」サリーが大きな声を出した。

「とてもいい帽子なんだ。それに、他には持ってないし」

「ちょっとすみません」サリーはハナサイドに言った。「警視さんはたぶんネヴィルが伯父を殺したと宣告なさりたいのでしょうけれど、だとしたら十時二分にグレイストーンズから出て行くところをマラキに目撃された男はどうなります?」

「わたしが考えるに、ミス・ドルー」ハナサイドは用心深く言った。「その男は死んでいます」

ネヴィルは目をぱちくりさせた。「ぼくが——ぼくがその男を殺したんですか?」と心配そうな声を出す。

「誰かが彼を殺したのです」ハナサイドは探るようにネヴィルを見た。

「その人、何者です?」サリーが問いつめた。

「名前はチャールズ・カーペンター。殺人の晩グレイストーンズに現れ、昨夜九時半と十時の間に殺害されました」

「なぜグレイストーンズにいたとわかるのですか?」

「指紋が検出されたからですよ、ミス・ドルー」

「まあ! 前科があったのですね?」

「鋭いな！」ネヴィルは感心したように言った。「全然思いつかなかったよ」

「ええ、前科がありました」ハナサイドが言った。「しかし、警察が取調べをする前に殺されてしまいました――アーネスト・フレッチャーと同じ手口で」

「その男が伯父を殺したことにはできないんですか？」ネヴィルが懇願する。

「いいえ、フレッチャーさん、できませんよ」

「知りすぎたから殺されたのね」サリーは椅子から立ち上がって室内を行きつ戻りつする。「ええ、わかりました。でも、ネヴィルじゃないわ。凶器は発見されたのですか？」

「いいえ」とハナサイド。「どちらの場合も殺人犯は凶器を、いうなれば――卓越した巧妙さで隠しおおせました」

「まあ！」サリーはいささか侮蔑を含んだ笑みを投げかけた。「それがネヴィルを指していると お思いになったのね？ 警視さん、知性の鋭さと実践面での手際のよさは話が違います。ネヴィルは実践では知恵が回るとは言えません」

「感謝するべきなんだろうね」ネヴィルが呟く。「ところで、ぼくの凶器はなんだったのですか？ あなたに残された唯一の説をくつがえしたくはありませんが、自分にそのようないまわしい暴力を振るう胆力があるとは思えませんね――それも二回なんて論外だ」

「ちょっと待って！」サリーが口をはさんだ。「妹の証言が決定的な重要性を帯びてきたわ。警視さん、お会いできるほど回復したかどうか様子を見てきます」

「そうしていただけるとありがたいですな」

「行ってきますけれど、大歓迎されるとは思えません」サリーはドアに向かいながら言った。

「一人の男の人生が危機に瀕していると言ってくれ」ネヴィルが頼んだ。窓枠を大股で乗り越え、部屋に入り込む。「彼女の憂鬱な心にも訴えるものがあるだろう」

サリーは二階の妹の部屋へと上がっていった。寝室に入ってみると、ヘレンは意識を回復し、夫の肩にもたれて泣きじゃくっていた。とぎれとぎれに「あなたじゃなかったのね！　あなたじゃなかったのね！」と言っている。

「違うよ、きみ、もちろんぼくはやってない。話してくれればよかったのに！」

サリーは戸口で一瞬立ち止まり、それから中に入ってドアを閉めた。「強度のヒステリーの発作に襲われた女性が優しく世話されてるわけ？」サリーは訊いた。「しっかりしなさい、ヘレン！　落ち着くのよ！　下で呼ばれてるわよ」隣のバスルームに入ると薬の棚から炭酸アンモニウムの気付け薬を見つけ、グラスに容赦なく大量に注ぐと、寝室に戻ってジョンに手渡した。

「ヘレンに飲ませてちょうだい」

「さあヘレン！　飲みなさい！」ジョンが言った。

ヘレンは水薬を少し飲んでむせた。「うう！　なんてまずいのかしら！　わたしは大丈夫よ。本当に。おおジョン、本当なのね、夢を見ているんじゃないのね？　あの恐ろしい晩にわたしが見たのは、あなたじゃなかったのね？」

「もちろん違うさ。ずっとそうだと思い込んできたのかい？」

「とても怖かった！　そしたらあの嫌な警視さんが、あの晩あなたはフラットにいなかったと言うもんだから、すっかりそうだと思ってしまって。わたしが警察と話している間に逃げて欲しかったのよ。だからベーカーをあなたのところへやったの。警告だとわかってくれることを期待して」

「それで、自分が殺したなんて警視に言ったのか？」ジョンは尋ねた。

「もちろんよ。他に何も考えられなくて。あまりにもみじめで。自分がどうなるかなんて気にする余裕もなかったわ。そんなことどうでもよかったのよ」

ジョンはヘレンの手を取って握った。「そこまで気にかけてくれたのかい、ヘレン？」

「ジョン、ジョン、いつだって気にかけていたのよ！　そうは思ってなかったのでしょう。わたし、ひどいふるまいをしたことはわかってるわ、でもここまで恐ろしい溝を作るつもりはなかったのよ！」

「ぼくが悪かったんだ。理解しようとしなかった。きみが困っているときに、ぼくに救いを求めるのを怖れるところまで追いつめてしまった。でもヘレン、信じてくれ、こんなふうにきみの信頼を失うつもりはなかったんだ。きみを救い出すためなら、どんな犠牲もいとわない！」

「いいえ、それは違うわ、みんなわたしが馬鹿だったのよ！　おおジョン、許してちょうだい！」

サリーは片眼鏡をぬぐった。「わたしのことは気にしないで」

ジョンが頭を上げた。「ああサリー、どうか出て行ってくれ！」

「できるものならそうしたいわよ。生まれながらの間抜けな連中がぐずぐず言い合ってるのを見て楽しんでるなんて思わないでね」ミス・ドルーは容赦なく言った。「任務を帯びてきたのよ。警視さんがヘレンに会いたがってます。しゃんとしていられる、ヘレン?」

あいかわらずジョンの手にしがみついたまま、ヘレンはため息をついた。「警視さんの顔なんて二度と見たくないわ」

「でしょうね、でもあなたは重要な証人なの。もうジョンが殺人犯だっていう錯覚で苦しまなくてすむんだから、警察はあなたの証言を最初からもう一度聞きたいはずよ。気付け薬をもうひと口お飲みなさい!　教えて、ジョン。なぜベルリンからあんなに急に戻ってきたの?」

「もうどうでもいいことだ」ジョンは言った。

この言葉にサリーは目を見開いた。「スリル満点ね!　ヘレンの行状について匿名の手紙でも受け取ったの?」

「いや。匿名ではなかった」

ヘレンはさらに薬を飲んだ。「誰なの?」と顔を赤らめて訊く。

「気にするな。きみの俗っぽいお姉さんが想像するようなものじゃない。内容としては、暗にぼくを非難していた。だから帰ってきたのだ」

「で、あなたはとても協力的だったわけね」サリーが言った。「そこらじゅうに暗い影を投げかけるものだから、わたしまでヘレンはあなたに打ち明けないほうがいいかもしれないと思ったわよ」

「それは――いささかむずかしいことだった」ジョンは答えた。「ヘレンがぼくの顔を見て落胆したのはわかったし、フレッチャーとどんな関係だったかぼくに気づかれるのを怖れていることは明々白々だった――」

「それは」とサリー。「あなたへの合図だったのに、あなたはきっかけを摑みそこなったのよ。まっすぐ仕事に向かっていれば、ヘレンもすべてを打ち明けたのに」

「そうだな。でも、聞きたいかどうか自分でもよくわからなかった」

「現実逃避の行為？　あなたが？　あなたがそんな人だとは知らなかったわ」サリーが言った。

ヘレンは頰に片手を当てた。「そしてあなたが――わたしを助けるために逮捕されようとしていたかと思うと！　おお、ジョン！」

「すまない、ヘレン。おたがい意志の疎通ができなかったようだ」

サリーは空のグラスを妹の手から取った。「さあさあ、それはお預けにしてもらえない？　下に降りて、運命の夜、何が起きたのかありのままを警視さんに話さなくては駄目よ。今のところ、警視さんはネヴィルをしょっぴく気でいるようだけど、冗談じゃないわ。あなたの証言がネヴィルの役に立つかどうか知らないけど、可能性はあるんだから。鼻におしろいをはたいて、階下《した》に降りるのよ」

ヘレンは立ち上がり、ぐずぐず鏡台に向かった。「わかったわ、行かなくちゃいけないのね。でも、なぜお姉さんが気にするのかわからない。ネヴィルのことは気に入らないのかと思ってたのに」

「わたしは今まで」サリーはぞんざいに、しかし威厳をもって言った。「自分の判断に通俗的な偏見を入り込ませたことはないの。それにあなたと違って、ジョンが殺人の罪でしょっぴかれないかぎり、誰が犯人でもいいなんて思わない。準備できた?」

ヘレンは髪に櫛を入れ、ウェーブを整え、手鏡も使って横顔をじっくり眺めると、準備はいいわと言った。

ハナサイドはネヴィルとともに、図書室でヘレン達を待っていた。ジョンは若干後悔の念をこめた微笑を浮かべて言った。「我々はおわびしなくてはなりません、警視さん。刑事訴追を受けてもしかたのないことをしてしまったようです」

「ええ、あなた方は大々的に妨害してくれましたよ」口とは裏腹に、ハナサイドの目は笑っていた。「ではミセス・ノース、十七日の晩グレイストーンズにいらした間、何が起きたのかありのままを話していただけますか?」

「前にもお話ししたことは」ヘレンはハナサイドの顔に目を上げた。「ありのままなのです、わたしの話は。本当にその通りなのです!」

「どの話が?」ネヴィルが尋ねた。

「あの日警察署で警視さんに話したことよ。わたし、本当に植え込みの陰に隠れて、本当に借用証書を探すために書斎に戻ったのよ」

「そして、書斎に入ったところを目撃した男は? たしかにフレッチャーは十時前にその男を見送りましたか?」

「はい、たしかです」

「そして、あなたが書斎を出る直前に、フレッチャーが家に戻ってくる物音を聞いたのですか?」

ヘレンはうなずいた。「はい、口笛を吹いていました。砂利道を歩く音が聞こえました。まるで散歩のようでした。急いでいる様子はなかったですから」

「わかりました。ありがとうございます」

ハナサイドがやや眉をひそめているのを見て、サリーが抜け目なく言った。「妹の証言がお気に召さないのですね、警視さん?」

「そういうわけでは」ハナサイドの答えはどっちつかずだ。

「ちょっと待ってください」封筒の裏面に何かメモしていたネヴィルが言った。「ぼくにはできたと思うのですか? 十時一分、伯父はぴんぴんしていた。十時二分、見送られた男がメイプル・グローヴを行くのが目撃される。十時五分、伯父が死体となって発見される。謎の第二の男は何者か? その男がやったのか? それはぼくなのか? だとしたら、なぜ? 行動は奇妙でどう見ても無意味だ。ぼくは逮捕に抗議します」

「逮捕なんて問題外よ」サリーが言い放つ。「あなたに不利な条件はないわ。あなたがやったとして、凶器は何?」

ネヴィルはハナサイドに長い指を向けた。「答えは警視さんの表情にある、愛しき者よ。文鎮だ! ぼく自身が筋書きに持ち込んだ文鎮だ」

ハナサイドは黙ったままだ。サリーが言った。「ええ、それはわかるわ。でもあなたがアーニーを殺したのなら、わざわざ警察に凶器を提示するなんて度胸が要るんじゃないの」

「そりゃそうだ」ネヴィルは賛成した。「ぼくは怯えてどもるはずだ。おまけに、わけがわからない。なんのために、ぼくがそんなことをするのか？」

「それは、殺人者の傲岸不遜よ」サリーが言った。「殺人を犯す人間のよく知られた特徴でしょう、警視さん？」

「よく研究していらっしゃいますね、ミス・ドルー」ハナサイドはどちらとも取れる答えをした。

「当然ですわ。でもわたし自身は、ネヴィルはそんなうぬぼれにとらわれていないと思います。この犯罪には悪魔のような狡猾さがあると言うことだってできますけれど、それにも反論できますよ。グレイストーンズにある凶器類の中で、文鎮を一番に疑う理由がありません。なぜネヴィルは文鎮の存在をあなたに気づかせなければいけないのでしょう？」

「歪んだユーモアのセンスさ」ネヴィルは補足した。「殺人者の気まぐれな性質だ。じきに、自分が犯人だって気になっちまいそうだ。おお、巨万の富を狙って人殺しをするぼくを考えてみてくれ！　いやあ、同意したくないなあ。他の面じゃ趣向を凝らした《ルシェルシェイ》犯罪なのに、嫌な解答だ」

「ええ、そうですね、伯父上の死の時期、あなたの経済状況はかなり危うかったのではないですか？」ハナサイドは言った。

　妻の座る椅子の背後に黙って立っていたジョンが、冷静な口調で意見をはさんだ。「警視さん、その件は公の場でフレッチャーさんに向けるべきではないのでは？」

　ネヴィルは目をぱちくりさせた。「おや、ジョンにしては優しいな？　てっきり嫌われていると思っていたのに」

ハナサイドは活気づいたように言った。「仰る通りですよ、ノースさん。今回の取調べにあたって、最初にネヴィルさんとは二人きりで話をしたいと申し上げたのですが、ミス・ドルーが部屋を出るのを嫌がりました。わたしの気遣いは全く不要だったことに同意いただけるでしょう。それでも、ネヴィルさんさえよければ、二人だけで話を伺う気はありますよ」

「嫌だ、ぼくにその気はありませんよ！」ネヴィルは言った。「あなたと二人きりで閉じ込められたら、おじけづいてべらべら喋っちまいそうだ。それに、ミス・ドルーはぼくの弁護士代わりなんです。彼女がそばにいてぼくの無責任な発言をチェックしてくれないんなら、一切口をききませんよ」

「では、伯父上が亡くなった時、金銭的にあなたは大変やっかいな状況にあったと言って差し支えないか教えていただけますか？」

「それは、違いますね」ネヴィルはおずおずと言った。「何もやっかいだなんて思いませんでしたけど」

「そうですか！　銀行に預金残高があったと言えますか？」

「いやあ、そんなことは言いませんよ！」とネヴィル。「四半期の最後に残高があったためしなんかないです」

「本当のところ、残金がマイナスではなかったのですか？」

「知らないな。そうだったんですか？」

「信用に関わるのではないですか、フレッチャーさん？　今月十四日、当座貸し越しの状態を報告する文書を銀行から受け取りませんでしたか？」

「ああ、そんなことだと思った！」ネヴィルは言った。「たいていはそうなんです。いつでもじゃないですよ、言っときますけど。銀行は、担保かなんかのことで手紙を寄こしたんですが、おかげで大騒動でしたよ。封筒に銀行名のゴム印が押してあったもんだから。もちろん、それを見てゴミ箱に捨てました。誰だってそうしませんかね？」

「その手紙を開けなかったと信じろと言うのですか？」

「まあ、信じてもらえれば、ことはずっと簡単になりますから」ネヴィルは愛想良く言った。

ハナサイドはいささか途方に暮れたようだった。「では、債務を払っていただくために伯父上に相談しなかった、と？」

「いや、まさか！」

「そうしても無駄だとわかっていたのでしょうね？」

「無駄じゃなかったかもしれないですよ」ネヴィルは反論した。

「伯父上は前々から、借金してでも肩代わりしてやらないと警告なさらなかったのですか？」

ネヴィルは思案した。「そうでもないですよ。ですが、ブダペストで起きた事件についてはひどく気に病んでいたのを思い出します。ロシア女性がらみだったんです。アーニーには立ち入って欲しくなかった。でも伯父は名誉についてずいぶん偏狭な考えを持っていたし、刑務所送りなんて究極の恥辱だと思っていたので、代わりに借金を払ってやると言ってきかないのです。ぼくが裁判所に引き出されるのも嫌がりました。いつだって破産宣告すればめんどうがないのにと思っていたけど、アーニーはそんな考え方ができなかったんです。とはいえ、死者の悪口は慎みたいし、伯父は殊勝な心がけだったんだと思いますね」

「請求額を支払わなくても平気なんですか、フレッチャーさん?」

「ええ、全然! いつだって亡命という手がありますからね」ネヴィルはお得意の眠そうな笑みを浮かべる。

ハナサイドは探るように相手を見た。「なるほど。新しい発想ですな」

「そうですか? どうなんでしょうね」ネヴィルは無邪気そうに言う。

憔悴しきった様子で椅子にもたれかかっていたヘレンが、出し抜けに言った。「でも、なぜネヴィルなのかわかりませんわ。ちっともネヴィルらしくないし、だいたい短時間にどうやってやりとげられたのでしょう? わたしが屋敷を出るとき、彼の姿は見当たりませんでした」

「手すり越しにきみを覗き見していたんだよ」ネヴィルが説明した。「ヘレンは十時に、親愛なるマラキは十時五分に書斎にいたことを考えると、ぼくは大いについていたわけでしょ? 警視さん、どう思われます?」

「わたしとしては」ハナサイドが言った。「ご自分の立場をよくお考えになったほうがいいと思いますな、フレッチャーさん」

第十三章

「彼、どういうつもりで言ったんだと思う？」ハナサイドを送り出すべくベーカーがドアを閉めた途端、ネヴィルがこう訊いた。

「あなたを脅そうとしたんでしょ」サリーは端的に言った。

「じゃあ、成功したわけだ」ネヴィルは言った。「彼が来る前にたらふく朝飯を食っといてよかったよ、さもなきゃここまで持ちこたえられなかっただろうから」

「朝食と言えば――」ジョンが口を開いた。

「きみはなんて残酷なんだ！」ネヴィルが言った。「ねえヘレン、ほんとに想像力豊かなんだな。確かにアーニーが謎の訪問客を見送る現場を見たのか？」

「確かに見たわよ！　そんな作り話をしてなんになるというの？」

「それを言うなら、ずっとジョンを欺いてきたことはどうなる？」ネヴィルは理にかなったことを言う。「非合理的な愚行――これじゃ同語反復だな、でも撤回しないぞ――女性特有のものだ」

ヘレンは微笑んだが、弁護するように言った。「非合理的じゃないわよ。今となっては馬鹿げていたことがわかるけれど――ちゃんと理由があったんだから」

「それがなんなのか知りたいものだね」とネヴィル。「もしかしたら、ぼくの考えすぎかな。ジョンに残された推論といえば、法の専門家が遠慮がちに〝アーニーとの姦通〟と呼ぶところのあやまちを犯した、ということだけだった。サリーとぼくはあやうく、全真相を明かす匿名の手紙を書くところだった」

「ある意味、そうしてもらいたかったよ」ジョンが言った。「言わせてもらえば、伯父さんに借用証書を返してやれと説得してもらうより、そのほうがはるかに助かっただろう。きみはやる気満々だったのだろうが――」

「なら、あなたはぼくのことをろくにわかってないんだ」ネヴィルが遮った。「ぼくはちっともやる気じゃなかった。追いつめられてやったら、このざまですよ！　よきサマリア人（困っている者に援助の手を差し伸べる親切な人）に見られること自体ひどい結果を招きそうだけれど、ぼくにとっちゃ最大の災難ですね」

「ほんとにごめんなさいね」ヘレンがため息をついた。「でも、あなたが借用証書を取り戻せなくて、わたしたちが困ったことになったにしても、あなたを巻き込んだことが効を奏したのよ。あなたを巻き込まなければ、ジョンとわたしは二度と絆を取り戻すことができなかったかもしれないもの」

　苦悶の表情もあらわに、ネヴィルは両目をつぶった。「なんて考え方だ！　なんと見事な言い回しだ！　ぼくの死は無駄にならないわけか。喜ぶべきなんだろうね？」

「さあさあ！」サリーが口をはさむ。「過去の行動を悔やんでも仕方ないわ。次にするべきことを考えなくては。警察がひどくあなたを疑っているのは明らかね。ところが、あなたへの逮捕状を請求するに足る証拠を握っていないことも明らかよ。問題は、その証拠を集めることができるかいなか、ということ」

ネヴィルは目を開け、正真正銘、恐怖のまなざしを向けた。「おお神様、この女性はぼくがやったと思ってるんだ！」

「思ってません。この問題には広い心で臨んでいるの」サリーはぶっきらぼうに言った。「あなたがやったのなら、しかるべき理由があったのでしょうから、味方になるわよ」

「ぼくに？」恐れるようにネヴィルは言った。「で、二人目の犠牲者はどうなる？」

「わたしの見るところ」サリーは答えた。「二人目の犠牲者は――まだ、あなたの犠牲者と言うのはやめておきましょう――最初の殺人について知りすぎていたから、始末する必要があった。そりゃあ不運なことだけれど、最初の殺人を考慮すれば、それは避けがたかったのだと思う」

ネヴィルは深く息を吸い込んで、「弱き性か！」と言った。「幾世代にもわたって女性について書かれてきたたわごとを思い出すと、肉体的に弱ってしまうな。容赦なく原始的な野蛮人だ！正邪についての抽象的な概念を理解することができないがゆえに、社会を破滅させる。人間的な激情に駆られるさまには吐き気をもよおすし、実に恐ろしい」

サリーは冷静に答えた。「たぶん、あなたは正しいのでしょうね。肝心な点になると、わたし達はルールを無視してしまう。抽象概念にはさほど惹かれない。あなた方よりもっと実際的で――もっと冷酷なんだわ。殺人を容認するつもりはないし、二つの事件を新聞で読んだのなら、ちょっとひどいくらいに思ったでしょう。でも、殺人犯かもしれない人間が知り合いだとなると、話は違ってくる。あなたが殺した人間の一人はわたしが大嫌いで、もう一人は存在も知らない人間だったからってあなたを避けたりしたら、わたしをひどい奴だと思うでしょう」

「サリー、きみはネヴィルの意見を代弁してしまったのではないかな」かすかに笑みを浮かべてジョンが言った。「彼がきみの友人だという事実は、判断に影響を与えるべきではないよ」

「まあ、全くの戯言だわ！」サリーは言った。「あなただって、ヘレンから殺人犯だと思われたときには、ヘレンに嫌われていると思ったくせに」

「かもしれない」あいかわらずおもしろがる様子で、ジョンは譲った。

「どちらにしても、わたしたち脱線してしまったわ」サリーは言った。「警察はあなたに不利な証拠を発見できるかしら、ネヴィル」

「証拠なんてないさ！　ぼくは一切関わりがないんだって、何度も言ってるじゃないか！」ネヴィルが言った。

「なら、誰が関わったのよ？」サリーは問いつめた。「誰だったら可能性があるの？」

「それは、謎の男だ！」ネヴィルは陽気に言った。

「動機は？」

「ジョンと同じさ。痴情沙汰だ」

「なんですって、他にも借用証書があるの？」

「いいや。嫉妬。復讐。すべて情欲がらみの殺人の特徴じゃないかい？」

「それも一理あるわね」サリーが眉を寄せる。「伯父さんがひどい女性の捨て方をしたことを知っているの？」

「まさか。真相をぶちまけとけばよかったな、お馬鹿さん。でも、アーニーの人生は美女にいろどられていたね」

「女性がらみで未知の男が殺したというの？　もっともらしい話だけど、いったいどうやってあの時間内にやりとげたのよ？」

「その場にいあわせたわけじゃないから、ぼくには言えないよ。きみが考えるんだ」

「問題は、警視さんが究明できるか、ということよ」サリーは言った。

「もっと重要なことは、いかにしてぼくが両方の殺人を犯したのか、彼に究明できるか、ということだ」ネヴィルがやり返す。

まさにその時、ハナサイドは両方の問題で頭を悩ませていた。えりすぐった少ない言葉で、上司の道徳を非難するというふるまいについての見解をグラス巡査に述べてから、ハナサイドは共に警察署に向かった。

「エホバ」グラスがいかめしい顔で言う。「モーセに言いたまいけるは、イスラエルの子孫《ひとびと》に言え、汝らはうなじの強《こわ》き民なり。我もし一刻も汝のうちにありて往かば汝をほろぼすにいたらん（『出エジプト記』三十三章五節）」

「そうだろうとも」ハナサイドは応じた。「だが、きみはモーセではない。ここの人たちはイスラエルの子孫《ひとびと》ではない」

「しかはあれど、〝高ぶる者、低くせられ（『イザヤ書』二章十一節）〟るべきです。神の前では、彼らは罪びとです」

「それもそうかもしれないが、きみの知ったことではない」ハナサイドは言った。「きみがもっと事件に注意を払い、他人の欠点に目をつぶれば、わたしも嬉しいのだがね」

グラスはため息をついた。「わたしは熟考しました。すべては魂の虚栄と懊悩であります」

「その点は賛成するよ」ハナサイドは辛辣に言った。「ノース夫妻が除外された今、ほとんどすべてがネヴィル・フレッチャーを指し示している。それでも――それなのに、わたしは気に入らんのだ」

「彼は無実です」グラスが断固たる口調で言った。

「そうかね？　どうやってそんな結論に達した？」

「彼は光を見ていません。あしざまに口をきき、『あざける人は都会《まち》を乱す（『箴言』二十九章八節）』ものです。それでも、彼が暴力的な人間だとは思いません」

「ああ、わたしもそんな印象は受けないが、これまでその観点で人となりを判断してたびたび間違いを犯してきた。だが誰にせよフレッチャーを殺害した人間は、またカーペンターをも殺害したはずなのだ。フレッチャー青年かもしれない――彼が凶器を始末した方法を知るためなら一年分の年金をふいにしても惜しくないな！」

「同じ凶器が使われたことはたしかなのですか？」グラスがいつもの辛抱しているような口調で言う。

「両被害者の鑑識医の報告書を読むかぎり、きわめてその可能性が高い」

「わたしが目撃した男はどうなります？　彼はネヴィル・フレッチャーではありませんでした」

「カーペンターだったんだろう」

グラスは眉をひそめた。「では、ミセス・ノースが目撃した人間は誰です？」

「わからんよ、それがカーペンターでないかぎりはな」

「見送られたのに、戻ってきたということですか？　なんのために？」

「本人にしか答えられないことだと思う」

「しかし、わたしには問題はよりいっそう不明になったと思えてなりません。フレッチャーに危害を加える気もなしに、彼が戻る理由があるでしょうか？　それでも、本人が死亡しているのですから、それはなかったことになります。フレッチャーという男には敵が多かったのだと思います」

「我々が摑んだ情報は、その説の根拠になりえない。ノースが殺人犯だという可能性は常にあったが、他に可能性があるのはバッドだけだ。そのバッドは、昨夜のタキシード姿の男の外見に一致しない。そしてフレッチャーの過去は徹底的に洗った。嫌な事件だ。初めにヘミングウェイが言ったとおりだな」

「悪しき者は」グラスが目をぎらぎらさせて言った。「風の吹き去るもみがらのごとし！（『詩篇』一篇四節）」

「もうよせ！」ハナサイドが冷たく言い放ち、会話を終わらせた。

あとになって、ジョンの無実が証明されたことを聞いたヘミングウェイは、彼の撤退をこき下ろした。「一番有力な容疑者だったのに。奴はみずから身の証を立てるべきですよ！　アリバイをでっちあげた可能性はないということですか？」

「ないのだよ、巡査部長。充分立証されているのだ。わたしも調べてみた。残された可能性はネヴィル・フレッチャーただ一人だ。彼に昨夜のアリバイはない。昨夜はロンドンにいたと白状した」

「なるほど」ヘミングウェイは裁判官のように言った。「イカボドをやっつける手並みがなければ、即刻奴をしょっぴくところですよ」

「きみの気持ちはわかるが、あいにく障害がある――それも二つだ。彼はしごく率直に昨夜はタキシードを着ていたと言った。しかしまた、黒いフェルト帽をかぶったとも言った。我々が追う男はオペラハットをかぶっていたのだ」

「それがなんです」ヘミングウェイが言った。「おそらくほら話ですよ」

「わたしはそうは思わない。あれは抜け目のない若者だぞ。帽子はそれしか持っていないと言っていた。それが嘘だとしたら、わたしはいとも簡単に反証を挙げることができる。さらに、彼はとてつもなく芝居がうまいのか、昨夜の行動を訊いた時のこちらの狙いを全く知らなかったのかのどちらかだ」

「それでも」とヘミングウェイ。「ジョンが除外されたとなると、ネヴィル青年がその時間にやりおおせた唯一の人間であることにかわりはありません」

「それはいつ？」

ヘミングウェイはちょっと苛立ったようだった。「それは、ミセス・ノースが出て行ってからイカボドが来るまでの間ですよ、ボス！」

「もっと短時間だ」ハナサイドは訂正した。「殺人は十時一分と十時二分の間に行われた」

「だとしたら、殺人はなかったんですね」ヘミングウェイはやけになった。「不可能だ」

「だが殺人は起きた。それも二回」

ヘミングウェイは顎をかいた。「カーペンターは目撃しなかったんだと思いますね。十時二分に屋敷を出たのなら、無理だ。それが理の当然です」

「なら、なぜ彼も殺されたのだ？」

「そこが判然としないのですよ。ですが、誰が犯人だかぴんとくるような、何かを知っていたと思えてなりません。アンジェラ・エンジェルに他にもボーイフレンドがいたとしたらどうでしょう？」ヘミングウェイは言葉を切った。利口そうな目がいつにもまして鳥のようだ。「彼が見送られたのが九時五十八分だとしたら？　そして立ち去る時、知り合いが脇の門から侵入するのを見かけたとしたら？　それで何かを思いついたとしたらどうでしょう？　アーニーが頭をかち割られて死んだニュースを読んだ時、二と二を足してどういうことかわかったのではないかと思います」

「ああ、全く筋が通っているが、一つだけ細かい点を忘れているな。きみは、十時二分にグラスが見た男はカーペンターではなく殺人犯であると考えながら、我々はその男が何時に門を入ったにせよ、十時一分よりあとにフレッチャーを殺したはずはないという意見の一致を見ている。そしてそれは筋が通らない」

「そうですね」ヘミングウェイは気力が萎えたが、しばし考えたのち、また活気づいた。「わかったぞ！　もう一人の男がなんの用できたのか知るために、カーペンターは戻ってみた。人殺しの現場を見て、大急ぎで門に向かった」

「もう一人の男は？」

「前言った通りですよ。イカボドの軽やかな足音を耳にして庭に隠れ、イカボドが書斎に着くやいなや逃げ出したんです。考えれば考えるほど、ボス、そうだったんだと思えてきますよ」

「もっともらしく聞こえるな」ハナサイドは譲った。「謎の男の動機はどうなる？　アンジェラは？」

「はい、動機はアンジェラと言わねばなりませんよ。チャーリーとフレッチャーとのつながりからすれば」

「だが彼女の友だちは――なんという名だったかな？　グラディスだ！――きみが聞き込みをした時は、アンジェラとつきあった男でカーペンターとフレッチャー以外に名前は挙げなかったのではないか？」

「厳密にはそうではありません。グラディスは、かわいそうな娘は大勢の男と付き合いがあったと言いました」

「ふられた崇拝者がフレッチャーを殺すところまでいくとは思えないのでは？」

「その点になると、この事件でありそうなことなど何もありませんよ。真相を突き止めることができない、というのはありそうですがね」ヘミングウェイはすねて言った。

ハナサイドはほほえんだ。「元気を出せ！　まだ終わったわけじゃない。今日はどんな収穫があったのかな？」

「役に立ちそうなことは何もありません。カーペンターの身内を一人見つけましたが、たいした話は聞けませんでしたよ。あ、待ってください。価値があるかどうかわかりませんが、全部書き出しました」ヘミングウェイはフォルダーを手に取り、開いた。「アルフレッド・カーペンター。職業、店員。三十四歳。故人の弟。故人とは一九三五年以来会っていない」

「アンジェラ・エンジェルについて何か知っていたか？」

「いいえ、噂だけです。アルフレッドによれば、チャーリーは断じていわゆる家族の希望の星ではなかったそうです。学校で他の子の持ち物をくすねるような質で。まずは布地の商売から始めて、小銭をまずいところにしまった件で首になりました。起訴はされませんでした。父親が——すでに亡くなりましたが——全額支払ったので。その後、我らがヒーローはコンサート・パーティー（軽妙な出し物、歌、ダンスなどを見せる演芸会）に出るようになりました。なよなよして見えるだけじゃなくて、ちょっとは歌えたようです。その仕事はしばらく続き、それから今度は舞台の仕事につきました——男性コーラスです。その頃には、身内にも愛想をつかされ、しまいには勘当を言い渡されました。その後彼は女優と結婚しました。ペギー・ロビンソンという名です。次に家族が聞いたのは、彼が突然姿をくらましたということでした。その後、チャーリーの女房が玄関にやってきて、身内に助けを求めました。アルフレッドは彼女が気に入りませんでした。チャーリーでもあれだけは責める気になれない、つつましい女性でなく怒れる雌トラみたいな女房を捨てただけだってね。アルフレッド達はなんとかペギーを追い出しましたが、それも長続きしませんでした！　それどころか！　彼女は巡業に出て、うまく次の男を見つけたという噂がアルフレッドの耳に入ったのに、チャーリーの家族のところへやってきては、チャーリーはまた町に戻ってきたらしい、ミッドランド（イングランド中部地方）のどこかで拾った女と暮らしていると言いつけにきたのです。チャーリーもまた巡業に出ていたようで。真相はどうだかわたしにもアルフレッドにもわかりませんが、拾った女というのがアンジェラ・エンジェルだということは、ほぼ間違いなさそうです」

「女房は今どこにいる？」ハナサイドがさえぎった。

「土に返りました」ヘミングウェイは答えた。「インフルエンザをこじらせて肺炎で死んだとか。二、三年前のことです。アルフレッドは、チャーリーが刑務所に入ったことは知っていましたが、出所後連絡はないし、欲しくもないそうです。アンジェラには会ったことがありません。でも、チャーリーに拾われた時、舞台に立っていなかったに決まってると言いましたよ。ペギーから聞かされた話からすれば、ありがちな村の娘のたどる道だろうと想像したそうです。どういうことか、おわかりでしょう。厳格なしつけを受けて育ったロマンチックな娘が、髪にウェーブのかかったテノールと恋に落ちて駆け落ちするんです。かわいそうに、最後に罰が当たったわけじゃありませんか？」

「アルフレッド・カーペンターは娘の本名を覚えていたか？」

「いいえ、聞いたことがないのですから。でも考えてみると、ついに謎が一つ解けたように思えますな。彼女が自殺した時、誰も身内だと名乗り出なかった理由ですよ。堅苦しい家庭で育ったのなら、チャーリー同様、家族から見捨てられたはずです。そういう人間をたくさん知っていますよ」

ハナサイドはうなずいた。「ああ、だがそれはさして我々の助けにはならないよ。カーペンターの下宿のおかみか、彼が働いていたレストランのオーナーから何か聞き出せたか？」

「ジュゼッペから引き出せたのは」ヘミングウェイの口調は辛辣だった。「才能あふれる演技でしたが、別にありがたくなかったですね。なぜ外国人連中はあきもせずにあんな振舞を続けられるのか、信じられませんよ！　わたし一人のためにワンマンショーをやってくれましてね。髪をかきむしり、おお神よ《ディオ・ミーオス》とかちくしょう《コルポ・ディ・バッコス》とかなんとかわめきました。こっちは、なんとかやりすごすために酒を注文せざるをえませんでしたよ。なのに奴ときたら、喋り終わっても元気はつらつでお次は女房と喧嘩を始めました。少なくともわたしの目にはそう映ったのですが、奴としては静かなお喋りをしているつもりだったんでしょう。とにかく、チャーリーのことは何も知りませんでしたね」

「下宿のおかみは？」

「彼女も何も知りません。人のことには首を突っ込まない主義だそうです。別に驚きませんね。秘密を打ち明けたくなるような、人を安心させるタイプに見えませんから。予想どおりですよ。これはネヴィルしかありませんよ、ボス。凶器をどうしたか興味がおありなら、ステッキを袖口に滑り込ませたというのはどうです？」

「自分の袖に棒を入れてみたことがあるのか?」ハナサイドが訊いた。

「棒じゃありません。籐のステッキと呼んでください」

「籐のステッキじゃあんな重傷は負わせられないよ。凶器は重かったんだ。ステッキだとしたら、棍棒みたいに太いものだろう」


ヘミングウェイは唇をすぼめた。「犯人がネヴィルなら、伯父殺しに使った凶器が何か思いわずらう必要はありません。捨てたりきれいにしたりする時間はたっぷりありました。第二の殺人についてては――あの文鎮をポケットに入れるのは無理じゃありませんか?」

「目立たないようにするのは無理だろうな。上部についた像の頭部が飛び出すはずだ」

「照明のとぼしいところでなら気づかれないかもしれません。またブラウンに当たってみます――コーヒーショップの男ですよ――それからタクシー運転手にも。前の聞き込みがゆるかったわけではありませんが。それでも、収穫があるかもしれませんから」

「帽子はどうなる?」

「帽子は厄介です」ヘミングウェイは言った。「オペラハットを持っていないのなら、アーニーから借りたんじゃありませんか。自分がかぶるはずがないと思われているのを知っていましたから。屋敷を出る時には、執事に気づかれないように脇に隠すことができたはずです。帽子を替えたときには、自分のはポケットに押し込んだのでしょう」

「これでポケットが二つふくらむわけだ」ハナサイドがそっけない口調で意見を言う。「だが二人の目撃者が――あの娘は除外しよう、あまりにあやふやな口ぶりだった――男にはとりたてて変わったところはなかったと言っている。さらに問題が出てくる。あのタクシー運転手は、わたしには切れ者の印象だったのだが、乗客はよくいる見てくれのいい男だったと言った。もう一度見てもそれとわかりそうもないと思っていた。もうひと押ししても、三十から四十の間のどこにでもいる男に見えたと繰り返すだけだったよ。さて、もしきみが会ったのがネヴィル・フレッチャーだったとして、もう一度見た時に彼だとわかるかな？」

「はい」ヘミングウェイは渋々答えた。「わかりますよ。間違えようがありません。一つには、彼はかなり色黒だし、いわゆる普通のタイプじゃありませんから。馬鹿みたいにまつ毛が長いし。あの笑顔にはむかむかしますよ。ええ、正気な人間なら、彼をよくいるタイプだとは言わないでしょう。それに三十前だし、見かけは歳相応です。さて、これからどうしましょう？」

ハナサイドは思案しながら机をとんとんと指で叩いた。ヘミングウェイは同情をこめて上司を見た。やがてハナサイドは決然とした口調で言った。「アンジェラ・エンジェル。彼女に戻ろう。きみには飛躍しすぎに聞こえるだろうがね、巡査部長、彼女についてさらに情報を得れば、どうしてもわからなかったことが見えてくる気がしてならないのだ」

ヘミングウェイはうなずいた。「一種の勘ですな。わたしも勘を信じる者ですよ。何をしましょう？　広告を出しますか？」

ハナサイドは考えてみた。「いや。それはよしたほうがいい」

「わたしもその方法はあまり推しません。だいたい、彼女が亡くなったときに身内が名乗り出なかったのだから、今になって出てくる可能性は低いでしょう」

「さらなる悲劇を引き起こしたくない」ハナサイドは重々しく言った。

ヘミングウェイは椅子の上で急に姿勢を正した。「なんですって、また頭をかち割る事件ですか？　そんなことをお考えじゃないでしょうね？」

「わからない。何者かが、我々が手さぐりで進む霧を通り抜けるのを、断固阻止するかまえでいるのだ。二つの殺人にまつわるすべてが、冷酷きわまりない頭脳の働きを示唆している」

「偏執狂的、と言いたいですよ」ヘミングウェイは言った。「考えてもみてください！　男がかっとなって相手の頭をかち割ったというなら理解できます。同時に、その男は自分のやらかしたことに衝撃を受けるのではありませんか？　わたしは臆病じゃありませんが、そんな行為に手を染めたくないし、現場も見たくないですね。嫌な面倒な殺人ですよ。なのに問題の男は動揺していない。それどころか！　姿をくらましては行為を繰り返す――実に冷酷な行為を！　正気の沙汰でしょうか？　そんなことありえない！」

「だからなおさら、彼にまた人殺しをする動機を与えないよう注意を払わねばならぬのだ」

「全くですね。ですが、もし対決している相手が狂人なら、ボス、予想より悪いことになりますよ。正気な人間なら思考をたどることはできます。普通の人間と同じようにものを考えるわけですから。さらに重要なのは、つねに殺人を犯した動機があり、それもまた助けになります。ですが狂人の頭脳となると、すっかりお手上げですよ。頭脳の働きはたどりようがないんですから。そして十中八九、そいつには人を殺す動機なんてありゃしません――正気の人間が動機とみなすようなものは」

「ああ、きみの言うこともっともだが、我々の追う相手がそんなふうに気が狂っているとは思えないな。こちらはカーペンター殺しの動機が悪意に満ちたものだと考えているが、フレッチャー殺しの動機もそんなものだったんだろう」

ヘミングウェイは机の上の書類をごそごそやって、自筆のものを選り出した。「ええと、警視、実はちょっと自分でも考えてみたのです。結論としては、最初から最後までありそうもないことばかりだ、ということですよ。すべての証言を書き留めてみると、フレッチャーは殺されなかったのだという気がしてきます。そんなことはなかったのだと」

「おい、馬鹿なことを言うな！」ハナサイドは苛立った口調で言った。

「馬鹿じゃないですよ、ボス。ミセス・ノースの証言をすべてなかったことにできるなら、それもけっこうです。ですが、大事な夫が犯罪に関わっていないと知った今、彼女に嘘をつく理由はないという事実を別として、十七日午後十時直後に彼女とおぼしき服装の女性がグレイストーンズから出てきたという郵便配達夫の証言があります。それは彼女に決まりです。イカボドが腕時計とアーニーの書斎の時計を比べなかったのなら、脇の門から男が出てきた時刻を間違えた、と言えますよ。でも彼は良心的で実直な警察官ですからね。イカボドはそういう男です。それに、実際はそうじゃないのに堂々と十時二分だったと断言するような真似はしませんよ。つまり、にせの目撃者について彼の言い分に耳を傾けるべきです。ちょっとでも彼の証言を揺さぶろうとした時には、こっぴどく叱られちまいましたよ。彼の証言とミセス・ノースの証言を一致させることができる人間がいたら、その頭脳に兜を脱ぎますよ。確定した時刻が、イカボドが謎の男を見た十時二分と、彼がフレッチャーの遺体を発見した十時五分だけだった時点では、そう悪くありませんでした。しかし、それ以上確定した時刻が多くなってくると事件全体がおかしなことになってきて、どうしようもなくなりました。我々は今、四つのおよそ辻褄が合わない時刻に直面しています。ネヴィル青年が伯父を殺し、カーペンターがそれを目撃してあわてて逃げ出したのでないかぎり。アーネストがミセス・ノースの見た男を見送ったのが、九時五十八分前後。ミセス・ノースが屋敷を出たのが十時一分。イカボドが見た男が脇の門から出たのが十時二分。アーネストが死体となって発見されたのが十時五分。これではわけがわかりません、ただそれだけのことです。ネヴィルが犯人でミセス・ノースが彼をかばったのなら話が通じますか？」

「いや、その線はない。ミセス・ノースにとって夫以外の人間はどうでもいいんだ。だが、彼女が見た男とグラスが見た男は同一人物だと思う。決定打ではないが、カーペンターの所持品の中から薄い灰色の帽子を見つけた」

「ええ、二人は同一人物だったとしましょう。なぜいったん見送られたカーペンターが戻ったのか、我々は理由を知りません。暴力的なものを除外しても、理由は山ほどあるのでしょう。書斎でネヴィルが伯父といるところを目撃し、待っても無駄だと考えたのでしょうか？　しごくもっともじゃありませんか？　そこで彼は立ち去った。急いで立ち去ったという事実は何も証明しません。とにかく、いいことをするために来たわけじゃなかったし、当然警官の質問など受けたくはなかった。この時、カーペンターはネヴィルを全く知りませんでした。でもね、ここで我々は世紀のひらめきを得るのですよ、ボス！　新聞にネヴィル青年の写真が載ったことを覚えていらっしゃいますか？」

「覚えているとも――靴磨きのふりをして、おまけにサミュエル・クリッペンという名前だった」ハナサイドはむっつりと言った。

「それはいいのです。カーペンターが新聞を見たとしたらどうでしょう？　彼が事件に興味を持つのも筋が通ります。ネヴィルだ、とぴんとくるでしょう。そして殺人の夜、タキシード姿のネヴィルを見たなら、靴磨きとして雇われているなんていんちきくさいと察するでしょう。楽な金儲けの方法を思いつき、取引すべくネヴィルに近づいたのだと思います。それは造作もないことです。ただネヴィルは頭が切れるから、縛り首になりかねない秘密を他人に洩らすことなどせず、即刻カーペンターを消すことにした。どうです？」

「ある程度までは申し分ないよ、巡査部長。しかし、カーペンターの死亡時刻が関わると、それは無効になる。理由はすでに言ったとおりだ」

「では、カーペンターは誰か別の人間に殺されたのです」ヘミングウェイはやけくそだった。

「カーペンター殺しに関して集めたデータはどこにある？」不意にハナサイドが訊く。「見せてくれ」

ヘミングウェイはタイプで打った覚書を渡した。「読んでもあまり得るものはありませんよ」と悲観的に言う。

ハナサイドは覚書に目を走らせた。「うん、思ったとおりだ。下宿の女主人は、カーペンターは九時半には生きていたと供述した。ドラ・ジェンキンズは、タキシードの男が道路の向こうを通ったのは、反対側から警官が現れる直前だと言った」

「はい、さらに少しお読みになると、彼女のボーイフレンドが警官はタキシードの男よりずっと前に来たと言ったのがわかりますよ。その二人なら、男のほうを信じますね。女はただ長話をしたかっただけですよ」

「だろうな、だがたしかに——うん、そう思っていた。ブラウンは警官を見たのは九時四十分頃だと言い、記憶の範囲ではタキシードの男を見たのはその一、二分後だと言った。それは娘の話とだいたい符合する。巡査から、バーンズレイ・ストリートに入った時刻を確認したのか？」

「いいえ」ヘミングウェイは白状した。「巡査はタキシード姿の男を見ておらず、四十三番地で不審な気配にも気づかなかったので、それが重要だと思いませんでした」

「それはどうかな？」ハナサイドは壁に向かって眉をひそめていた。

「ボス、何かお考えが？」好奇心がよみがえってきたヘミングウェイが訊いた。

ハナサイドはちらりと部下を見た。「いいや。だが巡査がいつ通りに入ったのか聞き出さねばと思う」

ヘミングウェイはひと言、「失礼します、ボス！」と断り、電話の受話器を取った。

「わたしのミスです。それも重要かもしれないと気づきませんでした。重要じゃないかもしれませんが。とにかく訊いてみなければ」

ヘミングウェイが、電話がグラスメア・ロード警察署に繋がるのを待つ間、ハナサイドは座ったまま眉根を寄せて殺人二件の覚書を読んでいた。ヘミングウェイは当番の警官と二言三言、言葉を交わしたのち、受話器を下げて言った。「番についたところですよ、警視。お話しになりますか?」

「うん、彼を呼んでくれ」ハナサイドはうわの空で言った。

ヘミングウェイは伝言を頼み、マザー巡査が呼び出される間、座って上司のほうをとまどいつつも油断のない顔つきで見ていた。受話器の向こうで声がしたので、注意を引き戻された。「もしもし? マザー巡査か? 待ってくれ! ハナサイド警視がきみに話があるそうだ。どうぞ、ボス!」

ハナサイドは部下から受話器を受け取る。「もしもし! 昨夜のことなのだ、マザー巡査。まだ不確かな点についてきみからはっきりしたことを聞きたい」

「はい、警視」マザー巡査がうやうやしく答える。

「見回り中、バーンズレイ・ストリートに達したのが何時か覚えているか?」

少しの間があった。それからマザー巡査は不安そうに言った。「何分かまではわかりません」

「いや、それは気にするな。わかる範囲で答えてくれないか」

「ええと、グラスメア・ロードの郵便局を通りかかった時、九時十分の時報が鳴りました。ですから、バーンズレイ・ストリートに着いたのは九時十五分くらいだと思います」

「なんだって?」ハナサイドが言った。「九時十五分だって?」

「はい、警視。しかし誤解を招きたくありません。一分以上前後していたかもしれません」

「九時半過ぎでないことは、たしかか?」

「はい、警視。それはたしかです。郵便局からバーンズレイ・ストリートまでそんなにはかかりませんん。もう一つあります。わたしが通りかかった時、ブラウンは――コーヒーショップの男ですが――まだ店を開けていませんでした」

「しかしブラウンに聞き込みをした時は、九時半に店に着いた直後にきみを見たと言ったのだが!」

「昨夜わたしを見たと言ったのですか?」マザー巡査はおうむ返しにした。

「そうだ、断言していた」

「ですが、警視」マザー巡査は、徐々に疑念が湧いてくるのがわかる口調で言った。「彼が何をたくらんでいるのかは知りませんが、昨夜わたしを見たと言ったのなら、それは間違いです。わたしの考えを言わせていただけるなら、警視……」

「いいとも、言いたまえ!」

「はい、警視、六日か七日の間、彼はわたしを見ています。バーンズレイ・ストリートを巡回しているからです。毎晩といっても時間はまちまちですが、いつも九時半以降でした。ゆうべは、たまたまバーンズレイ・ストリートとレッチリー・ガーデンズを早くに通ったのです。言わせていただければ、ブラウンは、たぶんそうだったと自分が考えたことを当てにしてそんな話を作ったのだと思いますが」

「わかった。ありがとう!　以上だ」

ハナサイドは受話器を元に戻し、新たな興味をもって自分を見つめてくるヘミングウェイのほうに向き直った。

「仰らなくてもけっこうですよ、警視！　充分見当がつきました。マザー巡査は九時十五分に通りに達し、ブラウンはマザー巡査など見なかった。こりゃすごいや！　我々はどこかに到達できそうですね？　新しい道が開けたということですよ。ブラウン氏は何者なのか、そして事件とどんな関係があるのか？　考えてみると、彼はずいぶん調子よく答えましたよ。ですが、何をたくらんでいるのか——彼がカーペンターを殺したのでなければ——それはわかりません」

「アルフレッド・カーペンターだが」ハナサイドは相手の言葉を無視する。「彼の住所は？　カーペンターが所属していた巡業劇団の名前が知りたい」

「アンジェラに戻るのですか？」ヘミングウェイはアルフレッド・カーペンターの供述調書を手渡しながら言った。「彼女は劇団のメンバーではありませんでしたよ、そうお考えかもしれませんが」

「いや、そうは思っていない。わたしが欲しいのは、劇団が訪問した町の一覧だ」

「何ですって！」ヘミングウェイはあえいだ。「まさか本名がわからない娘を探してミッドランドをしらみつぶしにするおつもりではないでしょうね？」

ハナサイドは顔を上げた。落ち窪んだ目がきらりと光る。「いや、まるっきり——気がふれてはいないよ」

ヘミングウェイは疑わしげに言った。「どういう意味ですか、ボス？　からかっているんですか？」

「違う。わたしの思いつきが恐れているほど突飛なら、きみにもわたしをからかう時間は与えないさ」ハナサイドは応じた。「うん、アルフレッド・カーペンターは電話帳に出ているな。彼の家に行って、劇団の名前を知っているか、知らない場合はエージェントの名前の見当がつかないか、訊いてみてくれ。もう家に帰っている頃だろう」

ヘミングウェイは信じられないというふうに頭を振ったが、再び受話器を手にした。数分ののち、カーペンター氏は兄が参加した巡業劇団の名前など知らないと言い、エージェントの名前なら思い出したようだとハナサイドに報告することができた。

「ジョンソンかもしれない、ジャクソンだったか、あるいはジャミーソンかもしれないそうです」ヘミングウェイは皮肉たっぷりに言った。「とにかく、Jで始まることはたしかだそうです。けっこうじゃありませんか？」

「充分だ。朝になったら調べてみる」

「わたしは何をしたらいいでしょう？」ヘミングウェイが訊いた。「ブラウンにいくつか突っ込んだ質問をしてみますか？」

「ああ、是非そうしてくれ。それからあの娘もつかまえて、元の話にこだわるかたしかめてくれ。いいか、ヘミングウェイ！　このことは他言無用だぞ。ブラウンとドラ・ジェンキンズの聞き込みがすんだら、マーレイに行ってくれ。そこで落ち合おう。行けない場合は伝言を残す」

「マーレイでのわたしの任務は？」ヘミングウェイはハナサイドをじっと見て言った。「イカボドと祈禱会を開くので？」

「ネヴィル・フレッチャーの帽子についてのきみの説を検証すればいい。文鎮も、もう一回よく調べてみるんだ」

「最大限の努力を払ってネヴィル青年を洗うのですね？」ヘミングウェイはハナサイドから目をそらさない。「彼をアンジェラと結びつけるおつもりですか、ボス？　失礼ですが、何を突然発見されたのですか？　二十分前、我々の目の前には二つの解決困難な殺人事件がありました。ブラウンにはとくに興味がなさそうにお見受けしますが、何を考えていらっしゃるのですか？」

「共通因子だよ」ハナサイドは答えた。「つい二十分前に見えてきたことだが、勘違いの可能性も高い」

「共通因子ですって？」ヘミングウェイは繰り返した。「まあ、それは武器になります。そもそも最初から我々はそれを追っていたのだと思いましたが」

「わたしはそう思っていなかった」ハナサイドは言って、唖然としている部下を背に部屋を出た。

第十四章

翌朝、ヘミングウェイ巡査部長が地下鉄でマーレイに向かった頃には、おおいなる進展があった。二つの聞き込みは大成功とはいかなかった。ミス・ジェンキンズは、本能的に警察を怖れる気持ちと、重要人物になって喜ぶ気持ちの間で揺れ動き、エプロンの端をねじり、くすくす笑い、縮れたカールを押さえ、何を喋ったらいいかよくわからない、と言い張った。自分が殺人に関わりがあるなどとは誰にも思って欲しくない。新聞で読んで尋問された理由がわかった時は、びっくり仰天したそうだ。ヘミングウェイの熟練した聞き込みによって、ミス・ジェンキンズは徐々にときどき叫んだりはぐらかしたりする喋り方をやめ、タキシード姿の紳士が通りかかったのは警官より一分か二分前であり、たしかにたいそう小粋なオペラハットをかぶっていた、と自信をもって繰り返した。

あの風変わりな青年から受けた印象からして、ヘミングウェイは問題のタクシーの乗客が、いささかでもネヴィル・フレッチャーと符合するとは思えなかった。彼はミス・ジェンキンズのもとを辞してブラウン氏を探しにいった。

探索の旅はヘミングウェイをバラムへと導いた。ブラウンはそこに住み、夜の仕事のあとのやすらかな眠りについていた。ブラウンの妻はミス・ジェンキンズ同様、巡査部長の名刺を見てあわてふためき、言われる前にそそくさと夫を起こしにいった。やがて、眠そうな目をした不機嫌なブラウン氏が降りてきた。ヘミングウェイに露骨な嫌悪の情を見せ、なぜゆっくり寝かせておいてくれないのかと訊く。少しは同情の念を持っていたヘミングウェイはこの質問にはとりあわず、逆に質問をした。だがブラウンはいらいらした調子で、一度話したことをもう一回尋ねるためだけに労働者の眠りをさまたげる資格があると思っているなら、それは大間違いだと言う。前に話したことを曲げるつもりはない。マザー巡査の証言を突きつけられると、ブラウンは目を見開き、あくびをし、肩をすくめて言った。「そうですか。好きなようにすればいいでしょ。ぼくにとっちゃ、同じことです」

「では、巡査を見なかったのだな？」ヘミングウェイは言った。

「ええ」ブラウンは答えた。「あの道は幽霊が出るんです。ぼくが見たのは幽霊ですよ」

「生意気な口をきくなよ、きみ！」ヘミングウェイは忠告した。「九時四十分、何をしていたんだ？」

「サンドイッチを切ってました。他に何をするってんです？」

「口で言うのは簡単だ。チャーリー・カーペンターという男に会ったことがあるか？」

名前に聞き覚えのあったブラウンは真っ赤になり、こっちが追い出す前に出て行けと言った。ヘミングウェイが非難すると、ブラウンはスコットランドヤードが束になってカーペンターに会ったとか、一分でもコーヒーショップから出たとか証明しようとしたって動じない覚悟だと言った。

ブラウンから聞き出せたのはそれくらいだった。まもなくヘミングウェイはブラウンのもとを辞し、マーレイへ向かった。警察署ではグラスが指示を待っていたので、まるで悪夢から覚めたみたいにぼんやりするしか能がないのか、とぴしゃりと言った。

グラスは強情な様子で答えた。「そしりをいだす者は愚かなる者なり（『箴言』十章十八節）。わたしは下された命令を実行する準備をしていたのです。どこが間違っていたでしょうか?」

「ああわかったよ、忘れろ!」ヘミングウェイはうんざりする。「きみは間違っていない」

「ありがとうございます。お気持ちが動揺し、気分が悪いことはわかります。この捜査は終わりそうもないのですか?」

「ああ、そうだ。混乱状態だ。昼食を取ったら、ネヴィル閣下の行動を二、三調べるつもりだ。残された候補者は彼一人だからな。ノースが黒だと思えた時だって簡単ではなかったが、ノースが除外された今、状況はずっと悪化したと言わざるをえない。彼と馬鹿な女房が邪魔したやり方を考えると、即刻殺人の罪で逮捕してやりたくなるよ」

「彼らは嘘をつきました、偽りの唇は神への冒瀆であるのは事実であります。しかし、聖書には『愛はすべての咎をおおう』（『箴言』十章十二節）とも書いてあります」

ヘミングウェイはすっかり驚いてしまった。「いったいどうしたんだ?」と訊く。「気をつけろよ。その調子で行ったら、成長して人間らしくなっちまうぞ」

「わたしも混乱し、ひどく打ちひしがれております。しかし、あのつむじ曲がりのネヴィル青年を探し出しても、時間の無駄ですよ。彼はすべてを軽蔑し、人間であれこの世の事物であれ、何ごとにも無関心です。なのになぜ人を殺すでしょう?」

「きみの言うことには大きな意味がある」ヘミングウェイは賛成した。「だが、それでも彼の最後の話は吟味に値すると思う。晩飯を食ってこい。グレイストーンズでは用がないから」

一時間後、ヘミングウェイはグレイストーンズの裏口に現れ、ミセス・シモンズと挨拶を交わした。この太った女性はヘミングウェイを招じ入れ、いささか非難がましい顔をした夫と共に食器保管室に入った。

「教えてくれ!」ヘミングウェイは言った。「フレッチャー青年は帽子をいくつ持っている?」

「なんと仰いました?」シモンズはぽかんとして言った。

ヘミングウェイは質問を繰り返した。

「残念ですが、巡査部長さん、ネヴィル様は一つしかお持ちではありません」

「そうなのか? その顔つきからすると、たいした帽子じゃなさそうだな」

「紳士の頭にかぶるものにしては、粗末なものです」シモンズは答えたが、あわててつけ加えた。

「人は外の形を見、エホバは心を見るなり(『サミュエル前書』十六章七節)」

「きみ!」ヘミングウェイは気色ばむ。「そういうのは、ただちにやめてもらおうか! きみの友人のグラスからさんざん聞かされてきたのだ。帽子の話だけをしよう。亡くなったご主人は持っていたのか?」

「フレッチャー様はいつでも身なりをよく整えていらっしゃいました」

「その帽子はどうした？　片付けたのか、それとも人にやったのか？」

「いいえ」シモンズはじっと目を見開いて答える。「だんな様の衣裳部屋にあります」

「鍵をかけて？」

「そんなことはありません。このお屋敷では、鍵をかけてものをしまう必要などございません、巡査部長さん！」

「わかったよ」とヘミングウェイ。「ビリヤード室に案内してもらえないか？」

執事はややとまどったようだったが、反論はせず、食器保管室のドアを開けてヘミングウェイに廊下に出るよううながした。

ビリヤード室に入ると、窓の手前に書き物机があり、上には革のデスクマット、カットグラスのインクスタンド、上部が裸婦像になった青銅の文鎮があった。ヘミングウェイは前にもその文鎮を見ていたが、今回は手に取って、ネヴィル・フレッチャーから見せてもらった時よりも仔細に眺めた。

シモンズが咳払いする。「ネヴィル様がご覧になったら冗談を仰いますよ、巡査部長さん」

「じゃあ、きみはその冗談を聞いていたんだね？」

「はい、巡査部長さん。ネヴィル様は無頓着なお方です。ご苦労がないんでしょうな」

ヘミングウェイは曖昧な声を出し、文鎮をなんとかポケットに押し込もうとした。四苦八苦していると、窓際の柔らかな間延びした声に作業を中断された。「それで遊んではいけませんね。あなたの指紋しか見つからなくて、ばつの悪い思いをすることになりますよ」

ヘミングウェイが飛び上がって振り向くと、ネヴィル・フレッチャーが開いた窓の外をぶらぶらしながら、あのいけ好かない微笑を浮かべてこちらを見ていた。

「ああ！」とヘミングウェイ。「あなたでしたか？」

ネヴィルは低い窓枠をまたいで部屋に入ってきた。「おや、それを期待してたんじゃないんですか？　ぼくを有罪にする証拠を探しているのですか？」

「坊ちゃま、巡査部長さんは」とシモンズが無表情で言った。「だんな様の帽子が鍵をかけてしまってあるかどうかお知りになりたいそうでございます」

「警察ってのは、なんておかしなことに興味を持つんだろう」ネヴィルは言った。「かけてあるのかい、シモンズ？」

「いいえ――巡査部長さんにもその旨お伝えいたしました」

「どうしてだかわからないけど、あなたはぼくの首に縄をかけたも同然なんでしょうね」とネヴィル。「お下がり、シモンズ！　ぼくが巡査部長さんの相手をするよ。この人、好きなんだ」

ヘミングウェイは実に居心地が悪かった。自分を非難する人間と共に残されることに異論は示さなかったが、防衛するようにこう言った。「わたしに追従を言っても無駄ですよ」

「ああ、そんなつもりはないですよ！　おべっか使いがどんな目に遭うか、マラキから聞きました。お見えになるのがきのうじゃなくて、残念だなあ。『イザヤ書』にいい文句を見つけたのに、すべてマラキ関連で」

「なんですか？」思わず気をそらされてヘミングウェイは訊いた。

「〝張りあふるる災い〟ですよ。警視さんはあなたに話しておくべきだったのに」

ヘミングウェイもそう思ったが、押さえつけるように警視はもっとましなことを考えなければならないのだと答えた。

「まじじゃないでしょう。彼の心は、可能性はゼロじゃないがとてつもなく低い、ぼくの有罪で占められていたんだ。あなただってそうでしょ、だからぼくは動揺しちまいますよ。なぜって、あなたとは血を分けた兄弟も同じだと思ってましたからね。マラキのおかげで。なぜ帽子が問題に？」ネヴィルの眠たげな目がヘミングウェイの顔を探る。「こちらの調子が出てきたら教えてください。不運なロンドンへの旅。黒いフェルト帽。それからアーニーのコレクション。おお、ぼくはアーニーのを一つ拝借したのかな？」

ヘミングウェイは、ここは相手に合わせて率直に出ようと決めた。「で、拝借したのですか？」

ネヴィルは愉快そうに相手の腕を取った。「一緒に来てください。おまわりさんは味気ない生活を送っているんですか？　ぼくならちょっとは楽しませてあげられますよ」

「いい加減にしてくださいよ、いったいなんの真似です？」ヘミングウェイはドアに引きずっていかれながら抵抗した。

「ぼくの無実を立証するんです。嫌でしょうけど、それを表に出しちゃいけませんね」

「警察が無実の人間を逮捕したがるなんて、馬鹿げた考えを持つのは大間違いですよ」ヘミングウェイの口調は厳しい。奥行きの浅い階段を上へ導かれながら、こう言った。「なんの真似だか知りませんが、わたしには任務があることを忘れてもらっては困ります」

ネヴィルがドアを開けると、重厚なマホガニーで調度された一室だった。「伯父の衣裳部屋です。今のところ幽霊は出ていませんから、怖がらなくていいですよ」

「わたしから見れば、あなたのものの言いようは慎みがありませんな」

ネヴィルは大きな衣装だんすを開け、帽子の並んだ棚を見せた。一列にきちんと整頓されている。「めったに慎みませんからね」ネヴィルは同意した。「伯父の帽子です。理論的に見て、私的所有はさほど悪いことでしょうか？　ぼくはどんな帽子をかぶってたんです？」

「あなた自身の言によれば、黒いフェルト帽ですよ」

「ああ、そんなリアリズムはやめましょうよ！　リアリズムは芸術の敵だ。それが警視さんを動揺させたんだ。あの人はとても保守的ですからね、ぼくの帽子は時代錯誤だと思ったんでしょう。もちろん、ぼくはあの破れそうなやつから選んでかぶったに違いないんだ。子どもや単純な知性の人間にはとても魅力的なんですが、特許を取った煙草の箱みたいな俗悪なものを彷彿させずにいられません。ねえ巡査部長さん、ぼくは伯父の帽子を借りたと思いますか？」

ヘミングウェイは、スリー・サイズも小さすぎるオペラハットをかぶったネヴィル・フレッチャーの様子をまじまじと見つめ、しばし自問自答したのち詰まったような声で言った。「いいえ、思わないと言わねばなりません。あなたは——それをかぶって外に出るには度胸が要ります！」

「ええ、ぼくもそう思いましたよ。ぼくは喜劇は好きだが笑劇は好かない。あなたの仏頂面を見れば、ぼくがこの帽子に救われたことがわかります。二度と殺人罪で疑われるような目には遭いたくないですね。神経が参る上、不愉快きわまりない」

「わたしもそうだといいと思いますよ」ヘミングウェイは応じた。「しかし、わたしがあなたの立場だったら、性急に結論を出すのは控えますな」

「そりゃ、あなたとしてはそう言わざるをえないでしょう」ネヴィルは伯父の帽子を棚に戻しながら言った。「ぼくが犯人でないとすると、誰なのかあなたは想像できないんだから」

「ああ、そう仰るんですか、だったら誰なんでしょう?」ヘミングウェイは尋ねた。

「わかりませんね。それに気にもなりません。あなたと違って悩むわけじゃない」

「フレッチャー氏はあなたの伯父さんだったのですよ」

「そうですよ。伯父の死に異議をとなえないのかと訊かれたなら、そりゃとなえますよ。でも、訊かれなかったし、ぼくから見て最高に感傷的な行為ってのは、取り返しのつかないことを嘆くことですよ。それに、過ぎたるは及ばざるがごとし、です。二日目以降、さんざん謎につきあわされてきました。関心が——苦痛なものではありましたが——よみがえったのは、第一容疑者の役を当てられてからです。ぼくは絞首刑の猶予を祝わなくちゃ。自分と結婚したいかどうか、女の子に訊くならどうします?」

「何をどうするですって?」気乗りしないながらも、ヘミングウェイは尋ねた。

「知らないんですか?　あなたなら知ってると思ったのにな」

「あなたは——結婚を考えているのですか?」ヘミングウェイは仰天した。

「ええ、でもそんなの間違ってるなんて言わないでくださいよ。とっくに自覚してるんだから。これでぼくの人生は台無しになる」

「なら、何が理由で結婚するんです?」ヘミングウェイはもっともな質問をした。

ネヴィルは彼らしい曖昧な身ぶりをする。「環境が変化したからですよ。金目当てで追っかけまわされることになるでしょう。それに、結婚以外にそれを避ける方法を思いつかない」

「では」ヘミングウェイは冷淡に言う。「結婚しさえすれば、簡単に避けられる。それは一理ありますな」

「ああ、本当にそう思います? じゃあ、考え直す暇がないうちに、プロポーズしてこよう。さよなら!」

ヘミングウェイは後ろから呼びかけた。「ネヴィルさん、疑いが晴れたと言われたなんて思い込みは困りますよ。わたしはそんなことを言ってない!」

ネヴィルは陽気にさよならの手を振り、階段を降りていった。十分後、彼は背の高い窓からノース家の客間に入った。ヘレンは机に向かい手紙を書き、姉は床に座り、四枚のタイプ原稿に手を入れていた。

「あら!」サリーは視線を上げて言った。「まだ逮捕されてないの?」

「うん、事実上疑いが晴れたよ! あのさ、ぼくと一緒にブルガリアに行くかい?」

サリーは片眼鏡を探り、眼窩にはめて相手を見た。それから手にしていたタイプ原稿を下に置くとあっさり答えた。「ええ、行きたいわ。いつ?」

「ああ、できるだけ早くがいいと思わないかい?」

ヘレンは椅子の中で体をよじった。「サリー、いったいどういうこと? そんなふうにネヴィルと出かけられるわけないじゃない！」

「なぜ駄目なんだい？」ネヴィルがおもしろそうに訊いた。

「冗談じゃないわ！　まともなことじゃないって、よくわかってるくせに」

「ああそうだね、まともじゃないだろうね！　それがバルカン半島の旅の醍醐味だ。だけど、サリーは実に心が広いな」

「でも――」

「しっかり目を覚ましなさいよ！」サリーが言った。「たった今プロポーズを受けたんだってわからなかったみたいね」

「え……？」ヘレンは飛び上がった。「あれがプロポーズだって言いたいの？」

「全く、純真無垢な女性ってのはうんざりするな。もっとも汚れた精神の持ち主なんだから！」

ネヴィルが言った。

「サリー、あなたまさか、ネヴィルみたいな――ろくでもない人と結婚しないわよね？」

「いいえ、します。彼に転がり込んでくる大金を考えてみてよ！　断ったりしたら、わたしは馬鹿よ」

「サリー！」

「それに、彼いばらないもの。たいていの男よりましよ」

「彼を愛していないの？」

「誰が愛してないって言った？」サリーはかすかに赤くなった。

ヘレンは匙を投げたという感じで二人の顔を見比べた。「そうね、お姉さんは気が狂っているとしか言えないわ」

「そりゃ嬉しいな！」ネヴィルは言った。「ものすごく気まずくなってきたとこなんだ。他に言うことがないんなら、出て行ってくれるとありがたいなあ」

ヘレンはドアに歩み寄り、開けながらこう言った。「わたしが出て行くまで待ってからプロポーズしてくれたらよかったのに――あの常識はずれな招待が本当にプロポーズだったのなら」

「でも、きみはいっこうに出て行く気配がなかったし、『おお、ヘレン、行ってくれないかな、サリーにプロポーズしたいから』なんて頼むのは、ひどくばつが悪いからね」

「あなた方二人とも狂ってるわ！」ヘレンは言い捨てて出て行った。

サリーは立ち上がった。「ネヴィル、絶対に後悔しない？」と不安そうに言う。

ネヴィルはサリーを抱いた。「いや、後悔なんかしないさ。きみはしそうかい？」

サリーはにっこりした。「そうね――きっと後悔するわ！」

「ダーリン、そりゃあ見上げた心がけだが、勘違いだよ。ぼくはとにかくここで一大決心しなかったら、ものすごく後悔するだろうと思うんだ。きみの鼻のせいだな。きみの目は青なの、灰色なの？」

サリーは目を上げた。すかさずネヴィルはキスする。サリーは男の腕に力が入るのを感じた。思いがけない荒々しい抱擁から抜け出すと、ぶるぶる震えながら苦しげにあえいだ。

「引っかかったね」ネヴィルは言った。「黄色の斑点が入った灰色だ。とっくに知ってた」

サリーはネヴィルの肩に頭をもたせかけた。「おお、ネヴィル、わたし――わたし今まで自信がなかった――あなたが本気だったなんて！　歩いて旅に出るとか、それくらい大変な道中になるの？」

「そんなことないさ！　でも、運河でも掘ってみようかな。農村のあばら屋で幾晩も過ごさなくちゃならないよ。山羊を食えるかい？」

「ええ」サリーは言った。「どんな味？」

「そうとうまずいよ。今週忙しい？　それとも結婚する暇がある？」

「ええ、そう思うけれど、特別結婚許可証が必要になるし、遺言の検認を受けるまではアーニーのお金に手を触れることはできないわよ」

「そうなの？　じゃあ、少し借金しないとな」

「わたしに任せて」サリーは生来のやり手ぶりを発揮した。「あなたじゃ犬の鑑札でも取ってくるのが落ちよ。ところで、本当に今回の嫌な殺人の罪で逮捕されないの？」

「そうだよ、だってアーニーの帽子のサイズが合わないんだから！」

「その理由で納得していいのかしら？」

「うん、巡査部長でさえそう思ったんだから」ネヴィルは浮かれて言った。

ヘミングウェイはたしかにそう思ったものの、最後の容疑者を逃したくなかったので、確信は胸に秘めていた。アーネスト・フレッチャーの衣裳部屋から出て階段を降りるとちゅうでミス・フレッチャーに出くわした。彼女はヘミングウェイを見て驚いたようだったが、ネヴィルに案内してもらったのだと言う説明を落ち着いて受け入れた。ミス・フレッチャーはぼんやり言った。

「なんて子でしょう！　軽率なんだから！　でも、男の人ってそうですわよね？　あの子がこの恐ろしい悲劇と関わりがあるなんてお考えにならないでいただきたいですわ。本当に悪いことなんてできっこないんですから。誰にだってわかりますわよね？」

ヘミングウェイはあたりさわりのない返答をした。

「本当にそうですわね」とミス・フレッチャー。「ネヴィルはどうなりますの？　巡査部長さんを二階にほったらかしにするべきではありませんでしたね。わたしは別に――それが馬鹿げているなんて言うつもりはありませんけれど」

「それがですね」ヘミングウェイは言った。「申し上げていいかどうかわからないのですが、フレッチャーさんは突然婚約したようですよ」

「あら、嬉しいわ！」彼女はぱっと顔を輝かせる。「結婚するべきだと思いますもの、巡査部長さんだってそうでしょ？」

「さあ、わたしにはフレッチャーさんに世話を焼いてくれる人が要るように見受けられるとしか言えません」

「お優しいのね」とミス・フレッチャー。「あら、わたしとしたことが！　お茶を召し上がります？　警察署から埃っぽい道を歩いていらしたのでしょ！」

ヘミングウェイはお茶を断り、なんとか彼女から逃げ出すことに成功した。陰鬱な面持ちで警察署に戻ったが、相変わらずグラス巡査が命令を待っているばかりで、気分はいっこうに晴れなかった。ヘミングウェイは小さな事務室に入り、もう一度目の前のケースの上に覚書を広げ、頭を悩ませた。

あとをついてきたグラス巡査はドアを閉め、憂鬱そうにヘミングウェイを見ていたが、やがてこう言った。「悪をなす者のゆえをして心を悩ますことなかれ。彼らはやがて草のごとく刈り取られ、青菜のごとく打ちしおれるべければなり（『詩篇』三十七篇一～二節より）」

「わたしが悩まなければ、大勢の人間が打ちしおれるのだ！」ヘミングウェイは不機嫌に言った。

「汝はめしいが闇にたどるごとく、真昼においてもなおたどらん（『申命記』二十八章二十九節）」

「黙ってくれないか！」この意見の正しさに打ちのめされたヘミングウェイはぴしゃりと言った。

冷たい青い瞳が光った。「わたしには神の怒りが満ちております」グラスは言い放つ。「自制するのはうんざりです」

「おや、さほど自制しているようには見えなかったぞ。どこかよそに行ってべらべら引用してろ。その顔をずっと見てたら、筋金入りの無神論者になりそうだ」

「行きません。わたしは己の魂と会話していたのです。人のみずから見て正しとする道にして、その終わりはついに死にいたる道となるものあり（『箴言』十四章十二節）」

ヘミングウェイはタイプ原稿のページをめくった。「ま、それについて興奮する必要はないな。そこまで罪をおおげさに考えていたら、警官はつとまらんぞ。ここにいたいのなら、頼むから座れ、そしてこちらをじろじろ見ながら突っ立っているのはやめろ！」

グラスは椅子へと動いたが、それでも険しい視線をヘミングウェイの顔からそらさなかった。

「ネヴィル・フレッチャーは何を言いましたか?」

「きみと同じくらい馬鹿げたことを言ったよ」

「彼は犯人ではありません」

「だとしても、彼がそれを証明するのはひと苦労だろう、わたしに言えるのはそれだけだ」ヘミングウェイはやり返した。「帽子をかぶっていたかどうかはともかく、彼はカーペンターがやられた日にロンドンにいた。そしてあらゆる状況からして、フレッチャー老人を殺す動機および機会のあった唯一の人間なのだ。たしかに、彼は人殺しをして歩きそうな手合いには見えないが、愚かではないし、いかにも我々に一杯食わせそうじゃないか。カーペンターをやったのかどうかは知らないが、証拠について考えれば考えるほど、伯父をバラした可能性があるのは彼だという確信が強まるね」

「ですが、彼は逮捕されていません」

「ああ、今はな。だが警視が熟考されたら、きっと逮捕されるに違いない」

「警視は己の見識に従う公平な方です。今どこに?」

「わからん。もうすぐこちらに見えるのではないかな」

「これ以上無実の人間が迫害を受けることがあってはなりません。我が魂は嵐に翻弄されています。しかし、炎の文字で書かれております! およそ人の血を流す者は、人その血を流さん(『創世記』九章六節)」

「それは見識だな」ヘミングウェイは同意した。「だが、無実の人間の迫害ってのは――」

「愚か者を忘れて生きよ！」グラスが遮った。陰気そのものの表情で唇を歪める。「わざわいなるかな。彼らは自ら省みて聡しとするものなり！（『イザヤ書』五章二十一節）裁きはあざける者のために備えられ、鞭は愚かなる者の背のために備えらる（『箴言』十九章二十九節）と知れ！」

「もういい！」ヘミングウェイは声を荒げた。「きみがそれほど賢いなら、真犯人を知っているのだろうな？」

グラスの目が奇妙な輝きを見せながらヘミングウェイの目を覗き込んだ。「犯人を知るのは、このわたし一人です！」

ヘミングウェイは目をぱちくりさせた。彼もグラスもドアの開いたのに気がつかなかった。

「いいや、グラス。きみ一人ではないぞ」ハナサイドの静かな声に、二人はびくっとした。

第十五章

信じられない思いでグラスを見ていたヘミングウェイは、すばやくドアに視線を移して立ち上がった。「いったい――いったい、これはなんです、ボス？」と尋ねる。

グラスは頭をめぐらし、神妙な面持ちでハナサイドを見て、「では、警視は真実をご存知なのですか？」と訊いた。「それでしたら、満足です。わが魂はわが人生に倦んでいますから。わたしはヨブと同じです。わが日は駅馬《はゆま》使いよりも速く、ただに過ぎ去りて幸いを見ず（『ヨブ記』九章二十五節）」

「おいおい、こいつは気が狂ってるぞ！」ヘミングウェイが大声を上げた。

グラスは軽蔑の笑みを浮かべた。「愚かなる者のおろかはただ痴《おろ》かなり（『箴言』十四章二十四節）。わたしは狂ってはおりません。我、仇を返し、報いをなさん（『申命記』三十二章三十五節）。あなたに言います、邪悪なる者は地獄へ落ちるのです！」

「わかった、わかった！」ヘミングウェイは厳しい目つきをそらさずに言った。「その件で大騒ぎするのはやめにしよう！」

「それがいいな、ヘミングウェイ」とハナサイド。「きみは間違っていたのだ、グラス。間違っていたことを、きみは知っている」

「手に手を合わするとも、悪しき人は罪を免れず！（『箴言』十一章二十一節）」

「そうだ。だが、罰するのはきみの役目ではなかった」

グラスはうめき声のようなため息をついた。「わかっております。それでも、義を思うことは正しいのです。わたしは神の怒りに満ちていました」

ヘミングウェイは机の端を掴んで身を支えた。「なんてこった、イカボドがやったと仰るんじゃないでしょうな！」とあえぎながら言う。

「ああ、フレッチャーもカーペンターもグラスが殺害したのだ」ハナサイドは答えた。

グラスは事務的な関心を目に浮かべてハナサイドを見た。「では、すべてご存知なのですね？」

「すべてではないよ。アンジェラ・エンジェルはきみの妹だったのか？」

グラスは身をこわばらせ、硬い声を出した。「わたしにはかつて、レイチェルという名の妹がおりました。しかし妹は死にました。のみならず、その罪深い魂が体を離れるよりはるか以前に死んでいたのです！　妹については語りません。しかし、妹を悪に導き、妹を自殺にいたらしめた男に対しては、肉をも断つきらめく剣となりましょう」

「ああ、神様」ヘミングウェイがつぶやいた。

燃えるような視線がその顔に向けられた。「義を愚弄しながらも神を求めるあなたは、いったい何ですか？　その鉛筆を手に取ってわたしが話すことを書いてください。そうすればすべてが整然とするでしょう。あなたを怖がるとでも思っているのですか？　そんなことはありません。人間の法の力など怖いものか！　わたしは真実の道を選んだのです」

ヘミングウェイは椅子に沈み込み、鉛筆を手に取った。「わかったよ」いささか不明瞭にヘミングウェイは言った。「続けて」

グラスはハナサイドに言った。「あの男たちの死はわたしの手によるものだ、と語るだけでは足りませんか?」

「駄目だ。それでは不十分だとわかっているだろう。全真相を話さなければいけない」ハナサイドはグラスの顔をまじまじと見てから、こうつけ加えた。「妹さんの名前を公にする必要はないと思うよ、グラス。だがわたしは、全真相を知らねばならない。妹さんは、カーペンターがミッドランドで巡業中に、レスターで一週間の公演に出ている時に知り合った、そうだな?」

「はい、さようです。あの男は妹を甘言と虚言で誘惑しました。妹は根っからふしだらな女でした。みずから悪い男とつきあい、罪深い生活に堕ちたのです。あの日から、妹はわたし達にとって、家族にとって死んだ人間も同然でした。名前すら忘れられるべきでした。なぜなら、〝悪しき者は暗闇にありて黙すべし〟(『サミュエル前書』二章九節)と聖書にも書かれています。妹が自殺した時、わたしは喜びました。肉体は弱く、妹を思うこと、のみならずその面影を思うことは、鋭い棘のようでしたから」

「そうだな」ハナサイドは優しく言った。「フレッチャーが妹さんの愛した男だということは知っていたのか?」

「いいえ。何も知りませんでした。神がわたしを彼の住みかにおつかわしになったのです。それでも、わたしにはまだわかりませんでした」グラスは指がまっ白になるまで膝の上でこぶしを握りしめた。「わたしに会った時、あの男は微笑みかけてきました。そしていつわりの舌をもってこんばんはと言いました。わたしは礼儀正しく答えたのです！」

ヘミングウェイは我知らず身震いした。ハナサイドは言った。「真実に気づいたのはいつだ？」

「わかりませんか？　彼を殺した晩ですよ！　十時二分にグレイストーンズの脇の門から男が出てきたと言った時、わたしは嘘をついていたのです」グラスの唇が軽蔑に歪んだ。「つたなき者はすべての言葉を信ず、賢き者はその歩みを慎む（『箴言』十四章十五節）」

「きみは法を取り締まる者だった」ハナサイドはきびしく言った。「きみの言葉は疑うべきものだとはみなされなかった」

「その通りです、であるがゆえに、自分は罪を犯したと告白します。それでも、わたしの行いは、課された使命であります。自分以外には、アーネスト・フレッチャーを討つ者はいませんでした。妹は自らを殺《あや》めましたが、あの男とて妹の血にまみれていたのです！　法が妹の敵討ちをするでしょうか？　あの男は法の裁きにかからないことを知っていましたが、わたしのことは知らなかったのだ！」

「その点は反論しないよ」ハナサイドは言った。「十七日の晩に何があった？」

「十時二分ではなく、その数分前に、カーペンターの姿を見ました。メイプル・グローヴの角で、彼と顔をつきあわせました」

「カーペンターはミセス・ノースが見た男だったのか？」

「はい。カーペンターがフレッチャーを訪問したという彼女の言葉は嘘ではありませんでした。

カーペンターは、わたしがその喉に手をかけている間に、すべてを詳しく物語りましたから」

「フレッチャーに会いにいった目的はなんだ？　脅迫か？」

「まさしく。彼もかつては何も知りませんでした。しかし刑期を務める前、妹が男たちの面前でみだらな踊りをしながら四肢をさらけ出していた虚飾に満ちた悪の巣窟で、彼はフレッチャーを見かけていました。自身が釈放され、妹が亡くなった時、妹の恋人が誰だか告げる者はいませんでした。ただ、一人の若い女がかつて見たことのある男の記憶を思い出させたのです。カーペンターは男のことを思い出しましたが、名前を知ったのは、新聞にその写真が載った日のことでした。そして、アーネスト・フレッチャーが現世の富に恵まれた人間だと知るや、よこしまな頭脳で、醜聞を暴露すると言って金をゆする計画をひねり出しました。その目的でマーレイを訪れました。一度ならず数回も正面玄関から屋敷に入ろうとしたものの、ジョセフ・シモンズは男の要件をフレッチャーに取り次ぐことを拒否し、男を締め出したのです。それゆえ、十七日の晩、あの男は脇の門から入ったのです。しかしフレッチャーはカーペンターを笑い、馬鹿な真似をするなとあざけり、門から彼をつまみ出しました。カーペンターは立ち去りましたが、アーデン・ロードではなくヴェイル・アヴェニューに向かいました。わたしはそこで彼に会ったのです」

グラスは言葉を切った。ハナサイドは言った。「彼が誰だかわかったのか？」

「わかりました。しかし、向こうがわたしを認識したのは、わたしがあの喉に手をかけ、耳元で我が名を告げたときです。怒りに駆られるあまり、その場で息の根を止めかねなかった。しかし彼はあえいで待ってくれ、妹の死は自分の責任じゃないと言いました。わたしはそんな言葉を意に介しませんでしたが、カーペンターは恐怖のあまり叫び出し、息を詰まらせながら、罰を受けるべき男の名前を明かすと言いました。わたしは傾聴しました。カーペンターから手を放さずに、知っていることを話せと命じました。カーペンターは死の恐怖に打ち震え、すべてを白状しました。己の邪悪なもくろみをも。妹の死の原因となった男の名を知り、あの作り笑いと愛想のよい言葉を思い出すと、わたしはさらなる激憤に駆られ、魂が震えました。わたしはカーペンターを放しました。驚きのあまり、彼の喉から手が下りたのです。カーペンターはすばやく消えました。どこへ行ったかわかりませんでした。あの男のことなどどうでもよかった、あの瞬間、自分が何をすべきかわかったからです。誰も見ている者はありませんでした。渦巻いていたわたしの心は鎮まりました、義を知ったがゆえに鎮まったのです！　門まで行き、小道からフレッチャーの書斎の開いたフランス窓へと進みました。フレッチャーは机に向かって書き物をしていました。わたしの影が床に落ちると、フレッチャーは顔を上げました。怯えてはいませんでした。ただ、目の前に法執行者がいただけですから。驚きはしましたが、わたしに話しかけてくる間も、唇には笑いがありました。赤い靄越しに笑みが見えました。そして、わたしが警棒で打つと、彼は死にました」

ヘミングウェイは速記のメモから顔を上げ、「きみの警棒だと！」と叫んだ。「ああ、なんてこった！」

「時刻は？」ハナサイドが尋ねた。

「時計を見ると、針は十時七分を指していました。何をすべきか考えてみると、眼前に進むべき道が延びていると思えました。机上の電話の受話器を取り上げ、巡査部長にフレッチャーの死を報告しました。しかし、いったんねじ曲げられたものはまっすぐにはできません。わたしは嘘を申し立てる偽りの証人であり、わたしの証言によって暗黒と難局が生じ、無実の人間たちが試練にさらされました。彼らは脂肪に包まれており、主がご覧になれば罪人でありますが、わたしの行為のために苦しむべきではありませんでした。わたしは悩み、打ちひしがれ、我が心はわたしを挫きました。すべては隠されたままかもしれないと思えました。謎を解明しようとするあなた方は驚愕し、どちらへ進めばよいのかわかっていませんでしたから。しかし、指紋がカーペンターのものだと判明した時に、わたしは逃げようのない深い穴に踏み込んでしまいました。カーペンターの住居が巡査部長の耳に入った時、わたしはすぐそばに控えておりました。すべてが聞こえました。カーペンターが地下室に住み、安食堂でウェイターをしているということまで。巡査部長からもう帰れと命ぜられると、わたしは自分の心と闘いながらその場を去りました。感情の囁きに耳を傾けましたが、人は悪をもて堅く立つことあたわず。（『箴言』第十二章三節）カーペンターは悪人であり、死に値する人間ではあっても、わたしが殺したのはそれゆえではありません」

「コーヒーショップの主人が見かけた巡査とはきみだったのか？」へミングウェイが言った。

「そのような店はありました。主人に見られることなど気にしませんでした。巡回中だという顔をして彼の前を通りすぎました。わたしはカーペンターが暮らす家にたどり着きました。地下室のブラインドから明かりが漏れていました。わたしは地下室への階段を降りました。降りた先のドアには鍵がかかっていませんでした。わたしはそっと入室しました。カーペンターの部屋に入った時、彼はこちらに背を向けて立っていました。彼は振り向きましたが、口元まで出かかった悲鳴を上げる暇はありませんでした。今一度わたしは彼の首に手をかけ、彼はあらがうことができませんでした。フレッチャーを殺害したのと同じようにカーペンターを殺害し、来た道を通って帰りました。しかし、フレッチャーを殺したのは義のためです。カーペンター殺害については殺人の罪を犯したことを自覚しており、わたしの心は重く沈みました。今やネヴィル・フレッチャーがわたしの身代わりとして逮捕されようとしておりますが、彼は無実であり、今こそ真実を告げる時が来たのです」グラスはヘミングウェイのほうを向き、きびしい口調で言った。「わたしが語ったことをそのまま記録しましたか？　全部書き写させてください、それに署名しますから」

「うん、それでいい」ハナサイドが言った。「と同時にグラス、きみを逮捕する」

ハナサイドは一歩下がってドアを開けた。「いいぞ、警部」

「あなたを恐れているとでも思うのですか？」グラスは立ち上がりながら言った。「あなた方は取るに足りない人間です、お二人とも。他の人間を殺害したように、あなた方を殺害することだってできた。でもそれはしません、あなた方と不和ではありませんから。ですが、手錠はかけないでください！　わたしは自由でいなければ」

ハナサイドの呼びかけに応じて現れた二人の男は、グラスの両腕をぐいと摑んだ。「静かにして、一緒に来るんだ、グラス」クロス巡査部長がぶっきらぼうに言う。「かっかするな！」

ヘミングウェイ巡査部長は、二人の警官にはさまれて出て行くグラスを見、狂信的な口調で旧約聖書の文句をとなえるのを聞いた。話をする気力も失せ、ハンカチで眉をぬぐった。

「狂ってる」ハナサイドが端的に言った。「狂気の一歩手前だと思っていたが」

ヘミングウェイはやっと口がきけるようになった。「狂ってるですって？　凶暴な殺人狂ですよ。わたしはあんな奴を信頼しきって、一緒に歩き回っていたんだ！　おお神様、あいつが話をしているのを座って聞いているだけで鳥肌が立ちましたよ」

「哀れな奴だ！」

「まあ、そういう見方もできますな」ヘミングウェイは言った。「アーネストとチャーリー・カーペンターはどうです？　ひどい仕打ちを受けたと思いますがね。しかも、なんのために？　二人のうち一人と駆け落ちして、もう一人のために自殺するほど馬鹿だった、つまらない若い女のためですよ！　イカボドを気の毒に思うなんて理解できませんね。おおかた奴の行き先は、国民が税を負担するブロードムーア病院（ロンドンにある精神病院。精神に異常をきたした犯罪者を収容し治療を行う）でしょ。でもって、他の頭のいかれた連中に破壊と死を説教して大いに楽しく暮らすんでしょうよ」

「そしてきみは心理学者を名乗るわけか！」

「自称、正義感のある警官ですよ、警視」ヘミングウェイは断固たる口調で言った。「我々が巻き込まれてきた難題と、不信心呼ばわりしてののしってきたあの狂人を思うと――血管が破裂すると嫌だから、考えないでおきますよ。何がきっかけで真実に気づかれたのですか？」

「マザー巡査の、バーンズスレイ・ストリートを歩いていた時ブラウンは店を開けていなかった、という証言だ。道の向かい側にいたカップルの相反する証言と考え合わせたわたしは、突然疑いを持った。どちらの殺人の場にも警官がいたというのが、わたしの言った共通因子だ。それでも、およそありそうもない話だと思ったことは認めるよ。もっと徹底して調べるまではきみに話さなかったのも、そのためだ。あらためて考え直し始めた途端、あらゆる些細な出来事が浮かび上がってきた。たとえば、カーペンターの部屋で発見したアンジェラ・エンジェルの手紙だ。あの中に聖書からの引用があったことを覚えているか？　フレッチャーの引き出しでアンジェラの写真を見つけたとき、グラスは見ようともせず、彼女の最期はニガヨモギのごとく苦いと興奮した口調で言ったことを覚えているか？　考えれば考えるほど、結論に到達したと思えてならなかった。今朝、カーペンターの元の一座を突き止め、彼の兄から聞いたカーペンターの巡業先の一覧を入手すると、あとは各地の警察に、グラスという家族が過去、現在暮らしていなかったか問い合わせるだけだった。レスターにはグラスという者が住んでおり、地元の警視からその家の娘が数年前役者と駆け落ちしたと聞いた。ついに突き止めたのだ。すべてを考慮すると、まっすぐここに来て摑んだ情報をもとにグラスと対決するのが最上の策だと思われた――グラスがきみを殺害しようなんて思いつく前にね」ハナサイドはいたずらっぽい目で最後にひと言つけ加えた。

「ああ、なんてご親切に、ボス」ヘミングウェイは大袈裟に感謝の念を示した。「それで、ブラウンに嫌われ、伯父の帽子の件でネヴィル青年を監視して時間を無駄にしたわたしはなんなのでしょう?」

「悪かった。しかし、手がかりを得たことをグラスに勘づかれるわけにはいかなかったのだ。ネヴィル・フレッチャーに謎が解けたと知らせなくてはな」

「その必要はありません。彼はもう興味がありませんから」

ハナサイドは微笑みながらも言った。「それでも、何が起きたか知らせなくてはいけない」

「滑稽な話だと思うに決まってますね。彼には慎みってものがないのです、まっとうな感情など言わずもがなで。それでも、イカボドの扱いに関して彼が我々の誰よりもうまかったことは否定しません。ウェディング・ケーキを一切れ期待している、と言っておいてください」

「誰のウェディング・ケーキだ？」ハナサイドが訊いた。「彼のじゃないだろ？」

「彼のですよ」ヘミングウェイは言った。「あの片眼鏡の女性がわたしが思っている以上の分別を持っていないかぎりは」

彼の話は当番の巡査が部屋に入ってきて中断された。巡査はネヴィル・フレッチャーさんがお話があるそうです、と告げた。

「噂をすれば！」ヘミングウェイは声を上げた。

「通してくれ」とハナサイド。

「電話なのです、警視」

「わかった、繋いでくれ」

巡査は下がり、ハナサイドは受話器を手にして待った。まもなく浮ついたネヴィルの声が聞こえてきた。「ハナサイド警視ですか？　よかった！　特別結婚許可証はどこで買えるんでしょう？　あなた、持ってます？」

「いいえ」ハナサイドは答えた。「この部署にはないですよ。あなたをお訪ねしようと思っていたところです、フレッチャーさん」

「え、またですか？　でも、もう殺人事件でうだうだしてるわけにいかないんです。結婚するもんで」

「もう、くよくよすることはありませんよ。事件は終了しました、フレッチャーさん」

「ああ、そりゃよかった！　もうこりごりですよ。どこで許可証が買えるって仰いましたっけ？」

「言ってません。誰が伯父上を殺したか知りたいですか？」

「いいえ、誰が特別結婚許可証を持ってるかを知りたいんです！」

「カンタベリー大司教ですよ」

「ええ、ほんとですか？　そりゃ愉快だな！　どうもありがとうございます！　さよなら！」

ハナサイドは受話器を置いた。目が笑っている。

「それで？」ヘミングウェイが訊いた。

「興味がないようだ」ハナサイドは答えた。

訳者あとがき

ジョージェット・ヘイヤーは十代の頃から七十一歳で亡くなるまで、五十余年に渡って旺盛な創作活動を続けた。本書は彼女が生み出した五十編を超えるベストセラーの一つ、A Blunt Instrument（一九三八年刊行）の全訳である。

ヘイヤーは、一九〇二年、イギリスのウィンブルドンに生まれた。病後の弟の気晴らしになればと歴史冒険小説 The Black Moth を書いたところ、その想像力に感心した父親から出版を勧められ、本名の Georgette Heyer でデビュー。当時十九歳である。一九二五年、鉱山技師の Ronald Rougier と結婚。一九二六年に These Old Shades を刊行。売れっ子作家の仲間入りを果たし、安定した収入を得ることができるようになった。父の死後は弟の学費を払い、夫が弁護士を志してから一九五九年に勅撰弁護人になるまでの間は、彼女の筆で一家を支えた。

ヘイヤーは、尊敬するジェーン・オースティンの影響を受けて歴史ロマンスのジャンルを確立した。一九三五年に英国摂政時代（一八一一―一八二〇）を最初に取り上げた Regency Buck を刊行し、ベストセラーとなったこの小説が、基本的に〈摂政《リージェンシー》ロマンス〉というジャンルを作り上げることとなった。これは、今日の歴史ロマンスものの基盤となっている。もう一方で人気を博したのが、十二編の推理小説である。ヘイヤーは、アガサ・クリスティー、ナイオ・マーシュ、ジョセフィン・テイ、マージェリー・アリンガムと並び称される女流推理作家である。ハナサイド警視が登場する作品として、本作以前に『紳士と月夜の晒し台』、『マシューズ家の毒』、They Found Him Dead（未訳）の三編がある。

ヘイヤーは一部のファンレターに返事を書くだけで、生涯インタビューは受けず、一切の宣伝活動をしなかった。写真に見る面長で彫りの深い顔立ちからは、控えめながら強い意志を内に秘めた女性のような印象を受ける。優雅でユーモラスな推理小説とリージェンシー・ロマンスは、セックスと暴力が頻繁に描かれる今日のフィクション界でも根強い人気を誇り、英語版は現在も五十編以上が刊行されている。

本書のあらましを紹介しよう。一九三七年、気持ちの良い初夏の晩、ロンドン郊外の屋敷で、アーニー・フレッチャーが鈍器によって殺害される。資産、人柄、容姿とも申し分ないと思われたフレッチャーの意外な側面が次々と明らかになる。身内はおっとりした妹と無気力で口だけは達者な甥。近隣住人は厳格な夫と感傷的な妻という組み合わせのノース夫妻と、はねっかえりの女流推理作家サリー。忠義一途の使用人たち。アーニーと株取引上の付き合いがあったのが、仲買人バッド。やがて捜査線上に、郊外に暮らす紳士とはおよそ関わりのなさそうなウェイターのチャーリーが浮かび上がる。

捜査陣を代表するのが、冷静沈着なハナサイド警視と陽気で切れ者のヘミングウェイ巡査部長。

死体の第一発見者である所轄のグラス巡査がヘミングウェイとコンビを組まされる。度を越して敬虔なグラスはひっきりなしに聖書の文句を引用して周囲の顰蹙を買うのだが、なぜかいつも苦しげな表情を浮かべている。第二の殺人が起きた時、ハナサイドだけは凶器以外に第一の殺人事件との共通点に気づき――。

登場人物はいずれも個性が強く、キャラクターとしてわかりやすく、章が進むにつれ思慮深さや悩みがあらわになり、人物像が厚みを増していく。ヘミングウェイの率直なもの言いは物語にスピード感と明るさを与え、ネヴィルのひねったもの言いは読者をくすりと笑わせる。フレッチャー家やノース家での人々のかけあいは、時に愉快、時に辛辣に、郊外に暮らす良家の男女の生活を浮かび上がらせる。警察による鈍器の捜索方法や犯行時刻の割り出し作業は緻密に描写されている。批評家に「ユーモアとミステリのバランスがすばらしい」と称賛されたのも当然だろう。

謎解きという主軸に夫婦愛や恋愛のサブストーリーが巧みに織り込まれているのも特徴で、ロマンスとミステリのバランスもすばらしいと言えよう。女性らしさについての台詞は二十一世紀の作品であれば物議を醸すところかもしれないが、一九三〇年代という時代背景に免じて大目に見ていただきたい。

クリスティーの『アクロイド殺し』（一九二六年）から十余年にして、意表を突く犯人像を造形したヘイヤーの手腕を堪能していただければ幸いである。

ミステリ著作リスト
Footsteps in the Dark　1932
Why Shoot a Butler?　1933
The Unfinished Clue　1934
Death in the Stocks　1935（米題 Merely Murder）『紳士と月夜の晒し台』（東京創元社　2011）
Behold, Here's Poison　1936『マシューズ家の毒』（東京創元社　2012）
They Found Him Dead　1937
A Blunt Instrument　1938　本書
No Wind of Blame　1939
Envious Casca　1941
Penhallow　1942
Duplicate Death　1951
Detection Unlimited　1953

〔訳者〕
中島なすか（なかじま・なすか）
津田塾大学国際関係学科卒業。熊本市在住。訳書にジョセフィン・テイ『列のなかの男　グラント警部最初の事件』（論創社）、E・C・R・ロラック『死のチェックメイト』（長崎出版）など。

グレイストーンズ屋敷殺人事件《やしきさつじんじけん》
——論創海外ミステリ 138

2015年1月25日　初版第1刷印刷
2015年1月30日　初版第1刷発行

著　者　ジョージェット・ヘイヤー
訳　者　中島なすか
装　画　佐久間真人
装　丁　宗利淳一
発行所　論 創 社
〒101-0051　東京都千代田区神田神保町2-23　北井ビル
電話 03-3264-5254　振替口座 00160-1-155266

印刷・製本　中央精版印刷
組版　フレックスアート

ISBN978-4-8460-1382-0
落丁・乱丁本はお取り替えいたします